[新装版]華の下にて

内田康夫

ねがはくは　はなのしたにて　はるしなむ
そのきさらぎの　もちづきのころ　　西行

目次

［新装版］華の下にて

プロローグ

　窓に女の顔が現れたときは、確実に数秒ほど心臓が停《と》まった。「ひえっ」と息を呑み、肩から顎の辺りが硬直して、鉛の棒のように突っ立ったまま、動けなくなった。

（幽霊――）と思った。若い女の顔が、目と口を大きく開けてこっちを見ている。濡れた髪の毛が風に煽《あお》られ、逆立つようにガラスにへばりつき、まるでメデューサの首を見るようだ。

牧原《まきはら》は一瞬、目を閉じ、思い直して、おそるおそる目を開けた。

　ランプの黄色い明かりに照らされた女の顔は、しきりに口を開け、何かを叫んでいるらしいが、外は猛烈な雨と風である。窓といわずドアといわず、小屋全体を叩き震わせる音の合間に、悲鳴のような声が切れ切れに聞こえるだけだ。女はもどかしげに右手でガラスを叩いて、いまにも打ち破られるのではないかと、そのほうが不安であった。

　牧原は板を打ちつけて補強したドアを、苦労して開けた。雨を含んだ風が渦を巻いて小屋の中に吹き込んだ。その風に押されるようにして、女が入ってきた。血の気の失せた顔に長い髪の毛がまつわりついて、間近で見ても恐ろしげだ。

「どうしたの？」

精一杯、虚勢を取り繕って怒鳴ったつもりだが、声が上擦っていた。

台風十七号が伊勢湾を北上中——という情報を聞いたあと、どこかで電線が切れたのだろう、明かりのほうはランプを用意してあったからいいが、ラジオはそれっきり沈黙した。どっちにしても、ここら辺り一帯が暴風雨圏に入ったであろうことは、現実に外の状況が示している。工事現場がどうなっているのか、下の村に被害が出たのか、それに道路は通じているのか、いっさい不明だ。

その大荒れの山中に、どうしてこんな若い女が現れたのか、それも——と牧原は女の全身に視線を走らせた。白いブラウスに紺色の長いスカートというシンプルな恰好《かっこう》である。コートなしで雨に打たれたのだから、もちろんずぶ濡れだ。両手を交差させて肩を抱いているけれど、ブラウスのあちこちが皮膚に張りついて肌が透けて見える。場違いな艶《なま》めかしさに、牧原は慌てて目を逸らせた。

「車でここまで来たんですけど」と女は言った。

「車？」

牧原は窓から外を覗《のぞ》いた。懐中電灯を向けると、真っ暗な中に鈍く光る車体が見えた。

「よく来られましたね」

女をいたわるゆとりが、ようやく牧原に生まれた。

「白川村へ行く庄川沿いの道はおそらくもう通行不能だと思うけど、じゃあ白鳥町《しろとり》のほうから来たのかな？」

「ええ、たぶん」

「たぶんて……」

呆れて、少し笑いかけた。

「よく分からないんです。岐阜のほうから来て、とにかく走って、どんどん走っていたらここに来ました」

「驚いたなあ。どこへ行くつもりなんですか？」

「どこって、あてはありません。ただ逃げたかっただけ」

女は牧原に背を向けた。背中にブラジャーのカギホックがくっきりと浮きだしている。牧原は引きつけられたようにその部分を見つめた。眠っていたものが目を覚ましそうな予感がしてきた。

「逃げて来たって、誰かに追われているんですか？」

「そうじゃないですけど……結婚」

女はふいに、憤ったように言った。

「いやな相手と結婚しろって。だから逃げ出してやったんです」

「ふーん、強いんだなあ……」

「強くなんかありませんよ、逃げたんですから。あの、ここはなんなのですか？」

あらためて小屋の中を見回しながら、訊《き》いた。

「なんて言ったらいいのかな、監視小屋ってとこですか」

「監視？　何を監視するんですか？」

「ダム工事のね……ここ、ダムの工事をしているんですよ。現場はここから六キロも先だけど、工事車両の整理だとか、外部の人間の通行を規制したりとか……それよりきみ、濡れたもの着ていて、寒くないですか？」

「ちょっとね、でも大丈夫です」

台風が運ぶ南風のせいか、気温はそれほど低くない。しかしずぶ濡れでは体温が奪われて、寒くないはずはない。その証拠に女の唇は紫色を呈していた。

「僕のでよかったら、着替えませんか。上だけでも」

上だけ――と言ったのが、かえってこっちの底意を勘繰られはしまいかと、牧原は気になった。

「じゃあ、お借りしようかしら」

女は素直に従った。やはり濡れたままでいるのはつらかったのだろう。牧原は衣類の詰まった木の箱の中から、厚手のワイシャツを取り出した。

「どれも洗い晒《ざら》しだけど、なるべくましなのを選んだつもりです」

女に渡すと、「いま、熱いコーヒーを淹《い》れますよ」と、流し台に向かった。便所を除けばひと部屋しかない。事務机が二脚と粗末なベッドが二つだけの、狭い殺風景な小屋である。女が着替えるあいだ、牧原はずっと背中を向けて、サイフォンをセットし、アルコールランプに火をつけた姿勢のままでいた。

「もういいですよ」

女は笑いを含んだ声で言った。振り向くと、女はすでに着替えを終えていた。ワイシャツの裾から伸びた青白い脚の先は素足である。そして、脱いだものが椅子の背にかけられてあった。ブラウスとブラジャーとスカートとストッキングと……。

牧原はドキリとした。ワイシャツの裾に隠れた辺りはパンティだけか――。

「寒くないですか？　それで」

急いで部屋の隅にあるスリッパを拾って来てやりながら、牧原は言った。足元にスリッパを置くとき、跪《ひざまず》くような恰好になったのが妙に卑屈な感じがして、顔に血が昇った。

「えーと、名前、聞いていいかな、僕は牧原です」

「六条《ろくじょう》といいます」

「六条さん？　珍しいですね、まるで『源氏物語』の六条御息所《みやすどころ》みたいだ」

「似たところ、あるかもしれませんよ」

女はいたずらっぽく笑った。

偽名かな——と思った。下の名前を訊いてみたかったが、聞いたとたん、女との距離がぐっと接近しそうなのが怖かった。

牧原はデスクの上にコーヒーを置いた。南国を思わせる芳香が小屋中に広がった。

「ミルクはないけど、けさ、谷から汲んできた清水ですから、旨いですよ」

なるべくそっぽを向いて言い、わざとらしく音を立ててコーヒーを啜《すす》った。女はカップを両手で抱くようにして飲み、「ああ、おいしい」と言った。体が温まってきたのか、コーヒーの香りの中に、女の匂いが漂うような気がした。

「これ、どなたが活けたんですか？」

女はカップに唇を寄せながら、隣のデスクの上の花を指さした。広口の黒っぽい花瓶に秋の野草を活けてある。ドウダンツツジのひと枝の、赤く染まりかけた葉の部分を思いきり天高く舞わせ、寄り添うようにススキ、裾には短く切ったコスモスが、夏のなごりを惜しむように咲いている。

「僕です」

「えっ、牧原さんが？」

女は牧原の顔を振り返り、また花に視線を戻して「ふーん……」と言った。

「どなたか、女の方がいらして活けたのかと思いました」

「ははは、男も花は活けますよ」

「それはそうですけど、でも……」

「こんな山男が、柄にもないと思っているんでしょう」

「ええ、正直に言うとそうです。でも、すてきだわ」

「あなたも生け花はやりますか」

「いいえ、習わせられたけど、嫌いで嫌いで、逃げてばかりいました」

「逃げるのが好きみたいだな。失礼、冗談です」

「いいんです、そのとおりですもの。でも、きっとあなたも同じでしょう」

「僕が？」

「ええ、逃げてらしたんでしょう。ふさわしくありませんもの、こんな山奥」

牧原は顔を歪《ゆが》めて、「そうだな……」と呟《つぶや》いた。

「たしかに逃げたのですよ、負け犬です」

「そうは言いませんわ。逃げるって、勇気のいることですもの」

「あなたの場合はそうかもしれないが、僕は負け犬ですよ。社会に順応できない、だめな人間なんだ」

「それが違うんです。順応するって、楽じゃありませんか。楽な道を捨てるほうが、よっぽど勇気のいることだわ。私なんか、逃げてはみたものの、ほとんどジェスチャーみたいで、そこまで逃げ切れるかどうか、自信はありません」

「立派だなあ……なんて頭のいい人なんだろう」

「いやだ、そんなに見つめないでください」

女は恥ずかしそうに、ワイシャツの裾を下げるような仕種《しぐさ》をした。しかし、そうすると襟元から胸の谷間が覗ける角度になって、牧原は慌てて目を逸らせた。

ゴウッという風の音が小屋を震わせた。束の間、忘れていたが、嵐はいよいよ近づいたらしい。つぶてのような雨が窓を叩き、隙間《すきま》から吹き込む霧状の風がランプの炎を揺らした。

「大丈夫かしら、吹き飛ばされそう」

女は不安げに体を縮めて、真っ黒な窓の外を窺《うかが》った。ワイシャツに隠れていても、斜め後ろにいる牧原の目には、猫のようにしなやかな腰から腿《もも》にかけての曲線が見てとれる。牧原の胸の血はザワザワと騒ぎはじめ、息が苦しくなった。

「大丈夫ですよ、見かけよりは頑丈にできてるから」

声が掠《かす》れたのを、女は自信のなさと思ったのか、眉をひそめ、問いかける目で振り向いた。そのとき、またゴウッと風が鳴り、小屋全体がミシッと軋《きし》んだ。千切れた木の枝か何かが窓に当たって、女は「いやっ」というような悲鳴を上げて牧原にしがみついた。反射的に牧原は女を抱きしめる恰好になった。ぬめっとした肌の感触が、ワイシャツの上からでも掌《てのひら》に伝わってくる。

女はすぐに我に返って、しがみついた手の力を緩めたが、体そのものは牧原の腕の中にあった。

「怖い……」

女は仰向いて牧原に訴えた。嵐が怖いのか、それとも荒ぶる男の行為が恐ろしいのか、その問いかけをする代わりに、牧原は女の唇を求めて腕の力をいっそう強めた。女はわずかに頭をいやいやさせて、抗《あらが》う意志を示したが、とことん抵抗をする気はないらしい。牧原の唇が女のそれを捉《とら》えると、むしろ彼女のほうから積極的に舌の愛撫を求めてきた。

（魔性のものか？――）

一瞬、恐怖にも似た疑惑が牧原の脳裏を掠めた。女がこの山の中の一軒家に迷い込んできたことから、ここに到るまでの流れが、まるで女の書いた筋書きどおりに運んでいるような気がした。そういえば、御息所を連想させる「六条」という名も出来すぎている。もしかすると、これは幻覚かもしれない――とも思った。幻覚ならこのままおれを捕まえていてくれ――と願った。

翌朝、目覚めると女の姿はなかった。窓の外の車も、幻のごとく消え失せていた。椅子の背にかけてあったブラウスやブラジャーの代わりに、牧原が貸したワイシャツがきちんと畳まれてデスクの上にある。それがなければ、昨夜のことはすべてが幻想に思えるような、あっけない幕切れであった。

風はまだ少し強いが、流れる雲の隙間の青空が、しだいに面積を広げつつあった。小屋の外の地面にはいたるところに、吹き千切られた木の枝が散らばり、昨夜の風の強さを物語っている。

谷の上の新道を工事用のトラックが喘ぎながらやって来るのが見えた。牧原は急いでワイシャツを仕舞い、女の存在を示すような形跡がないか、小屋の中を見回した。

トラックからは顔なじみの男が二人降りてきた。「なんともなかったか、ひでえ台風だったなあ」と、大声で呼びかけながら、小屋に入った。伊勢湾の高潮で、名古屋と沿岸一帯の町村に大変な被害が出たらしい。

「ラジオで聞いたんやけど、死者は百人だか二百人だか分からねえとか言うとった。高波にさらわれたり、土砂崩れで生き埋めになったのもいるそうだ」

「村はどうした？」

牧原は谷底の村を心配した。

「村もひでえもんだ。あっちこっちの沢で崖崩れが何カ所もあってな。家もだいぶん倒れたし、水に浸かったし。けど人間の被害のほうは大したことはねえみたいやな。御手洗《みたらい》の崖下で、風に吹き飛ばされたのか、転落して死んだのがおったそうやけど」

「女か？」

牧原は思わず嚙《か》みつくように訊いた。

「ん？　死んだんは男だけど、なんであんた、女かと思ったんや？」

「いや、べつに女だと思ったわけじゃない」

急いで狼狽《ろうばい》を打ち消したが、顔色が変わっていたのだろう、相手は不思議そうに牧原の表情を窺っていた。

電気が回復しラジオが聞けるようになるとともに、台風十七号による沿岸部の被害が把握できた。刻一刻、増えつづける死者の数は四百人を超えたという。その膨大な人数に較べると、荘川村での唯一の死者など、物の数に入らない。

ところで、御手洗で死んだ男の身元は、警察の調査でもまったく不明のままになった。その男が、長袖のスポーツシャツにズボンという軽装で、なぜこんなところにいたのか、どうやってそこまで来たのか、不思議だ。荘川村を通る「越前街道」は国鉄バスが一日十往復、運行している。昨日、一昨日のバスにそれらしい男の客が乗っていたかどうか、乗務していた運転手と車掌に記憶はないという。かりに乗っていたとしても、いったい彼はどこへ何をしに行ったのか、また、台風がはげしくなった夜間、なぜそんなところを歩いていたのかが分からない。

台風の激甚災害に、関係する各県の警察が対応に追われたことも、死者にとっては不運だったかもしれない。警察はかなり早い時点でその男の身元や事件性の追及を放棄してしまった。「事故」から三日目、男の遺体は荘川村役場の職員が見守る中で、荼毘《だび》に付された。

第一章　丹正流華道家元

1

貴子《たかこ》の、「あなたって、どうしてそう依怙地《いこじ》なのかしらねえ」という声を背に聞きながら、奈緒《なお》は廊下を速い摺《す》り足で歩いて、リビングルームに入った。向こうを向いて新聞を拡げていた博之《ひろゆき》が、気配にギョッとしたように新聞を畳み、慌てて振り返って「なんだ、奈緒か」と言った。

「おはようパパ」とさり気なく挨拶したけれど、奈緒は父親のいまの驚きように、とてもいやなものを感じた。明らかに、父親の様子には、入ってきたのが奈緒だと知って、ほっとしたような印象があった。もしもほかの誰かだったら、反応の仕方が違ったのかもしれない。

「きょうは入学式だったね、遅れないようにしなさいよ」

博之は笑顔で言って、何事もなかったように廊下へ出て行った。いつもの物静かな父親の姿に戻っている。さっきのあれは、自分の錯覚だったのかな——と、奈緒は自信がなくなった。

それほどの時間的余裕はないのに、奈緒は気になって、テーブルの上の新聞を拾い上げ、拡げた。

博之の慌てぶりを示すように、最後のページがずれて畳まれている。ほんの一瞥《いちべつ》しただけだったけれど、奈緒には父親が覗《のぞ》き込んでいた辺りの見当はついた。とはいっても、社会面のこの辺り——という程度のことだ。そこには円山公園の枝垂《しだ》れ桜が見頃になったという記事があった。花の話題に目が行くのは、やはり育った環境のせいなのかな——と思う。父親もこの記事を見ていたのだろうか。

貴子が「奈緒ちゃん、時間よ」と呼んでいる。「はーい」と答えて視線を外そうとしたとき、小さな写真が視野を掠《かす》めた。

（どこかで見た顔——）と思った。

男の人の写真である。「東山で殺人／東京の雑誌記者」という見出しだった。小さい活字を読むひまがない。まさかこれじゃないわね——と、冗談のように思いながら、新聞を元どおりに畳もうとして（あれっ？——）と思った。隠れる寸前の男の写真が、ひと月ぐらい前、自宅の近くで、電柱の陰に隠れるようにしていた男の顔に似ているような気がした。

(あの人かしら?――)

部屋を出ながら、少し気になっていたが、じきに忘れた。

奈緒は出掛けにもういちど、「ママは来ないでね、ぜったい」と念を押した。貴子はあいまいに笑って、黙って頷《うなず》いただけだ。来るかもしれない――と奈緒は思ったが、それを疑っていたらきりがない。もう一週間も前から、母と娘のあいだでその論争がつづいている。中等部ならまだしも、高等部はもうおとなよ――というのが奈緒の主張だ。母親同伴の入学式なんて、恥ずかしくて、許せない。

「吉宮《よしみや》さんのお母さんはご出席なさるっておっしゃってたわよ」

貴子はそのことをしきりに言っていた。「吉宮さん」とは、奈緒が小さいころからのかかりつけで、家族同士親しくしている医師の家だ。吉宮家の長女が奈緒と同い年で、高等部からN女学院に入学した。

「吉宮さんは高等部がはじめてだもの、仕方がないでしょう。うちはもう二回目よ。このぶんだとママ、大学のときも来るって言うにちがいないわ」

「そうね、そうかもしれないわね」と、貴子も否定しない。

「でも、私はちっとも悪いことだとは思っていないわよ。わが子の成長を、節目節目ごとに確かめるのって、とても大切なことだし、それくらいは親の権利じゃない」

「もう十分成長してるって。どうぞご心配なく。子どもは親が思ってるほど子どもじゃないのよ。それより、親の元から早く巣立って、大切なことだわ」

「またそういう憎たらしいことを言う。奈緒が思っているほど、まだ奈緒はおとなになりきっていません。親の目から見ると心配なことだらけ。嘘だと思ったら、パパに訊《き》いてみるといいわ」

「パパはママの言いなりだもの、だめよ」

父親の博之は婿養子である。丹正流家元である奈緒の祖父・丹野《たんの》忠慶《ただよし》によって、数多い門弟の中から抜擢され、ひとり娘の貴子と結婚したとはいえ、門弟は門弟、家元のお嬢様に頭の上がらない習慣が身についている。

「それより、お祖母《ばあ》ちゃまに訊くわ」

「それはだめ」と、逆に貴子は首を振った。祖母の真実子《まみこ》は万事につけて奈緒の味方だ。むしろ、「独立心を培うことは、これからの人間には大切なのよ」などと、煽《あお》るようなことを言う。このあいだもそれで、貴子は母親と揉《も》めたばかりである。

「そんなことを言って、奈緒は女の子よ」

「とんでもない、ただの女の子じゃありませんよ。奈緒はゆくゆくは丹正流家元の跡を継がなければならない運命を背負っているの。あなたがそんな甘ったれた気持ちでいてどうなるの」

反対に窘《たしな》められる始末だ。

「丹正流家元は博之が継ぐでしょう」

さすがに貴子が反発すると、「あのひとは頼りないわね」と真実子は一蹴した。その点は悔しいけれど、貴子も内心では認めないわけにいかない。博之は生け花の才能はあるのだが、線が細く、丹正流生け花を背負って立つには、いかにも押し出しが弱い。

丹野忠慶の高弟たちの中には、技量、人物ともに博之を凌駕《りょうが》する者はいくらでもいた。もっとも、それだからこそ博之が、丹正会の女帝・丹野真実子のめがねにかなって、貴子の相手に選ばれたとする説がある。たとえ婿養子であろうと、多少なりとも気骨のある人物なら、真実子の専横に黙って引き下がってはいないだろう。そうなれば、丹野家の家庭騒動が引き金で、丹正会が空中分解しかねないというのである。

「奈緒が丹正流を継ぐって、じゃあ、お母さんは丹正流家元が女でもいいって言うんですか？　そんなの、丹正流四十三代の歴史の中で、いちどだってないわ。お父さんは知ってるんですか、そのこと」

「家元も承知してます。女が家元になってはいけないなんて、丹正流の定め書きのどこにも書いてありませんよ。天皇様だって昔は女性の天皇様はいくらでもいらっしゃるわ。四十四代目は奈緒が継ぐべきなの。血の繋《つな》がりから言っても、それが筋というものでしょう。あなたも奈緒の母親として、その心づもりでいなさい」

「私は納得できないわ。四十四代は博之が継ぐのが当然でしょう。いきなり奈緒に行ったのでは、いくらおとなしい博之でも、父親としての矜持《きょうじ》が許さないわよ」

「あのひとの矜持の問題ではないの。才能の問題ですよ。家元にふさわしい才能があるかないかの問題なのよ」

「才能っていったって、奈緒はまだ子どもですよ。あの子にいったい何ができるって言うの？」

「奈緒の才能は天稟《てんぴん》というものよ。先祖返りっていうけれど、あの子はひょっとすると、初代忠元《ただもと》さんの蘇《よみがえ》りかもしれないわね」

「そんな……だいたいお母さんは生け花を知らないじゃないですか」

貴子は真実子の痛いところを突いたつもりだが、真実子は少しも動じない。

「ばかおっしゃい、自分で活けなくても、批評はできます。博之さんのはね、お手本どおり。発展性にとぼしいのね。そこへゆくと奈緒は型破りの面白さがあるわ」

「家元の跡を継ごうっていうひとが、丹正流の型を破ってどうするのよ。それは未熟の証拠でしょう」

「そんなことを言っているから、あなたたちは大成しないの。伝統を後生大事に受け継いでいるだけではだめ。つねに殻を破って、制約や約束ごとに縛られない、新しいものを創《つく》っていかなくてはね。それはまだ未完成かもしれないけれど、いまに見ていてごらんなさい、丹野奈緒はやがて、生け花界中興の祖になりますよ、きっと」

「おおげさな……」

貴子は呆れて、笑ってしまったが、あの口ぶりだと、真実子は本音を言っていたのかもしれない。（あの子が父親の立場を奪ってしまうのかしらねえ——）と、貴子は奈緒の後ろ姿を見送りながら、複雑な想いであった。

＊

大文字山が、萌《も》えはじめた緑で春の装いに染まりかけている。哲学の道を渡って大文字の峰に真っ直ぐ吸い込まれていきそうなこの坂道は、桜の咲き初《そ》めるいまごろが、奈緒はいちばん好きだ。奈緒がN女学院中等部に入学した年は春が早く、入学式のころ、この坂の桜は満開だった。その印象があまりにも強かったせいなのだろう。

付添いの母親たちで、狭い坂道がいつもよりいっそう狭く感じられる。くすんだ淡い茶色の制服の列が、百メートルほども見通せる坂道を、うねうねと登って行くのは、ちょっとした壮観である。

　茶色の制服を、奈緒は本当はあまり好きではなかった。ミッションスクールなのだから、仕方がないのだけれど、これはどう見ても修道僧の僧服の色だ。同じようでも、まだしもシスターのコスチュームのようにグレー地のほうがいい。グレーのジャケットに、白い襟をつけ、胸元にブルーの校章を縫い取りしたようなのだといいのに——と思う。しかし、N女学院を目指す女の子たちは、この地味そのもののような茶色の制服に憧れるのだそうだ。そういえば、どこを探したって、この色の制服を採用している学校にはお目にかかれない。それが憧れの対象になるのだから、やはり一種のステータスシンボルというべきなのだろう。

「おはようさん」と駆け足で追ってきて、声をかけたのは、鷹取美鈴《たかとりみすず》——祇園のお茶屋「鷹《たか》の家《や》」の娘である。

　丹野家では奈緒の祖父の忠慶の、そのまた先代あたりから鷹の家を贔屓《ひいき》にしている。年始回りの母親に連れられて来たのがきっかけで、美鈴は小学生のころから、丹野家に出入りするようになった。門弟たちの修業するさまを行儀よく見学したり、門弟や、ときには奈緒の父親から手ほどきを受けたりしていた。奈緒より三月遅い同い年ということもあって、いい遊び相手であるとともに、多少の対抗意識は働いていたかもしれない。

　なかなかの熱心——と、門弟たちの評判はいいが、祖母の真実子は奈緒が美鈴と親しくするのを、あまりよくは思っていないらしい。「あなたとあの子とは、立場が違うのですからね」と、折にふれてクギを刺す。お茶屋の娘が、家元の直系の孫娘と同列のような顔をして花を活けているのが気に入らないのだろう。そのことを博之を通じて鷹の家の女将《おかみ》に伝えたのか、近頃は、以前と較べ、美鈴の訪れは間遠になった。

奈緒などは「いいじゃないの——」と、美鈴を気の毒に思うのだが、そういうわけにはいかないのが社会通念というもののようだ。

「奈緒ちゃんは、もうすぐ先生にならはんのやね」

美鈴は奈緒と肩を並べるとすぐにそう言った。

「え？　なんのこと？」

「丹正流教授の看板をもらわはるて、聞いたけど」

「そんなん知らんわ」

奈緒は驚いて美鈴を見た。家では標準語で話しなさい——と言われる。ほかならぬ祖母の命令だから、逆らえないが、学校ではわざとその禁を破ることにしている。

「誰が言うたの？」

「知らんけど、私はお母ちゃんから聞いたんや」

「嘘や、そんなん。うちなんかまだ未熟やもん。そうや、生け花の才能は美鈴のほうが上かもしれへん」

「まさか、そんなことないけど」

否定したが、美鈴はまんざらその気がなくもないような顔をしている。

「けど、どっちにしたかて、いつかは奈緒ちゃんは先生にならはる人でしょう。それももしかしたらお家元はんかもしれんて、お母ちゃんが言うてはったわ」

「あほなこと……家元は代々、男の人が継ぐものやし」

そう言いながら、奈緒は（でもなぜ？――）と思った。なぜ家元は男でなければならないのか、はじめて疑問を抱いた。祖父母に男の子ができなくて、母の貴子に養子をもらって後継者を用意したことは知っている。祖父の丹野忠慶が亡くなるか引退すれば、父の博之が第四十四代丹正流家元を継ぎ、たぶん忠博《ただひろ》を名乗ることになるのだろう。でも、なぜ母が家元を継いではいけないのだろう？――と、いまになって不思議に思えた。

母親は幼いころから華道に励んでいたそうだ。奈緒が怠けると、ふた言目には「私が奈緒ぐらいのときは」と嘆いてみせる。娘の奈緒の目から見ても、貴子は真面目でスタンダードなものの考え方をする女性だ。流派の奥義はすべてマスターしているはずだし、現に丹正会館の副館長として、全国の支部から研修に訪れる門弟たちの指導に当たっている。年齢は三十七か八歳、もし結婚していなければ、技量、人望ともに丹正流の正統として家元を名乗ってもおかしくないのでは――と、奈緒は思った。
いや、結婚しているからといって、必ずしも夫が家元になるものと決めてかかることはないはずだ。父親でしかも華道の先達である人のことを、こんなふうに批評するのは許されないかもしれないけれど、客観的に言って、博之の技量が際立って優れているとは、奈緒にも思えなかった。
華道――生け花の技術を習得するには、たぶん数百にものぼるメソッドをマスターしなければならない。道具を揃《そろ》えることから始まって、鋏《はさみ》の使い方、枝の切り方、花材の見方、整え方……といった、ごく初歩的な段階にさえ、習熟するにはかなりのステップがある。たとえば花材の陰陽のこと、不要な枝葉の整理、矯《た》め方、補強したりクセをつけたりする針金の使い方、剣山の使い方、水上げの技術など、さらにそのバリエーションを考えると、花を活ける前段階だけでも基本知識や技術は無数にあるといっていい。
しかし、そういった基礎的な知識や技術は、華道としては入門以前のことである。華道を「道」と呼び芸術と位置づけるのは、単に生け花の知識や技術を身につけ、使いこなすだけではない、それ以上のものであることを意味している。表現力や創造力は当然のこととして、さらにオリジナリティを持ち、高みを究めるには、それなりの精神、感性、哲学も必要となってくる。究極的には、努力しても学びえないものがあると考えなければならないのだろう。

それが父にはない——と奈緒は思う。

丹野博之の活ける花は美しいし、ときには華やぎ、ときには気高い。博之が生け花の指導者としては、卓越した才能の持ち主であることは確かだ。全国の丹正流華道教授を集めた特別教習会などの会場で、与えられた花材による作例として、博之が手早く模範を示して見せる。そのあざやかな手さばきと、活け上がった作品の見事さに、大勢の教習生がいっせいに吐息を洩《も》らす。さすが、お家元が跡継ぎにお選びになっただけのことが——と女性たちが囁《ささや》き交わす。

だが、奈緒の目には、父親の活けた花の虚の部分が見えてしまう。すがた、かたちは、丹正流創始以来の法理にかなっているばかりでなく、博之独自の創意工夫のあるところも意図も窺《うかが》えるが、それはあくまでも人為の貧しさにとどまる。空間を震わせる、神意と呼ぶような崇高さとはほど遠い。そのことを、あるとき奈緒は「宇宙がない」と表現した。

中学に入った年の夏、軽井沢の別荘で、祖父の丹野忠慶と二人だけのときである。ふいに、何の脈絡もなく浮かんだ感想を「パパのお花、宇宙がないわね」と言った。

忠慶はギクリとして、周囲を見回し、「そんなこと、わし以外の者に言うたらあかん」と窘めた。それから、口調を和らげて、「なんでそう思うん?」と訊いた。

「よく分からないけど……」と、奈緒は少し戸惑いながら、たどたどしく自分の感じたままを祖父に伝えた。

毎度毎度では、もちろんないのだけれど、奈緒は花を活けている瞬間、奇妙な感情に襲われることがある。たとえば生け花で「真」あるいは「天」と呼ぶ、作品の中核をなす花材を挿すとき、その花の頂《いただき》から天空へ向かってさらに伸びようとする、あるいは発散しようとする息吹《いぶき》のような気配を感じるのだ。人間が球形と定めた宇宙が、じつは球形ではなく無限の広がりを持つと分かったとき、宇宙の概念そのものが人間の中で変わった。花の「真」は、その果てしない宇宙の果てを目指して、見果てぬ夢を追い求める――奈緒はたぶん、そのことを告げたかったのだ。

「宇宙が、夢が、見えないのね……」

思っていることが伝わったかどうか、確信が持てないまま、奈緒はそうポツリと言って話し終えた。

祖父は怖い目でじっと奈緒を見つめて、嗄《しわが》れた、しかし優しい声で、「その話、これっきりにしとこな」と言った。

2

日本全国、どこへ行っても、小学校の庭には桜があるような気がしてならない。牧原良毅《よしき》が育った東京郊外の小学校もそうだった。毎年入学式のころ、ちょうど満開の桜の下を通って学校へ通った記憶がある。空いちめんがピンクに染まった花のトンネルである。降り注ぐ花びらがランドセルにとまるのも楽しかった。いまでも、入学シーズンの学用品のテレビコマーシャルなど、学校の風景には必ず桜がつきものだ。

しかし、現在の小学校に桜の木が植えられているかどうか、実際に確かめたわけではないが、昔よりはずっと減ってしまったことは間違いない。桜は虫がつくし、花びらや葉が落ちて掃除が大変だし、手間がかかるといった声を聞いたことがある。

そんなものかな——と、少し寂しい。美しく感動的な風景を求めるのに、手間を惜しんでどうするんだ——と腹立たしくもある。

その少なくなった桜が、目の前にみごとな花を咲かせていた。五本の桜はどれも百年を超える、ソメイヨシノとしてはすでに古木である。

花の裾に張られた紅白の幔幕《まんまく》の内側では、五本の桜がそれぞれに黒く逞《たくま》しい幹から、精一杯に枝を張っている。枝といっても、主幹は根元から二メートルほどのところで三、四本に枝岐《えだわか》れして、どこから先が枝なのか、むしろ枝そのものが幹のごとくに太いというべきかもしれない。その太い枝は、長いものは七、八メートルも横に這《は》うように伸びている。枝自身の重みに耐えかね、そのまま放置しておいては折れるか倒れるかしてしまうだろう。そのために、まるで老人が杖《つえ》をつくように、枝を支える柱が何本か立てられている。そうしてその健気《けなげ》な幹と枝の上に、巨大な花の山が載っている。

五本がほぼ一列に並んだ桜は、小さな新入生の目には、一つ一つがまさに小山ほどの大きさに映るだろう。その桜の周囲を、六年生と一年生が手をつなぎ行進している。「さくら変奏曲」がスピーカーから流れ、行進の輪を大きく囲んだ先生や父母や上級生たちの拍手がそれに和している。その光景を取材しようと、テレビカメラも交えた報道カメラマンやアマチュアカメラマンが三十人ほど、さかんにシャッターを切っていた。

茨城県土浦市立真鍋小学校では、「お花見集会」と名付け、毎年こうして、在校生が新入生を迎える。去年までは六年生が一年生をおんぶして、桜の周りを一周したのだが、一年生と六年生の人数が合わなくなってきたために、ことしからやむなくそうしたのだそうだ。じつをいうと、中には、一年生が重すぎておんぶができないケースもあったらしい。いかにも現代っ子らしい話だな――と、牧原はおかしかった。

お花見集会のあと、講堂で一般市民も参加した文化講演会が催される。牧原はそのメインの講師として、会の最後に登壇した。牧原は桜を中心のテーマに置いて、「花のこころ」と題する話をした。

牧原の少年期はちょうど太平洋戦争と重なる。終戦の年、牧原は中学三年生であった。その当時、歌われる歌といえば軍歌が主流で、流行歌の類《たぐい》など歌っていようものなら、「軟弱だ」と怒鳴られ、へたをすると憲兵に睨《にら》まれるといった風潮が、ごく当たり前のことであった。そして、牧原の記憶の中にもっとも鮮明に残っている花の歌が「同期の桜」だ。

きさまとおれとは　同期の桜　同じ兵学校の庭に咲く　咲いた花なら　散るのは覚悟　みごと散ります　国のため

戦時中、桜を日本古来の武士道精神になぞらえて、花の散りぎわの潔さを讃えられることが多かった。国のために死んで「靖国神社の庭に咲く」ことを合言葉に、若者は戦場に駆り出されたのである。

しかし、それは当の桜にとっては、まったく迷惑なことだったにちがいない。豊臣秀吉の「醍醐《だいご》の花見」に代表されるように、桜は平和を謳歌《おうか》する花の代名詞であるはずだ。山裾を薄靄《うすもや》のように淡く染めて咲く桜の、牧歌的な風景は、優しくて繊細な、日本人の心の故郷そのもののように思える。

それなのに、軍国主義はその桜を戦意高揚の道具に使った。昭和八年、それまで尋常小学校一年の読本（国語教科書）の第一ページには「ハナ　ハト　マメ　マス　ミノ　カサ　カラカサ」とあったのが、「サイタ　サイタ　サクラガ　サイタ」に変わり、第二ページには「ススメ　ススメ　ヘイタイ　ススメ」が載った。軍国主義教育へと傾斜したことは明らかだ。牧原の少年時代は、まるまるこの教育方針の中で過ごした。

その時代の子どもたちは、どんな想いで校庭の桜を仰ぎ見たことだろう。満開の桜の下を日の丸の小旗に送られて戦場に赴く兵隊たちは、どのような気持ちだったのだろう。同じ桜、同じ花でも、見る時代、見る人の心のありようで、美しくもなり、悲しくもなる。しかし、花の本質は決して変貌することはない。花はいつでも季節ごとに人の目を楽しませ、人の心を慰める。真鍋小学校を巣立った人々も、社会に出て、ときには身も心も疲れ果てることがあるかもしれない。そんなとき、ここに帰ってきて花を仰ぎ、あるいは遠い地からこの五本の桜の満開の風景に思いを馳《は》せて、疲れた心を奮い立たせてほしい。

牧原は講堂を埋めた聴衆を前にそう語り、彼が若いころに体験したひとつのエピソードを話した。

いまからおよそ四十年前、岐阜県大野郡荘川村にダムが建設されることになった。村の大半が水の底に沈むというので、反対運動も起こったが、結局、着工の運びとなり、昭和三十六年にダムが完成する。御母衣《みぼろ》ダムがそれである。

このとき、水没から救い出された二本の桜の木があった。それぞれ光輪寺、照運寺という寺の境内にある、推定樹齢四百年という老樹で、たぶん、寺の歴史上、由緒ある記念樹として植えられたものと考えられる。

ダムが完成し、川がせき止められる寸前、村のシンボルであり、村人たちの心の拠り所でもある二本の桜だけは、なんとか助けようという運動が起こった。先祖代々、村人の営みを見守りつづけてきた桜を、このままダムの底に見殺しにしてしまうのはしのびないというのである。

そうして桜の「救出作戦」が始まった。この校庭の桜の数倍はあろうという大木は、重量が四十トンにもおよぶ。谷底の村から、やがて湖岸になる高台へ移植するのに、大型クレーンなどの重機を駆使して四十日もかかった。作業が完了したのは、十二月二十四日、すでに山々は雪に覆われたころである。

移植はしたものの、桜は老木で、しかも運搬の都合上、枝の先も根の先もほとんど切られてしまっている。はたして桜がこの冬を越えて、根づき、花を咲かせるものかどうか、それが不安だった。

　翌年の春、桜は小さな芽を吹き、わずかばかりの花も咲かせた。桜は生きていたのだ。しかし安心はできない。桜が完全に蘇生するかどうかは、夏のあいだにどれだけの葉を広げ、枝を増やせるかにかかっている。

　秋が過ぎ、長い冬が過ぎて、ようやく遅い春がめぐってきた。下界の桜前線がとっくに北へ行ってしまったころ、御母衣ダムの湖畔に二本の桜が満開の花をつけた。

　遠く土地を離れていた村人たちは大勢、桜を見ようと帰ってきた。二年前に現場を離れたダム工事の関係者たちも、ひと目、桜の無事を確かめようと訪れた。その人々を優しく包み込むように、桜は大きく枝を広げ、誇らしげに咲いていた。その花を仰いで、村人たちは誰もが涙を流した。

「私もそのとき、泣きました。じつは、私も桜の移植作業に参加した一人で、正直なところ、あの状態で桜が生きてくれるかどうか、疑わしく思っていました。二年ぶりに御母衣ダムを訪ねて、岡の上に大きな花の山がこんもりと二つあるのを見た瞬間、私は強いショックを受け、その後の自分の生き方を変えることになるのです」

　牧原が華道を貫こうと決意したのは、そのときである。花を単なる観賞の対象におくのではなく、人間の精神作用にまで関わってくる、いわば心の糧として、はっきり認識したのはそのときなのである。いまでいうところのフリーターのような、場当たり的な生き方をしていた牧原は、一念発起、華道ひと筋に専念する道を歩むことになった。現代華道の中でももっとも先鋭的といわれる「日生会」の創始者として脚光を浴びるようになるまで、長い苦しい道のりではあったが、原点になったあの桜の風景は、片時も脳裏を離れなかったし、この先も永遠に忘れることはないだろう。

牧原が話し終えると、満場の拍手はしばらく鳴りやまなかった。拍手の嵐の中で、牧原は遠い昔、やがてあの桜を植えることになる岡に建っていた監視小屋の、嵐の夜の出来事を思い出していた。

牧原には、華道ひと筋に生きることを決めたもう一つの、誰にも言えない理由がある。あの嵐の夜に現れた、魔性のような女が言った「でも、すてき」という、そのたったひと言が、牧原の荒んだ心に灯をともした。

花を活けるのに倦《う》み、あるいは行き詰まったときなど、ふと耳元で聞こえる「でも、すてき」の囁きに、なんど励まされたことかしれない。愚かしくて恥ずかしくて、とても他人には言えたものではないが、それが牧原良毅の「芸術」を支える呪文のようなものであった。

演壇を降りて廊下に出ると、弟子で秘書役を務める中瀬《なかせ》信夫《のぶお》が寄ってきて、「インタビューの申し入れがありますが、どうなさいますか」と言った。

「どこ？」

「『旅と歴史』という雑誌社です」

「ああ、あそこならまともだ。しかし、あの雑誌は、それこそ旅と歴史専門のように思っていたが。華道を扱うのは珍しいのじゃないかな」

牧原は首をひねりながら、それでも受けることにして、控室に入った。

控室には長身の若い男がいて、牧原が入って行くのを立ち上がって迎えた。三十歳ぐらいの、いかにも雑誌記者という印象の白っぽいブルゾン姿だが、目元が涼やかな、感じのいい青年であった。

「お疲れのところ、恐縮です」

青年は言いながら名刺を出した。「旅と歴史　記者　浅見光彦」とある。

「『旅と歴史』は、たしか藤田《ふじた》さんという編集長ではありませんでしたか」

挨拶を交わしてから、牧原は訊いた。

「はい、編集長は藤田です」

「そうでしたか、以前いちど、お会いしたことがあったが、お元気ですか？」

「はあ、お蔭さまで。少し元気すぎるほどですが」

「ははは、そうでしたな。編集長というよりは、地上げ屋のような雰囲気の方ですな。いや、これはここだけの話にしておいてくださいよ。しかし、あの人の馬力だと、部下の方はさぞかし大変でしょう」

「おっしゃるとおりです。私はさいわいなことに、社外のスタッフですから、毎日は直接の被害を受けていませんが。きびしいことには変わりありません」

「あ、そうですか。というと、浅見《あさみ》さんはフリーの方ですか」

「ええ、『旅と歴史』の仕事が多いので、名刺を使わせてもらっていますが、本来はフリーのルポライターです」

「なるほど……で、今日の取材のご趣旨はどんなことですかな？」

「正直に申し上げますと、今日の取材の目的は、真鍋小学校の『お花見集会』にあったのですが、さきほど、先生のご講演を拝聴しておりまして、ぜひお話をお聞かせいただきたいと思い立ちました。とくに、先生が生け花に専念されるきっかけとなった、御母衣ダムの桜のエピソードには感動しました。もしお願いできるなら、一念発起されたときから、その後の、いわば芸術的な開眼をされるまでの、当時の先生のご苦労と、喜びといったことについて、お話を頂戴したいのですが」

「ははは、それはお話ししてもよろしいが、長くなりますな。とてもこのような場所では語り尽くせません」

「もちろん、日をあらためましてお邪魔したいと思います。先生のご都合のいい日をご指定いただければありがたいのですが」

「そうですなあ……どうも、気儘《きまま》な生き方をしているもので、なかなか予定も立たない人間ですが。そうね、あとでこの中瀬に連絡をさせましょう」

牧原は傍らに控えている中瀬を示した。

「かしこまりました。では、よろしくお願いします」

ルポライターは礼を述べて引き上げた。廊下まで送って行った中瀬が戻ってきて、「図々しいやつですなあ」と言った。

「予約もなしに先生にお目にかかって、あんなインタビューを申し入れるなんて」

「まあいいじゃないか。それだけ真面目に、私の講演を聞いてくれたということだ」

「はあ、では先生はインタビューをお受けになるおつもりで？　珍しいですね」

中瀬はいくぶん皮肉っぽく言った。牧原のマスコミ嫌いは有名で、取材申込みをすんなり受け付けることなど、めったにない。牧原自身、あっさり了解したようなことを言った自分が不思議ではあった。あの青年の真っ直ぐに見つめてくる鳶《とび》色の眸《め》に、なんとなく誑《たぶら》かされたような気分がしないでもない。

「そうだなあ、それも面倒だが……」

牧原は催眠術から醒めたように、思い返して言った。

「まあ、何かのついでがあるようなときに、会うことにしましょうか」

これでは受けたことにならないかな——と、少し気がさしたが、牧原はそのことはそれきり忘れた。

3

雪江《ゆきえ》が花を活けている。十二畳の客間に油紙を敷き、縦長の花瓶を正面に据えて、背を反らせたり傾けたりして、ほぼ出来上がった作品に、なお手を加えている。花材はコデマリとカスミソウとシクラメン。その程度の花の種類は浅見にも見分けがつく。

花を活けているときが、母のいちばん美しい姿だと浅見は思う。美しいものをより美しく見せようという心根が、知らず知らずのうちに、自分自身を美しく見せるものかもしれない。もっとも、それは生け花にかぎったことではない。いつだったか、モデルに衣装を着せかけるスタイリストを取材に行ったとき、モデルよりもむしろスタイリストの美しさに魅力を感じた。モデルを装わせながら、高く、低く、あるいは斜めに身構え、まるで舞うようにして、対象を眺め、自分がコーディネートした作品の効果を確かめるポーズは、それ自体が美しかった。

「あら、光彦《みつひこ》、そこにいたの？　やな子だこと、黙って見ているなんて」

廊下にしゃがんで、神妙な顔で眺め入っている次男坊に気づいて、雪江は柄にもなく照れて、文句を言った。

「いや、感心しているのですよ。あざやかなものだと思って」

「あなたにも生け花が分かるの？」

「それは分かりますよ。生け花の究極は形でなく、心なのでしょう？」

「おや、おなまなこと言うわねえ。それはね、たしかに究極はそうかもしれないけれど、差し当たりは形の美しさを表現できなければだめですよ。わたくしなどはまだまだそれさえも未熟ですものねえ」

「そんなことはありませんよ。お母さんの生け花はじつにいいと思うな。自由奔放にのびのびとしている」

「それはあれ？　まとまりがないってことじゃないの？」

「違いますよ、とらわれない自然な感じが、とても美しい」

「そう？　だったら嬉しいのだけれど。でもねえ、なかなか思いどおりにはいかなくて。生け花ほど奥の深い芸術はないかもしれないわねえ。もう六十年もやっていて、出来上がった作品がこれでいいものか、いつも不安ですものね」

「そうかなあ、僕なんか、お母さんの花を見ると、感心する以外、批評のしようがないですけれどね」

「ほほほ、光彦は評論家になればよかったのね。きっとお金儲けの上手な評論家になっていたでしょうよ」

「あ、ひどいなあ。そんな、おべんちゃらを言ってるわけじゃないですよ。じつは、このあいだ牧原良毅という人に会って、ちょっと感銘を受けたものだから、生け花に対する見方が変わったんです」

「へえー、日生会の牧原さんに会っていただいたの？　それはよかったわねえ。あの方はマスコミ嫌いだって聞きましたけれど」

「そうらしいですね。たまたま、土浦の小学校みたいなところだったから、会ってくれたのでしょう。直接、談話を聞くのはまだですけど、講演会で、いい話をしてましたよ。生け花は見た目の美しさを求めて活けるだけではなく、神髄に心がなければならない——といったようなことでした」

「そうですよ、牧原さんのおっしゃるとおりだわ。でもね、わたくしなど、それだけのことを心から納得できるまで、三十年はかかったわね。はじめの十年は、どうすれば形よく活けることができるか。次の十年はどうやって人さまに認めていただけるか。それから十年はどうしてわたくしの作品を正当に評価してくださらないのか——そんなことばかり考えていて、そうしてあるときようやく、ふと気がついたの。生け花は形や技巧ではないのだ——ということにね。それからの三十年は、あるがままの自分を無理せずに花に託してゆこうという、素直な気持ちになるようにしているのよ」

さっきは謙遜したことを言っていたが、六十年ものキャリアがあるだけに、雪江にはそれなりの自信も自負もあるのだ。

「なるほど、悟りの境地ですね」

「ばかおっしゃい」

雪江は笑って、

「でも、牧原さんはたしか、わたくしより十近く歳下のはずですよ。やっぱり、一つの流派を興そうというほどの方は、悟りを開かれるのも早いのねえ」

「悟りかどうかは知りませんが、生け花に対する考え方が変わったのは、三十一、二歳のころだったそうです」

「ほうらね、それが天才というものです。そのお歳では、たぶんまだ技巧的なものは完全ではなかったでしょうけれど、それは後からついてくるもの。真の天才は先に真理を悟ってしまわれるのね」

「きっかけがあったそうです。それがじつにいい話でしてね」

浅見は母親に牧原の講演の最後の部分を話して聞かせた。

「ほんと、いいお話ですこと」

雪江もしきりに感心している。

「それで、あらためて取材をさせてもらうよう、申し入れをしてあるのですが、その後ぜんぜん音沙汰がなくて……」

浅見は母親を相手に、言っても詮《せん》ない愚痴をこぼした。

「そうでしょう、マスコミ嫌いの牧原さんが、そう簡単にあなたのような人にお会いになるというのがおかしいと思いましたよ」

「いや、土浦で会ったのは事実ですよ」

「それはあれね、旅先でのことだから、格別のものだったのですよ、きっと。つまり、石ころに躓《つまず》いたような」

「えっ、じゃあ僕は石ころですか？　ひどい比喩《ひゆ》だなあ」

浅見は怒るより笑ってしまった。

「生け花のことを知りたければ、別の流派の先生に会うのがいいのじゃないかしら。牧原さんは少し特殊ですよ」

「特殊というと、主流ではないという意味ですか」

「まあ、それもそうだけれど、あなたが理解できる範囲を超えているのね」

「しかし、僕は牧原氏の開眼の瞬間に興味があるのだから、やっぱりあの人でないと具合が悪いなあ」

「なにも牧原さんでなくても、一流といわれる方々の多くは、大なり小なり、芸術的な開眼を経験していらっしゃいますよ。そうだわね、取材ということなら、いっそ国際生花シンポジウムの取材に参加したらどうなの？　そこへ行けば、日本を代表する家元さんたちが大勢お集まりになると思うから」

雪江は文箱《ふばこ》の中から案内状とパンフレットを出して、次男坊のほうに差し出した。

パンフレットの表紙には〈国際生花シンポジウム京都大会〉と印刷されている。

「京都ですか……」

浅見は顔をしかめた。

「そうよ、東京と京都で交互に開かれる大会だけど、今年は京都。去年は東京だったからわたくしも行きましたけどね」

「京都は遠いですよねえ」

「何を言っているの。外国からもはるばるお見えになるっていうのに」

「距離はともかく、旅費が」

「あら、取材じゃなかったの？　取材なら費用は出していただけるでしょうに」

「はあ、だといいですけど……」

浅見の目の前に、「旅と歴史」の藤田編集長の渋い表情がチラついた。あの藤田が、予定してもいない取材のために、高額の旅費を出すとは、とても思えなかった。

しかし、だめでもともとのつもりで、先日の土浦の原稿を持って「旅と歴史」に顔を出すと、思いがけなく先方からその話を切り出した。

「浅見ちゃん、京都へ行ってくれない、京都、明後日《あさって》なんだけどさ」

例によって、せき込むような早口だ。うむを言わせない強引さに、いつもなら抵抗を感じるのだが、今回は違う。まさに明後日があの生花シンポジウムの初日なのだ。渡りに舟とはこういうことか。

「京都ですかァ？」

浅見は気乗りのしない声で応じた。

「そう、京都、いいぞ、いまごろの京都は。嵐山はもう盛りは過ぎたが、御室《おむろ》の桜なんか、見頃じゃないのかな。芽吹きどきの大原もいい」

「そりゃいいでしょうけどね、なにしろ遠いからなあ」

「遠いって？　何を言ってるのさ、新幹線で二時間半だぜ。日帰りだって可能なところ、今回は清水《きよみず》の舞台から飛び降りたつもりで二泊三日あごあしつきで行ってもらおうっていう大盤振る舞いだ」

「どうしちゃったんですか？」

浅見は笑いを嚙《か》みしめながら、真面目くさった顔で訊いた。藤田の言うとおり、たしかに、「旅と歴史」始まって以来と言っていい気前のいい条件だ。

「べつにどうもしねえけどさ……いや、正直に言うとね、これは高田《たかだ》っていうライターの持ち込みのネタで、けっこういけそうだったから、来月号の予告まで打ったのだが、そいつが死んじまってさ。で、代わりにおれが行くつもりになったんだが、野暮《やぼ》用があってそれもだめ。久しぶりに祇園なんてとこもぶらつきたかったし、まったく頭にくるけど、しようがねえ。だからね、とにかく頼むよ。ほら、これ、新幹線のチケットとホテルのクーポン券、持ってけ泥棒」

人にものを頼むにしては、あまり上品な台詞《せりふ》とはいえないが、藤田にしてみれば、切羽詰まった正直な気持ちなのだろう。

浅見は「いいでしょう、編集長のためなら、無理でも行きますよ」と、恩着せがましく言って、気の変わらないうちにと、チケットをポケットに押し込み、「ところで、京都行きの目的は何です？」と訊いた。

「あ、そうか、まだ用件を言ってなかったっけ。明後日から二日間、京都で国際生花シンポジウムっていうのがあってさ、無粋な浅見ちゃんにはあまり関係がないかもしれないが、日本中の主だった生け花の家元が、唯一、一堂に会する催しだ」

「へえーっ……」と、浅見はとぼけたが、内心、あまりにも都合よくことが運ぶのに、薄気味が悪かった。

「それも、真鍋小学校の桜と同様、『花を訪ねる旅シリーズ』の一環なんですか？」

「いや、そういうわけじゃないよ。それだったら最初から浅見ちゃんに行ってもらうさ。そうじゃなくて、高田の話だと、その二日のあいだに、何か面白いことが起きるということだったのだが、肝心の高田が直前に死んじまったから、いったい何が起こるのか分からねえ。ま、とにかく行ってみてよ」

「ちょっと待ってください。その高田さんていうのは、何で死んだんですか？」

「ん？　ああ、それはあれだ……」

藤田編集長は（まずいな――）という顔になって、しばらく躊躇《ためら》ってから、諦めたように言った。

「殺されたらしい」

「えっ、殺された？」

さすがの浅見も驚いた。

「ああ、殺されたんだよ。それも京都でね。何日も前だから、うちの取材とは関係ないから助かったけど、もしシンポジウムの取材の最中だったりしたら、こっちまで、とんだとばっちりを食らうところだったよ」

藤田は死んだ人間に対して、冷たいことを言った。

「いったいどうして殺されたんですか？」

「さあねえ、詳しいことは知らないが、京都はこのところ、ヤクザがドンパチやってるから、そういうのに巻き込まれたんじゃないのかな。だいたい高田っていう男は、ちょっとヤクザっぽいところがあったし、そっち方面と付き合っていたのかもしれない」

言いながら、急に不安を感じたらしく、怯《おび》えた目で浅見を見た。

「だけど浅見ちゃん、言っとくけどさ、そっちに首を突っ込むのはやめてくれよ。あんたは殺人事件というと異常に興味を持つからなあ。そうだよな、しまったよな、やっぱり話すんじゃなかった」

藤田の後悔は遅きに失した。浅見の頭の中から「シンポジウム」が薄れて、殺人事件への関心が急速に膨らんでゆく。

「じゃあ行ってきます、いい取材になると思いますよ」

踵《きびす》を返し、ドアを出て行く浅見の足取りは、春風を踏むように軽かった。

4

高田哲郎《てつろう》が殺されたのは四月四日の夜のことである。死体は「東山ドライブウェイ」の沢に架かる、小さな橋の下に捨てられていた。

東山ドライブウェイは、三条通が京阪京津線と一緒に蹴上《けあげ》から浜大津へ抜けてゆく途中、蹴上浄水場の辺りで左折して、陸橋で京津線を跨《また》ぎ、東山山上へ登って行く道である。開通当時は有料のドライブウェイだったが、昭和五十四年に無料化した。山頂公園の将軍塚から京都市街を一望できるのだが、それ以外はただ鬱蒼《うつそう》とした国有林の中を行くコースで、観光用のドライブウェイにしては物足りない。一時期、バイクのツーリングコースになっていたのだが、騒音と危険防止のために全面禁止されたりもして、いまはひっそりとした山道のおもむきがある。かつて、山賊が出たという話もあって、夜ともなると、よほどの物好きでもないかぎり通らない。その点、死体を遺棄するには都合がよかったのかもしれない。

蹴上側から登ってきて、将軍塚への分岐点を過ぎると、まもなく下り坂になる。そこから一キロほど下った、京大花山天文台のある北花山と清水山のあいだの沢に架かる、ほとんど橋と気がつかない程度の小さな橋の下に、死体があった。

橋の上から何気なく下を覗き込んで、死体を発見したのは、この橋のすぐ下流にある「稚児ケ池」という釣り堀の管理人である。

夏になると、沢にはミズキなどが生い茂って、谷川はその下に隠れてしまうのだが、春先のこの時季はまだ葉が繁っていない。おまけに、管理人が律儀で、毎朝、沢の流れ込む状況をチェックする習慣がある。この二つが、犯人にとっての予期せぬ不運だったかもしれない。

死体は仰向けに横たわっていた。黒いコーデュロイのジャケットやダークブルーのズボンは、明け方に降った雨でいっそう黒ずんでいた。

管理人の一一〇番通報は午前八時四十二分と記録されている。

ただちに、所轄である山科警察署の捜査員がかけつけた。東山山系の将軍塚から清水山へと連なる分水嶺は、ほぼそのまま、東山区と山科区の境界線になっている。東山ドライブウェイは分水嶺のほんのわずか東側――つまり山科区側を、境界線に沿って走る。したがって、ここで発生した事件は山科署の管轄になるのだ。

捜査員は現場一帯の捜索を行なったが、死体が身につけている物以外の遺留品はもちろん、直接犯人に結びつきそうな物証は何も発見できなかった。犯人は車で死体を運び、橋の上からごく無造作に、沢に投げ捨てたものと考えられる。警察は死体の状況から殺人および死体遺棄事件と判断、山科署内に捜査本部を設置した。

検視の結果、死体は死後十一、二時間を経過しているものと見られた。前夜の九時から十時前後が犯行時刻ということになる。後の解剖によって、死因は毒物による中毒死。コーヒーに溶かした毒物を服用したものであることが判明した。

死体の主が高田哲郎であることは所持品からすぐに分かった。高田は三通りの名刺を持っていて、一つは肩書なしだが、あとの二つは別の出版社の雑誌編集部の肩書がついていた。出版社に問い合わせてみると、高田は社員ではないが、社外スタッフとして契約し、仕事をしてもらっているので、取材の際の便宜上、肩書の使用を認めていたということであった。

もっとも、両方の編集部の編集長とも、ここしばらく高田には仕事を頼んでいないと付け加えている。はっきりしたことは言わなかったが、強引な取材を行なったり、取材に応じない相手に対して、ほとんど恐喝に近い脅しめいたことをしたという話など、何かとトラブルがあって、契約を打ち切ったらしい。高田が殺されたことを告げたとき、二人の編集長が二人とも、「そうですか……」と、さほど意外そうでなかったことからみても、問題の多い人物だったようだ。

高田は四十二歳。埼玉県の坂戸市に妻と中学生の長男と住んでいた。ただし、ここ二年ほどは、ほとんど自宅に戻ることがなかったという。

「どこで何をしているのか、さっぱり分かりませんでした」

遺体の身元確認に京都に来た際、高田の妻は涙ぐみながらも、とっくに諦めていたような口調でそう言った。妻は知らないが、警察は早い時点で、高田が新宿区のマンションに住む女性と愛人関係にあった事実を摑《つか》んだ。前記の雑誌編集者など、高田の知人のあいだでは、それほどに周知の事実であったということである。しかし、高田が妻子を完全に捨てたわけではないことは、十分とはいえないまでも、それなりの金を妻に送っていたことでも明らかだ。

高田が京都に来たのは四月二日――つまり殺される前々日である。地下鉄烏丸《からすま》線の九条駅に近い京都エリアホテルというビジネスホテルに三泊の予約をしている。ホテルのフロントの話では、「とりあえず三泊だが、さらに延長するかもしれないとおっしゃってました」ということだった。安いビジネスホテルとはいえ、京都で三泊四日の日程とは、さして豊かとも思えない高田の財政状態を考えると、ちょっと首を傾《かし》げたくなる――というのが、高田を知る人たちの共通した疑問であった。

「いったい、彼は何をしに京都へ行ったのですか？」

東京へ出向いた捜査員は、会った相手に必ず逆にそう訊かれた。じつはその高田の目的が何なのか、さっぱり分からないのだ。

高田は京都に着いた日は午後三時ごろにホテルにチェックインしてすぐに出掛け、帰ってきたのが午後十一時近かった。二日目は昼少し前に出掛け、やはり午後十一時近くまで戻らなかった。そして問題の三日目も同様に、午前中にホテルを出て、それっきり戻ることはなかったのである。遊び目的で来るはずもないのだから、何か仕事がらみの用件があったはずなのだが、どこへ行ったのか、誰に会ったのか、何をしていたのか、手掛かりはなかなか摑めない。

捜査員はとりあえず、京都市内の盛り場一帯の聞き込み捜査を行なった。その結果、わりと早い段階で、事件直前、高田が祇園の北――花見小路の「高瀬舟」というスナックに立ち寄っていたことだけは判明した。

高田はその日の午後七時ごろに高瀬舟に現れ、午後八時過ぎまで、一人で飲んでいた。高瀬舟のママは、新聞記事を見て、警察に届けようかどうしようか、迷っていたところだと弁解した。それが事実かどうか、疑わしい。刑事が来たから、仕方なく喋《しゃべ》ったというのが本当のところだろう。余計なことを言って、関わりあいになるのを警戒しているにちがいない。ママはもちろん、店の女たちは、一様に口が重く、捜査員は苦労した。

ママと女のコの話によると、高田はしきりに時計を気にしていたそうだから、誰かと会う約束でもあったのかもしれない。高瀬舟を出るとき、高田は「今日は四が重なって縁起が悪いな」と、笑いながら言っていたそうだ。

「そない冗談言うてはったんが、現実になってしもたんやねえ」

ママは寒そうに肩を抱いていた。

高田が高瀬舟に最初に来たのは二年ほど前のことで、そのときも一人だった。最初はおっかなびっくり入ってきたが、良心的な料金だと分かると、安心したのか、京都に来るたびに顔を見せるようになった。今回も京都に来たその夜に、高田は高瀬舟に現れている。やはり一人でフラッと入ってきて、カウンターで水割りを飲んだ。いつもカウンターの中のバーテンダーを相手に会話を交わす程度で、ボックスシートに坐って女たちがつくのは嫌った。女が嫌いというわけでなく、懐が寂しいせいだったのかもしれない。その証拠に、たまに女性が隣に坐ると、耳に口を寄せるようにして、ネチネチと話しかけ、逆に女性の顰蹙《ひんしゅく》を買っていたそうだ。

バーテンダーとの会話の中には、仕事のことは出なかった。それ以前も、ほとんど仕事の話をしていない。何の目的で京都に来るのかどころか、ルポライターのようなことをやっているという程度が、店の連中の高田についての知識のすべてであった。ママですら「ルポライターさんいうのも、嘘か冗談やと思てました」と言っているほど、高田は仕事に関することを話したがらなかったようだ。

とはいえ、高田が殺害されたのは事実である。ルポライターという仕事の性格からいっても、過去の高田の行状から見ても、かなり危ないことをやっていた可能性がある。とくに、このところの京都は、まるでアメリカの都市のような暴力団がらみの凶悪犯罪が頻発している。ことによると、高田はそういう関係の何かを摑んで、そのために消されたのではないか——というのが、警察の抱いた第一の心証であった。

事件捜査は難航する——と、捜査員の誰もが予想した。暴力団がらみの事件は、個人的な怨恨《えんこん》が動機になっているわけではないので、犯人を特定するのがきわめて難しい。政治団体や宗教に対する捜査の立ち遅れでも明らかなように、もともと警察は、組織による犯罪の捜査が苦手なのだ。事件から一週間を経過した時点で、早くも捜査が長引きそうな気配が出てきた。

浅見光彦はそういうタイミングに京都を訪れている。藤田編集長が言っていたとおり、嵐山の桜は盛りが過ぎ、御室の桜がちょうど見頃になりかかった時季であった。

藤田がくれた旅行のクーポンは、なんと、新幹線のグリーン指定と大京都ホテルのチケットであった。大京都ホテルは、建物の高さの問題で寺院側と揉め、宿泊客の参観拒否という対抗措置にまで発展した、あの高級ホテルである。藤田が自分で来たかった理由がよく分かる。それにしても、「旅と歴史」編集部は高田というルポライターには、いつもこんな上等な取材費を出しているのだろうか。こっちには自前のソアラを使わせ、高速料金はおろか、ガソリン代さえ出し渋る、あの藤田が――と、浅見は大いに不満だった。

国際生花シンポジウムは大京都ホテルのコンベンションホールをメイン会場に、市内のいくつかの施設を分科会場として開催されることになっている。浅見はとりあえずメイン会場のほうのセレモニーと、夜のレセプションには出るつもりだが、分科会まで付き合うつもりはなかった。ただし、高田が「起きる」と言っていたという「何か面白いこと」とは、どこで起こるどういう事件なのかが分からない以上、雇われた三日間に関しては気を抜くわけにいかない。

桜は盛りを過ぎたとはいえ、春の京都は観光シーズンである。そこへもってきて国際生花シンポジウムの主会場とあって、大京都ホテルは混雑していた。

大京都ホテルについては、浅見は「なかなかいいよ」という話を聞いたことはあるが、ロビー空間が広々としていて、インテリアは重厚でいかにも京都らしい落ち着きのある佇《たたず》まいだ。問題の高さにしたって、東京の超高層ビルを見慣れているせいか、べつに驚くほどのことはない。

もっとも、京都の市街から、反対側の山や五重の塔を見渡そうとするのには、このホテルだけでなく、すべてのビルが障害になる。町家から大文字が見えなくなったということもあるだろう。それが困るというのなら、いっそ何十年も前から、二十メートル程度の高さ制限を決めておけばよかったのかもしれない。文明や近代化が旧《ふる》きよき物を破壊するのは、何も京都にかぎったことではなく、白砂青松の海岸風景が岸壁や道路にとって代わられてしまったような「建設的破壊」は全国いたるところで起きているのだ。

それにしても、観光寺院化して、大量の観光客を京都に引き寄せている当の寺院側が、観光客の受入れ施設であるホテルの巨大化を阻止しようとして、観光客を締め出そうというのは、自己矛盾ではないのだろうか——といったようなことを、浅見は部屋に案内してくれたボーイに言ったのだが、ボーイは「はあ……」とあいまいに笑っただけで、何も答えなかった。考えてみると、京都という街はそういうことを軽々しく口にしてはいけない土地柄なのかもしれない。

5

午後一時から始まった国際生花シンポジウムのオープニングセレモニーは、世界十数カ国から集まったという人々で賑わった。生け花各流派は、それぞれ外国に支部や教場を作り、会員を増やしているのだそうで、各国から会員を招待するのは、自派の隆盛を誇示する狙いにほかならない。

役員による開会宣言のあと、最初に華道諸派を代表して、丹正流家元の丹野忠慶が挨拶した。

丹正流は単に最大規模の会員数を誇る一流派というだけではなく、華道そのものの源流ともいえる存在である。初代丹野忠元が編み出した生け花の法則を、代々の後継者が体系化して、やがて家元制度というシステムを確立する。現在ある多くの諸派諸流は、元を正せば、すべて何らかの形で丹正流の影響を受けたか、あるいはそこから分派したものといって過言ではないのだ。

そういったことを、浅見は一夜漬けの勉強で仕込んだ。生け花の世界が茶の湯と同様、複雑に入り組んでいることも、おぼろげながら分かった。とくに興味深いのは家元制度である。

家元制度は茶の湯にも舞踊にもあり、長唄、小唄、香道から、少し遡《さかのぼ》ると囲碁、将棋の世界にもあったのだが、華道界ほど、文字どおり百花繚乱と咲き誇っている世界はほかにはない。むしろ百家争鳴といったほうが当たっているかもしれない。現在、一流一派の看板を掲げているのは、分派も含めるとおよそ五百にのぼる。

丹野忠慶の丹正流は十五世紀末、室町時代の創始だそうだから、五百年の歴史があることになる。なんでも古いものだらけの京都のことだから、驚くことはないのだろうけれども、五百年は古い。しかも、古いばかりでなく、代々、優れた跡継ぎが現れ、つねにその時代時代の先端を行く改革を施してきたことには感心させられる。ことに、戦後の混乱期に、いちはやく流派の建て直しを図り、全国各地の支部を整備、強化した。さらに、京都に丹正会本部ビルとして丹正会館を建築し、丹正学園を創立するといったように、その先見の明には目をみはるものがある。

生け花が隆盛をきわめ、多くの流派が誕生したのは江戸期の末近くである。

元来、華道は、いわば仏前に供える供花《くげ》から発生し、丹正流の祖丹野忠元によって様式化され、体系づけられた「立華《りっか》」または「立花」と呼ばれるものがその本流であった。立華はセレモニーの花であるから、荘厳であることはもちろん、いくつもの複雑な約束ごとや形式が重要視される。早い話が、活けられた花が仏教の理想郷である「須弥山《しゅみせん》」をかたどった、完全無欠のものでなければならない——といったことだ。

ところが、江戸文化が発達してくると、町人のあいだで、もっと手軽に活けることのできる「生花《しょうか》」が流行して、手近な花や木を使った、自由な発想やテクニックによる、新しいタイプの生け花が行なわれるようになる。それまでは花のない生け花はタブーだったのだが、草だけ、あるいは木だけのものも解禁になった。

丹正流もその傾向を採り入れ、立華とは別に「生花」の奥義と伝承のシステムを確立した。現在の生け花には、より様式的な美を追求する「立華」と、野の花や木々、それに木の根っこや鉄材などを使ったオブジェまで登場する「生花」との二タイプがあると理解してよさそうだ。

華道各派が旗揚げするときのスローガンの多くに、丹正流への批判がつきまとうのは、ある意味ではやむをえないことだ。どういう世界でも、新興勢力は旧体制に楯突くことに、その存在の拠り所を求めるものである。丹正会内部からも造反する者が現れ、別派を創り「丹正流○○派」の看板を掲げるケースも少なくない。

しかし、そうして五百からの家元――草月流、小原流、未生流、古流その他、新旧の流派が妍《けん》を競い、盛衰を繰り返す中でも、丹正流の基盤が揺らぐことはなかった。丹正流はつねに生け花の代名詞といってもいい存在でありえたのだ。

その丹正流の総帥である丹野忠慶の演説は、いつもどおり穏やかで、共存共栄をうたうような内容に終始した。所属する国や流派は違っても、生け花の希求する真理は同じ、生きとし生けるものへの謙虚さと、美を追求する心と、平和な世界観を養うことにある――といったようなものだ。

報道関係者を加えると、おそらく千人近い参会者があったと思われる。招待者には椅子が与えられるが、報道陣は立ったままだ。しかも人数が多いから、後ろのほうの浅見などは、ステージを伸び上がって見るような有様だった。そうした中で、文化庁長官をはじめ京都市長、財界名士など来賓の祝辞がいくつかつづいて、大会宣言がなされ、そのあと、分科会のテーマを何にするか、参加者から議題が提出されることになっていた。

華道の国際化の促進、流派間の交流、合同展の開催、華道振興への国の援助、学校教科への華道の組み入れ、教授資格の統一基準問題……等々、提案議題はかなりの数にのぼった。だが、その最後に立った牧原良毅の爆弾発言の前には、どれも霞《かす》んでしまうことになる。

この日、牧原は茶系統の粗いチェック柄の、少し派手めなツイードのジャケットを着ていた。土浦の真鍋小学校のときにはごくふつうのダークスーツだったので、後ろ姿は別人のように見えた。「日生会の牧原です」と自己紹介をしてはじめて、浅見はあの牧原良毅であることに気がついた。

牧原は係員の持ってきたマイクを握るやいなや、「家元制度の廃止について、真剣な論議を始める時期だと考える」といった趣旨の発言を行なった。かなり早口だったのは、発言中止を求められるのを恐れたからにちがいない。事実、発言なかばで、主催者側から「今回のシンポジウムの趣旨にそぐわないので」とクレームがついた。そして、なおも発言をつづけようとする牧原の手から、近くにいた他流の家元が、強引にマイクを取り上げてしまった。「何をする！」と牧原の怒声が飛び、「うるさいっ」とやり返す声がマイクを通して会場に流れた。「出て行け！」という罵声もそこかしこから聞こえた。

会場は騒然とするとともに、白けた雰囲気が漂った。外国からの招待客は通訳から耳打ちを受けて、肩をすくめている。

高田哲郎が言っていた「面白いことが起きる」というのは、このことなのだろうか――と、浅見は緊張した。

報道陣や来賓などを除けば、参加者のほとんどは、各流派の家元か幹部である。その会場で「家元制度の廃止を」と言ったのだから、四面楚歌の反発を受けるのは当然のことだ。それを承知の上で牧原は発言したにちがいない。

しかし、この騒ぎがあったおかげで、浅見は家元制度そのものに、何やら問題点がありそうなことを知り、さらに牧原がそういう考えの持ち主であることを知った。

牧原は、すぐにやって来た係員に、誘導されるのか拉致《らち》されるのか分からないような恰好《かっこう》で、会場の外に出て行った。中瀬という秘書のような弟子も牧原に従っているのが見えた。報道関係者の何人かが牧原を追うのに遅れず、浅見も会場を出た。

牧原と彼を囲む係員たちの一団は廊下を出て真っ直ぐ控室のほうへ向かった。制服の警備員が廊下に立ちふさがり、報道陣の追随を阻止した。報道の連中はしばらく警備員と押し問答をしていたが、じきに諦めて会場内に戻って行った。

浅見はエレベーターでワンフロア下に降りて、非常階段で元のフロアに上がった。控室の位置はすぐに分かった。部屋の前に警備員はいなかった。ドアの外から中の様子を窺うと、係員らしい声で「困ります、おやめください」としきりに懇願している様子だ。牧原も興奮が収まったのか、「分かった、分かった」と、いくぶん笑いを含んだような声で答えているのが聞こえてくる。

間もなく三人の係員が現れ、それぞれ仏頂面でおし黙ったまま、立ち去って行った。入れ代わりに、浅見はドアをノックし、返事がないうちに部屋に入った。

控室は思ったより広い。畳数に換算すればおよそ五、六十畳はあるだろうか。ゆったりしたソファーやアームチェアが置かれ、寛いだり歓談できるようになっている。その一隅に牧原良毅と中瀬秘書がいて、闖入《ちんにゅう》者に非難するような視線を向けた。

「浅見です、先日、土浦の真鍋小学校でお目にかかりました」

浅見は近づいて、あらためて名刺を差し出して挨拶した。

「ああ、あのときの……」

牧原はすぐに思い出して、軽く会釈を返したが、中瀬秘書のほうは険しい顔で「あんた、困りますよ」と立ちはだかった。

「ここは報道関係者の立ち入りは禁じられているんですけどねえ。係員はいったい何をやっているんだ」

「いいじゃありませんか」

浅見は鉄面皮に言った。

「牧原先生はせっかくご発言になろうとしていらっしゃったのを止められたのですから、きっとご不満なのではありませんか？　僕はぜひ、そのつづきを聞かせていただきたいと思って参ったのです。それに、先牛からお話をお聞きするのは、すでにお約束ずみのはずですが」

中瀬は言い負けた恰好で顔をしかめ、しかし何か言い返そうとしたが、牧原は弟子を抑えて、「いいでしょう」と言った。

「何を聞きたいのか、私で答えられるものならお答えしましょう。ま、とにかくそこにお坐りなさい」

「ありがとうございます」

浅見は牧原と向かいあう椅子に浅く腰をかけて、言った。

「最前、先生は『家元制度の廃止を』ということをおっしゃっていましたが、それは先生の持論でしょうか？」

「そのとおりです。私は生け花をひとつの芸術としてとらえている。いや、私にかぎったことではない。華道をもって一家をなしているような者たちは、いずれも華道を芸術として位置づけ、誇りを持って仕事をしているはずだし、現に、著作などを通じてそう主張する者が多い。しかるに、現実は家元制度などという前近代的なものにしがみついて、そこから離れることができない。これは矛盾というほかはありませんな。およそ芸術は一人一代かぎりのもの。他人はもちろん親子のあいだでも、芸術を伝えることなど、できようはずがない。芸術的なものを固定して伝承するのは工芸という別の分野に属する。それをなす者は芸術家ではなく職人です。その伝承のシステムが家元制度であるにもかかわらず、各流派はいずこも生け花を芸術であるかのごとく言っている。これは一種の欺瞞《ぎまん》にほかならない。技術や精神を伝承することとそれ自体を悪いとは言わないが、芸術と呼ぶことは許されない。それが私の第一の主張ですよ」

「第一の、とおっしゃるのは、ほかにもご主張がおありなのでしょうか？」

「そう、しかもそのほうが私がとくに言いたいことでもあるのですがね。それは家元制度そのものを廃止すべきだという考え方です。華道だけではなく、茶道もその対象にあります。家元制度というのは、技術の伝承に名を借りた、ピラミッド型の巨大な集金システムにほかならないのですよ。こんなものは世界中、どこへ行ったってありはしない。たとえば、ピアノ教授に家元制度なんてものがありますか？　音楽だって、絵画だって、そんなものはありえないのです。ところが日本にはあらゆる芸事や芸術的なものに家元制度が確立されている。おまけに、まるでヤクザ社会のような上納金システムがそれを支えている。しかも、それが経済的にも政治的にもひとつの権威として社会に認知されているのだから、じつに滑稽《こっけい》です。どうです？　あなたもそう思いませんか？」

浅見は思わず「はあ」と頷きかけて、思いとどまった。生半可の知識で牧原の説に同意するのは憚《はばか》られた。母親の雪江もまた、その家元制度に属している一人なのだ。みだりなことは言えない。

「じつに大胆なお考えだと思いますが、現在の家元制度にとっては、恐ろしい天敵のようなものではありませんか」

「ははは、まさにそのとおり。脅威でしょうな。さっきのあのうろたえぶりを見ても、それは明らかです。大慌てに慌てて、刺《とげ》のあるやつを排除しおった。ことに丹正流の金城湯池である京都での大会だけに、びっくりしたのでしょうなあ」

さっきまでの緊迫感とはうって変わって、どことなく騒ぎを楽しんでいるようなのんびりした口調であった。

そのとき、ドアが開いて二人の女性が入ってきた。一人は中年の、もう一人は少女。少女のほうはどこか具合でも悪いのか、つらそうに近くの椅子にへたり込んだ。母親らしい中年の女性は少女をいたわりながらこっちを見て、そこに牧原良毅のいるのに気づいて、驚いたように姿勢を正し、丁寧に会釈した。

牧原も立ち上がり、礼を返した。

「どうなさったのですかな？　だいぶおつらそうだが。ホテルの者を誰か呼んだほうがよろしくはありませんか？」

少女を気づかって、少し歩み寄りながら、そう言った。

「ありがとうございます。でも、大したことはございませんので」

女性は当惑げに頭を下げた。少女もさほどのことはないのか、椅子に坐ったままだが、牧原の気遣いにお辞儀をしてみせた。

「それならばよろしいが……そうだ、浅見さん、ちょうどよかった。あなたにご紹介させていただこう」

牧原に手招かれて、浅見は彼女たちのところに近づいた。

「こちらは丹正流お家元丹野忠慶さんのご令嬢で、丹正会館の副館長をなさっておられる丹野貴子さん。それから、このお嬢ちゃんはお孫さんでしょうかな？」

「はい、奈緒と申します。奈緒、ご挨拶をなさい」

少女は椅子から立ち上がり、牧原と浅見に向けて、あらためて「丹野奈緒です、よろしくお願いします」と挨拶した。身長はともかく、痩《や》せっぽちの少女だが、立ち姿といい、二人の男を前にして物おじせず、堂々と挨拶したところなど、さすがに丹正流家元の血筋だけはある――と感心させられた。

「この人は東京の雑誌社から派遣されたルポライターさんでして、浅見さん」

牧原の紹介に催促されるように、浅見は名刺を渡した。丹野貴子もバッグから小型の名刺を出してくれた。

「浅見さんは生け花の世界をお書きになりたいそうです。それならば私のようなはぐれ者ではなく、真っ当なお人に会うべきだと思っておったところでして。丹野さんなら間違いない。浅見さんもなかなか見どころのある青年です。いや、押しつけるわけではありませんが、ぜひ面倒を見てやってください」

思わぬ展開だが、浅見も「よろしくお願いします」と頭を下げた。丹野貴子のほうも、仕方なさそうに「こちらこそ」と言ったが、たぶん京都人特有のお愛想にちがいない。

「それにしても、お家元の丹野先生もお幸せですなあ。こんな可愛いお孫さんがおいでとは……」

牧原は目を細めて丹野奈緒を眺めたが、奈緒の眸《ひとみ》に見返されて、ギョッとしたように目をみはった。

「以前、どこかでお会いしたかな？」

首を傾げて言った。

「いいえ、はじめてお目にかかりました」

少女は、宣言するようなはっきりした口調で言った。丹正流の総師の血を引く彼女にしてみれば、家元制度を否定する牧原に、好意を持てないのかもしれない。

「そうでしたかな……そうでしょうな」

牧原は頷いたが、それでもなお、二度、三度と小首を傾げていた。

第二章　国際生花シンポジウム

1

オープニングセレモニーと、それに引き続いて行なわれた総合協議会が終わると、夜のレセプションまで三時間ほどの間がある。レセプションへの参会者は、休息と着替えのために、いったん自宅か、それぞれの宿泊先などに戻った。外国からの参加者の中には、主催者側が用意したバスで、市内観光に出た者もあった。

丹正流家元の丹野忠慶をはじめ、博之・貴子夫妻と娘の奈緒の、丹野家の四人も自宅に戻っている。夕刻には、揃《そろ》って盛装して出掛ける予定だったのだが、奈緒がレセプションに出ないと言いだしたから、博之は珍しく、少し怒った。

「そんなわがまま言うものじゃない」

「わがままじゃありません。頭痛がするの。昼の会のときも、それで控室へ行って休んだくらいなんですもの」

「それは知っている。ママと会場を出て行くのを見ておったからな。しかし、いまは大したことはないのだろう？　それだったら出なさい。奈緒はほかの子たちとは違うんだ。丹正流家元の一員だよ。そのことを自覚してもらわないとね」

「そんなこと言ったって、お祖母ちゃまだって、丹正流家元の一員なのに、いちどもそういうところにお出にならないっておっしゃってましたよ」

「お祖母様は陰で家元を支えているお方だよ。それに、ご自分は生け花をされないということを、ちゃんと弁《わきま》えておられる。生け花をしない者が、そういうところにしゃしゃり出るべきではないというお考えがあってのことだ」

「だけど、子どもはやっぱり子どもでしょう。おとなの集まりに子どもが出たら、おかしいんじゃないかしら」

「そんなことはない。あと少ししたら、奈緒は丹正流華道の教授の一員になるんだ。指導者として、一人前の仲間入りをするためにも、いまからそういう場所に出る訓練をしておかなければならない」

「えーっ、教授になるって、それ、ほんとなの？」

「ああ、本当だよ。家元がそうおっしゃっている。と言っても、差し当たりはパパの見習いみたいにしているだけだけどな」

「じゃあ、美鈴が言ってたこと、当たっていたんだ……」

「ん？　美鈴というと、鷹の家の娘のことか？」

博之は眉をひそめ、反射的に、奥にいるはずの貴子の気配を窺《うかが》った。

「ええ、そう。このあいだ、学校でそんなこと言ってました。そのときは冗談だと思っていたけど、それじゃ、美鈴はそのこと、知っていたのかな？」

「あほなことを言うな。なんであの子が知っていなければならないんだ。そうでなく、誰もが奈緒の力を知っているということだよ。教授になる才能があるということをな」

「そうかしら……」

チラッと父親の顔に視線を飛ばした。博之はギョッとした。奈緒の目に、子どものものとは思えない、鋭いものを感じて、無意識に目を逸らした。

「とにかく、ごちゃごちゃ言わないで、レセプションに出る支度をしなさい。お祖母様だってそうおっしゃるよ。嘘だと思うのだったら、訊《き》いてみるといい」

それは嘘ではなかった。真実子も「当たり前です」と宣言している。

「奈緒、あなたはただの町の子たちとは違うのよ。この丹野家は、丹正流百五十万人のお弟子さんたちの頭に立つ家なんだから。十五にもなったら、そのことを自覚しなくちゃだめでしょう。それはきびしいことかもしれないけれど、天皇様のお子様方のことを考えてごらんなさい。もっともっときびしくて、いつも毅然《きぜん》としていらっしゃらなければならないのよ」

「そんな、天皇様のところと較べるなんて、失礼じゃないですか」

「たとえ話です。それに、天皇様と国民とのあいだを結ぶのは、心という目に見えないものがあるだけだけれど、お家元とお弟子とは、お免状でしっかり繋《つな》がっているのだから、はるかに固い絆《きずな》だし、それだけ上に立つ者の責任も重いことを自覚しなければいけませんよ」

「はーい」と答えたが、(だけど、なんで私が？——)と、奈緒はなおも疑問に思わないではなかった。

レセプションには博之は、貴子と奈緒よりもひと足先に出掛けた。主催者側の責任者の一人として、セッティングの監督をしなければならないのだ。しかし、それよりもまず、博之にはすることがあった。接待役の舞妓を指揮している鷹の家の女将《おかみ》鷹取冬江《ふゆえ》を捕まえて、楽屋の一隅に連れて行き、「だめじゃないか」と囁《ささや》いた。

「だめって、何がどすの？」

冬江は気が立っているせいか、ふだんの笑顔を忘れて、口を尖《とが》らせた。

「そら、少しは不調法もあるかしれまへんけど、若い妓《こ》たちやさかい、少々のことは我慢しとくれやす。それなりにみんな、しっかりつとめたはるやおへんか」

「いや、そのことはいいんだ。そうじゃなくてさ、美鈴ちゃんに、あのこと喋《しゃべ》ったのじゃないのか？」

「あのこといいますと？」

「奈緒を教授にするということだよ」

「ああ、あれどすか。喋ったかもしれまへんなあ。けど、かましまへんやろ、ほんまのことやし」

「ほんまのことって……あれはまだ公式には発表していないんだからね。それをあっちこっちに喋りまくられたら、えらいことになるよ」

「そんな、喋りまくることなんぞしてしまへんがな。安心しとくれやす。そんなことよりセンセ、あのおひと、あないなったん、まさかセンセとちがいますやろなあ」

「ん？　あのひとって、なんだい？」

「ほれ、東山の裏手で殺された、高田とかいうおひとのことですがな」

「ばかな……」

　博之は慌てて周囲を見回した。誰もかれも忙しげに動き回っていて、片隅にいる二人に関心を持つ者はなさそうだ。

「こんなところで、何を言いだすんだ」

「ほほほ冗談どす。けど、あの事件、ラジオでニュースを聞いたときには気ィつきまへんどしたけど、あとで何やらいう週刊誌で写真を見たとき、びっくりしましたわ。あの高田いう男は、去年の秋、うちらのこと、つけ回しておった男と一緒どすやろ」

「えっ、冬江は知っていたのか？」

「知ってますがな。何回も顔を見てますさかいにな。センセと『ベラミ』のトイレで、ひそひそ話してはったのも、うちはちゃんと見てましたえ」

「おい、そんなこと、誰かに言ったりしたら大変なことになるぞ」

「分かってますよ。なんぼわたしがあほかて、そないなこと、よう言いますかいな。けどセンセ、あのときはやっぱし、なんぞ、わたしとのことを嗅《か》ぎつけられて、脅されたはったんとちがいますの？」

「さあな、どうだったか、忘れた」

「またそんな、はぐらかすようなこと言わはって……けど、高田いう男は、祇園のうちのすぐ近くのスナックに通ってはったんやそうどすえ。刑事が毎日のように祇園を歩き回って、かなわしまへんわ。もしかしたら、去年の秋のことかて、誰ぞ見てはったかもしれんし、心配なことどすなあ」

「心配することなんか、何もないさ。私は今度の事件のことは何も知らないのだから」

「ほんまどすか？」

冬江は斜め下からコケティッシュな目で見上げた。

「そしたら、今夜帰りに寄っとうくれやす」

「だめだよ、いまは。そんな、刑事がうろついているようなところに、ひょこひょこ行けるわけがないだろう」

「よろしおすやんか、何も疚《やま》しいことがないのやったら。それに、いつもおいでやすセンセが、急に来はらへんようになったら、かえって怪しまれるのと違いますか」

「まさか、そんなことはないだろう」

「いいえ、怪しみます。警察が気ィつかへんかったら、わたしが気ィつくようにしてあげてもええのどすえ」

「ばかなことを言うな」

「ほほほ、冗談どす。けど、ほんまのこと言うて、これ以上ほっとかれたら、わたしはもう、よう我慢できしまへんわ」

冬江の目は熱く潤んでいた。博之も下腹のほうにずんと感じるものがあった。

「分かった、じゃあ、少し遅くなるかもしれないが、寄らせてもらうよ」

「嬉しい……ほな、楽しみに」

仕種《しぐさ》だけは商売気を装って、冬江は丁寧にお辞儀をした。それから博之の背後に笑ったままの視線を送って、「奥様がお越しにならはりましたえ」と言った。

貴子と奈緒が連れ立って、ドアの向こうを、隣のレセプション会場の方向へ通り過ぎて行くところだった。

「こっちに気がつかなかったのかな?」

博之は不安そうに言った。

「へえ、気ィつかはらへんかったと違いますやろか。それとも、見て見んふりしいはったんかもしれしまへんけど」

冬江は刺《とげ》のある言い方をしている。博之はそれを無視して、妻と娘のあとを追った。

会場入口では、すでに受付けが始まっていた。そこで偶然出会ったのか、貴子は青年と挨拶を交わしていた。博之の知らない顔である。白っぽいベージュのジャケットを着て、ちゃんとネクタイも締めてはいるが、ほかの客たちの盛装の前には、ひどく見すぼらしく見える。

博之は近づいて、奈緒に「よお、来たか来たか」と機嫌よさそうに声をかけた。それから貴子のほうを向いて、青年の顔と交互に視線を送りながら、「お知り合いかな」と訊いた。

「ええ、ちょっと……」

貴子は一瞬、どう説明すればいいのか——という困った表情になったが、すぐに、「さっき、奈緒がお世話になりましたのよ。浅見さんとおっしゃる、東京から見えたルポライターの方」と、陽気な調子で言った。

「お世話だなんて……」

浅見は驚いて手を横に振ってから、慌てて「浅見です」と名刺を出した。

「丹野です」

博之は鷹揚《おうよう》な仕種で名刺を差し出した。ルポライター風情と同じレベルで付き合いたくないという態度を露骨に見せた。

「あ、では、丹正流のお家元の……」

浅見がその先を言い淀んでいるのを、博之は面白そうに笑いながら、「うまくいけば、跡継ぎです」と言った。

「というと、跡を継がれない可能性もあるのでしょうか？」

「いや、そういうわけではない。いまのはジョークですよ」

（しゃれの通じないやつだな──）と、博之は苦い顔になった。

「ははは、そうでしょうねえ、びっくりしました。もしかすると、お嬢さんがお家元の後継者になることもあるのかと、早とちりするところでした」

「いいえ浅見さん、それはありえません」

貴子が少し強すぎるほどの口調で言った。相手がルポライターであるということよりも、周囲に大勢の耳があるのを意識したのかもしれない。

「お家元は代々、男子が継ぐのが決まりになっていますの」

「はあ、なぜでしょうか？」

「なぜって、そういうしきたりですもの」

「というと、法的な制限はないのですね」

「内輪のことですもの、法律がどうのという問題ではありませんわ」

「それでしたら、女性が家元になってもおかしくないのじゃないでしょうか。どこの世界でも、優れた資質を持つことが、唯一、後継者の条件であっていいと思いますが」

「そのとおりです」

博之は重々しく頷《うなず》いた。

「一般論としては、その考え方が正しいでしょうな。資質があり才能があり、しかも統率力があれば、たとえ女性であっても家元にふさわしいかもしれない」

「それじゃ、将来、お嬢さん——奈緒さんが、お父様の地位を脅《おびや》かして、家元になる可能性はあるのですね」

「ははは、脅かすは穏やかでないが、そう、可能性ということならば、あると申し上げていいでしょう」

「あなた……」

貴子が驚いて博之の腕を引いた。博之も喋りすぎに気づいたのか、「ん？　そうか、行かなきゃならないな」と、わざとらしく反応して、浅見に「では」と会釈した。

ルポライターのいる場所を離れ、レセプション会場に入ると、貴子はすぐに「あんなことおっしゃって」と非難した。

「もし、雑誌に書かれでもしたら、どうなさるつもりですか」

「書いたって構わないだろう。あくまでも一般論としては当然のことを言ったまでだ。むしろ、家元制度を云々《うんぬん》する、牧原氏のような人物がいることを思えば、開かれた姿勢を示しておいたほうがいいかもしれない」

「たとえそうであっても、そんな重要なことを、家元の許しもなしにおっしゃったら、問題ですよ」

「ははは、それは大丈夫だろう。お祖父《じい》様は、奈緒のことを私以上に大事に思っておいでなのだからな。なあ奈緒」

ずっと黙って母親の脇についていた奈緒の肩を抱くようにして、博之は言った。

「私はお家元なんかにはなりませんよ」

奈緒は逆らうような口調で言った。

「もし、さっきの人が言うように、才能だとかが問題ならば、私なんかより美鈴ちゃんのほうが適しているんだわ」

「美鈴ちゃんて、それ、どういう意味？」

貴子が問いかけるのに答えず、奈緒は博之の手から逃れて、広い会場の遠くへ去って行った。

「ねえ、あなた、いまのあれ、どういう意味なんですか？」

貴子は質問を夫に向け直した。

「私が知るわけないだろう。奈緒に訊いてみなさい」

「ご存じないはずありませんよ。さっきだって、鷹の家の女将さんと話し込んでいらしたじゃないですか。あれは何のお話だったの？　美鈴ちゃんのことで、何かお約束でもなさったんじゃないでしょうね」

「約束？　何を言っているんだ。さっきの話は、近頃、お家元がちっとも見えないから、私の口からお越しになるよう、伝えてくれという話だよ」

そのとき、顔見知りの理事の一人が近づいて、挨拶をした。丹野夫妻も笑顔を取り繕って挨拶を返す。それを汐《しお》に次から次に新しい顔と出会って、そのまま会の盛況の中にもつれ込んでしまった。

2

事件発生から一週間もすると、よほど捜査に進展でもないかぎり、マスコミの関心は急速に薄れてしまうものである。山科署の周辺に群がっていた報道関係者の姿も消えた。

山科署の平山《ひらやま》刑事は、捜査本部が設営されてからずっと、京都府警本部捜査一課の長峰《ながみね》部長刑事とコンビを組んで、主として市内の盛り場の聞き込みに歩いている。高瀬舟に高田哲郎が立ち寄ったのを突き止めたのは彼ら二人だった。

平山は四十五歳、階級が上の長峰は二十八歳。親子ほどの歳の差だが、案外、こういうほうがチームワークはうまくいくものだ。平山も一応、巡査長だが、元来、巡査長という名称は、あまり昇進しないヒラ巡査のためにお情けのように設けられたもので、事実上はヒラの刑事と変わりはなく、年輪さえ重ねれば、誰でもなれる階級である。警察は階級がものをいう制度社会だから、本来は上下関係は絶対的なものなのだが、ここまで年齢差があると、階級差と年齢差が相殺しあって、なんとなく同僚のような対等感が生じる。

長峰はよく勉強もするし、昇級試験にも積極的にアタックするタイプだが、平山は対照的に、名誉欲や地位に対するこだわりのまったくない男だ。高卒の十九歳で警察に入り、警察学校を出て以来、ほとんどを刑事畑ひと筋でやってきた。仕事は嫌いではなく、ことに若いころは、事件が起きると、昼も夜もなくのめり込むタイプだった。京都市内はもちろん府下の警察署を十数カ所、渡り歩いたが、そのどこでも、それなりの働きを見せて、府警本部長賞も何度かもらっている。しかし昇進に結びつくほどのことはなかった。めぐり合わせというものかもしれないが、それよりも、平山自身にその気がないからだと、周囲の者は指摘する。

その平山も、ここ数年にいたって、刑事の仕事に倦《う》んできた。そのことは、彼自身がよく分かっている。若いころのピンと張ったような緊張感が失われた。ことに、四十歳を過ぎてから始めた釣りが面白くて、非番の日はもちろん、夜勤明けのときなど、定時が来るのを待ちかねたようにして、署から真っ直ぐ釣りに出掛けるほどであった。

それでいて、捜査が始まると、若い長峰などの及ばない活躍をしてみせる。いわば捜査のツボのようなところを押さえる才能は、長年培ったコツとしか言いようがない。高瀬舟のときも、祇園周辺にある数えきれないほどの店の中から、被害者が立ち寄りそうな場所を目指して、わずか四軒目で尋ね当てている。

「平山さんのそういう勘にはびっくりさせられますねえ。どうやるんですか?」

長峰は率直に敬意を表して言う。

「いや、慣れですがな」

平山は照れ臭そうに笑う。たしかに、手掛かりの在《あ》り処《か》を嗅ぎ出す能力は、自分でも説明のできないものがあった。刑事のことをイヌなどと呼ぶが、動物的な勘としかいいようがないのかもしれない。

たとえば、今回のケースでは、高田の写真を見たり、職業のこと、過去の経歴、宿泊先での言動、癖などに関するホテル従業員の感想——といったものを頭に詰め込むと、高田が京都の街を歩く様子が見えてくる。この男ならこういうところへ行きそうだ——と見当がつく。

「なんでか、言われても、よォ説明できませんよ」というのは、平山の本音だ。

ともあれ、平山と長峰が見つけ出した高瀬舟を中心に、ローラー作戦による聞き込み捜査が展開された。高瀬舟を出たあとの高田の足取りを追う作業——顔写真を持っての目撃者探しだが、この聞き込み捜査というやつは、目的を達するまで際限なくつづけられる。どこかで目撃者に出くわしたら、そこからまた新たな展開が始まるのだが、高田の第二の立ち寄り先はなかなか出てこなかった。

警察はひとつの予断として、高田は暴力団がらみの、何らかの事件に巻き込まれた可能性が強いと見ている。

京都には昔ながらの任侠《にんきょう》精神が強いと自負する有力な組があって、神戸を本拠とする全国最大規模の暴力団と対抗する勢いを示している。この両者を中心とする抗争事件はあとを絶たない。最近では、組幹部の車を、バイクに乗った二人の男が襲い、拳銃を乱射して逃げ去る事件が連続して起きていた。警戒に当たっていた刑事が、暴力団員と間違えられて、路上で射殺されるという事件さえ発生した。高田もどこかで、暴力団の動きに接触したために、巻き添えを食って殺された可能性は十分ありうる。

それにしても、高田が京都に来た目的は何なのかが、疑問として残されたままだ。

東京で聞き込みをしてきた捜査員たちの報告によれば、高田の取材方法にかなり強引なものが多かったことは事実のようだ。とはいっても、はっきり恐喝などの犯罪性があるというほどのものではない。まして、そういう目的でマル暴関係を取材するほど、無謀なことはしない人間だという。

ただし、高田が愛人関係にある女性と、妻子の生活を維持するために、かなり無理をしていたことは容易に推測できる。過去、いくつもの出版社にネタを売り込んだり、でっち上げに近い、きわどい記事を書いたりもしていた。それがまた、一部の雑誌などでは大いに受けた時期もあった。

しかし、ある雑誌が、取材先から名誉毀損《きそん》で告訴されたのをきっかけに、雑誌社との契約が更新されないケースが増えた。

「経済的にかなり逼迫《ひっぱく》していたんじゃないですかねえ」と話す者も少なくなかった。

そういう状況で京都に来たのは、むろん遊び目的であるはずがない。高田が何か金になる「話」を仕込みに来たことは間違いないのだ。高田は何年も前から、仕事の関係で京都を訪れることが多かったから、その過程で何かの情報を摑《つか》んだとも考えられる。

京都には東京や大阪のような表舞台とは異なる、いわば裏舞台のような隠微な世界があって、政治や経済に無形の影響を及ぼしているといわれる。それには、千年の都であった歴史が作用している。たとえば皇室との結びつきや宗教がそれである。茶道家元の御三家は、単なる嗜《し》好《こう》品の作法を学んだり伝えたりするに止まらず、じつは皇室との繫がりの関係で、政治・経済界へのなみなみならぬ影響力を持つ機関なのである。

そういった「影の実力者」とでもいうべき機関の中枢にまで接近するのは容易ではないが、組織の末端に露出した恥部のようなものに触れる機会は、高田程度の人間でもないことはない。どんな巨大組織であろうと、所詮《しょせん》は人間の営みなのだ。高田が京都にやって来て、しきりに蠢《うごめ》いていたのは、何か、そういった京都でなければならないターゲットを見つけていたからだと考えることもできる。

といっても、この辺のレベルになると、第一線の刑事である平山たちの手には負えない。

長年の経験や勘といったものだけではどうしようもない領域である。刑事たちはあくまでも、表面に現れている「点」に接触して、そこに何らかの手掛かりを求める、いわば警察組織の触角でしかない。触角をどこへ向かってどう動かすかは、捜査本部の中枢や幹部が方針を樹《た》て、命令を下し、それを待って刑事が走り回ることになる。

その上層部からの指令が、さっぱり出てこない。ほかの捜査員たちと同様、平山と長峰は、毎日機械的に聞き込み捜査をつづけていた。高田がどこへ行き、何をしていたのかを探るしか、当面、やることがない。同じ地区を三度も四度も、繰り返し歩いた。一回目に会えなかった相手と二回目には会えるということもある。だから、必ずしも無駄ではないにしても、ときどきは虚《むな》しくもなる。

昔の刑事は、休日返上で深夜まで働いたという「伝説」があるけれど、近頃の刑事はそんなことはしない。定時きっかり――ではないにしても、犯人追跡の途中だとか、張り込みなどの特別な任務を遂行する場合とかを除けば、終業時刻がくれば帰宅する。刑事のサラリーマン化を嘆くムキもあるが、刑事といえども人の子である。超過勤務をして、体をこわしては元も子もない。

それに、警察といえども、予算でがんじがらめに縛られている役所だから、超勤手当てなど、無駄な出費を極度にいやがる。たとえば、挙動不審者をマークして、パチンコ屋で一緒にパチンコをしている状態が超過勤務かどうか、これは微妙な問題をはらんでいる。同じ目的で飲み屋やバーなどへ出入りする場合などは、なおのことである。

むしろ、刑事がそういう場所に出入りすることを、上層部はあまり歓迎しない。情報を得るためと称して、暴力団員と接触したり付き合ったりするのも嫌う。ミイラ取りがミイラになって、暴力団に丸めこまれ、小遣いをもらって手入れの情報をリークしたりするケースが多いのだ。いったん癒着したが最後、その刑事はとことん暴力団に利用される。元は仕事熱心が招いたことだが、刑事はつねに、そういう誘惑と危険性に晒《さら》されていると思わなければならない。ことに関西方面でのそれに類する不祥事は枚挙に暇《いとま》がない。そのつど、上層部が責任を取らされ、本部長以下の幹部の首が飛ぶから、たまったものではないのだ。

というわけで、警察もほかの一般企業なみかそれ以上に、健全なマイホーム主義を奨励する。早い結婚、早い帰宅――は、いまやむしろ、優良警察官の証《あかし》のようなものだ。

「せめて、自分に東京へ行かしてくれたらよかったのになあ」

定例の捜査会議を終えて、署の玄関を出ながら、平山は長峰相手に愚痴を言った。東京へ行った捜査員はたった二人である。それも、比較的若い刑事同士だ。体力を重視したわけでもないだろうけれど、経験不足は否めない。たぶんマニュアルどおりの聞き込み作業をやってきたにちがいない。案の定、大した収穫はなかった。

おれなら何か摑んできただろうに――と、平山は歯がゆくてならない。

「やっぱり、殺される原因は、東京を出る前からあったんやろか」

長峰は平山の意見を尊重する姿勢だ。

「あったに決まってますがな。高田いうのんは、フリーのルポライターで、とかくの噂のある男やったそうやないですか。そこまで摑んでいながら、何も土産なしで帰って来たいうのは、わしに言わせれば情けない」

「まあ、そう言わんといてください。東京へ行った捜査一課の秋山《あきやま》君は、僕と同期です。僕が行ったかて、同じようなもんやと思いますよ」

「いや、長峰部長はしっかりしてますよ。こう言うたら失礼やけどな」

「どうも、おおきに」

長峰はおどけて、先輩のヒラ刑事にお辞儀をしてみせた。

「ほな、明日は休ませてもらいます」

平山はそう言って長峰と別れた。

翌日は非番で、朝から釣りに出掛けた。栗栖野《くるすの》にある警察の官舎からぽんこつのような軽自動車でほんの十分――釣り場はむろん、例の稚児ケ池である。もっとも、事件に関係なく、非番の日にはどこかへ釣りに行くつもりだった。あちこちの池や川で小鮒《こぶな》が釣れはじめたというニュースが入っていた。鮒はどういうわけか、桜が散るころになると、活発に動きだすらしい。

稚児ケ池のもっとも下流側の縁に腰を下ろすと、ちょうど目を上げた辺りに、高田の死体を捨てた橋が見える。平山にしてみれば、ただの遊びで釣りをしているわけではないという気持ちもある。犯人は必ず現場に戻る――というのが、平山の信念だ。挙動不審者が釣れる可能性にも期待しているのだ。

ぽつりぽつりと釣れて、十時過ぎには五尾ばかりが網の中を泳いでいた。

釣りは鮒に始まり鮒に終わる――というが、へら鮒釣りの醍醐味《だいごみ》は、マニアックなものである。細い浮子《うき》にくる小さな魚信に合わせるタイミングの呼吸が難しい。へら鮒釣りは「キャッチアンドリリース」つまり、釣った魚を放流して帰るゲームフィッシングだから、たいていの魚は二度や三度、釣られた経験者だと考えていい。したがって、どれもすれっからしで、したたかだ。エサのただ取りの名人揃いを相手に、だましのテクニックを駆使するのが面白く、病み付きになる。

ふと、坂を下って来た車が、例の橋の手前で停《と》まったのに気がついた。遠目ではっきり分からないが、白い国産の小型車だ。運転席から男が降りて、車の前を回って橋の上に来た。小便でもするのかと思ったが、そうでなく、何やら橋の下を覗《のぞ》き込んでいる。どうやら事件現場であることを知っているらしい。

（くさいな——）

平山はがぜん緊張した。事件現場を知っているのは、地元の人間を除けば、警察関係者と報道関係の連中ぐらいなものである。第一、よほどの物好きでもなければ、死体のあった場所を、それもたった一人で覗きたくなるはずがない。

思わず腰を浮かせかけたとき、男は車に戻り、車は坂を下りだした。坂道は平山のいる稚児ケ池のすぐ近くを通る。中腰になった状態のままで、平山は車の接近を見つめつづけた。せめて車種を確認し、あわよくばナンバーを見届けるつもりだ。

道が池に接近したところで、車種は確認できた。ナンバーも最初の「32——」までは読み取れた。それでも一応の収穫だ——と思っていると、車は釣り堀の入口にある小さな空き地に乗り入れ、停まった。平山は慌てて腰を下ろし、池のほうを向いて素知らぬ体を装った。

3

やがてドアが開閉する気配がして、足音が池の縁をこっちにやって来る。

「鮒ですか？」

頭の上のようなところから声がかかった。本能的に身構えながら振り仰ぐと、白っぽいベージュのジャケットを着た、若い男が佇《たたず》んで、平山の背中越しに、池に下ろした網の中の獲物を覗き込んでいる。

「ああ、ちっこいやつやけどね」

思わぬ展開に戸惑いながら、平山はさり気なく答えた。

「いいですねえ、のどかで」

青年は平山の隣にしゃがみ込んだ。長峰よりも少し年長だろうか。育ちのよさそうな感じで、悪党には見えないが、外見だけでは油断ができない。

「あんた、ドライブですか？」

「ええ、まあ、そんなところです。京都はいいですねえ、街のすぐ近くに、こんなに濃密な緑の山があるのですから」

青年は頭を巡らせたついでのように、例の事件現場を指して言った。

「あそこの橋の下辺りで、人が殺されていたのだそうですね」

（きたな――）と、平山は内心、自分の直感に満足した。現場を覗いていたくせに、とぼけたような言い方をしているところも、大いに怪しい。

「ああ、そうみたいやね」

「犯人はまだ捕まっていないらしいけど、そのわりに、この現場周辺は、ずいぶんのんびりしたもんですねえ。警察は何をしているんでしょう？」

「警察かて、それなりのことはしているんと違うかな。あんた、東京の人ですか？」

「ええ、そうです。よく分かりますね」

「そら、標準語使いよるし、それくらい分かりますがな。けど、東京の人がこんな観光地でもないところに来て、何をしてはるんですか？　ただのドライブとは違うでしょう」

「ええ、じつを言うと、あの事件現場を見てみたかったのです。それに、近くの人の話も聞いてみたいと思いましてね。あなたはこの近くの方ですか？」

「ん？　ああ、まあそうやけど……現場を見てどないするつもりです？」

「それはもちろん、犯人がなぜここに死体を捨てたのかを知りたいのです」

「そんなもん、知ってどうするんです？」

「事件の真相を考える上で、ぜひ必要でしょう。事件捜査は現場から始まって、現場に戻れと言います」

「ふーん、そない言いますのか？」

「ははは、言いませんかね」

こいつ、なめとるんか——と、平山は腹が立った。

「あんた、被害者の身内の人ですか？」

「いいえ、違いますが」

「そしたら、なんで事件の捜査みたいなことに関心を持つんです？」

「そうですね、なぜですかねえ……たぶん、釣りと同じかもしれません」

「釣りと同じって、どういう意味です？」

「趣味のようなもの――なんて言うと、被害者の家族に叱られますか。しかし、好きでやるのだから、趣味に近いのでしょう」

「そしたら、趣味で事件捜査をやってはるいうことですか」

「正直に言うと、そうです。これで収入を得ようとしているわけではありませんしね。しかし、趣味だからって、悪いとは思っていません。むしろ、金銭ずくでないだけ、純粋なのではないでしょうか」

「なるほど、人が殺された事件で報酬を得ようというのは、不純いうわけですか。そしたら、警察官はみんな不純やね」

「ははは、そうは思いませんよ。趣味でもないのに、つらい仕事に専念するのは、さぞかし大変だろうなと思っています」

「ふーん、それは刑事が聞いたら喜ぶやろなあ。けどあんた、ただの趣味だけで、わざわざ東京からやって来たわけやないでしょう。なんぞそれなりの目安いうか、情報いうか、心当たりがあるのとちがいますか」

「そうですねえ、ぜんぜんないわけではありませんが。刑事さんにお話しするほどのことでもないでしょう」

「ん?……」

平山はギクッとした。

「あ、あんた、わしが刑事やて知ってたんか?」

「いえ、最初は知りませんでしたが、すぐに分かりましたよ」

「ふーん、どうして分かったんかな? わしはひと言たりとも、刑事らしいことは言わなかったつもりやけどな」

「分かりますよ、向こう向きでいながら、神経はずっと、僕の言動に集中しておられましたからね。そこまで集中できるのは、刑事さん以外にはありません」

「驚いたなあ」

平山は思わず振り返って、青年の顔を見つめた。

「後ろを向いておって、よう分かるもんやねえ」

「そりゃ分かりますよ。だって、さっきからあんなに浮子を引いているのに、ぜんぜん知らん顔ですからね」

「えっ……」

なるほど、浮子がはげしく引かれて、蓮の葉の下に潜り込もうとしている。平山は「いけね」と竿を上げた。十五センチほどの鮒が、懐目掛けて飛び込んできた。

「ははは、参ったな」

平山は魚を池に放ち、ほかの獲物もすべて網から池に戻して、竿を納めた。

「すみません、お楽しみの邪魔をしちゃったみたいですね」

青年は詫びた。

「いやいや、なんも気にせんといてください。それよか大物が釣れましたがな」

「は？」

「あんたですがな、あんた。ええーと、名前を教えてもらえますか？　自分は山科署の平山いう者ですが」

「僕は浅見といいます」

平山はエサに塗《まみ》れた手をズボンの尻で拭いて、差し出された名刺を押しいただいた。

「浅見さん、もしよかったら、わしの家に来て、話を聞かせてくれませんか。じつを言うと、捜査は手掛かり難でして、どんな情報でも求めておるところです。でなければ、非番の日にこんなところに網を張っておるわけがない。もし何かあるんやったら、ぜひ聞かせてもらいたいのですがね」

「いいですとも。こちらこそお話を聞かせていただきたいくらいです。しかし、僕の話は大したことはありませんよ」

「まあ、それはゆっくり聞かせてもらいますよって、とにかく行きましょう。すぐそこですので、自分が先導します」

意気投合とはこういうことを言うのだろう。東男《あずまおとこ》と京男が、まるで十年の知己のようにぴったりと意思が疎通した感じだった。

山科区は、かつては大石内蔵助《くらのすけ》の「山科閑居」で知られたように、京都郊外ののどかな田園地帯だった。近年、急速に開発が進み、いまは東山山系の麓ぎりぎりまで住宅や小工場がひしめきあい、空き地を探すのに苦労する。

平山の住む官舎は三階建てのアパート形式で、そこに警察を含めて府の職員が十八世帯、住んでいる。平山の部屋はその三階にあって、広さは二DKでまあまあだが、見晴らしだけは自慢できる。

「この辺りは栗栖野というのですね。明智光秀が土民の竹槍で刺し殺された小栗栖《おぐるす》というのは、この近くなのでしょうか？」

浅見は踊り場から、なだらかな傾斜地に広がる住宅街の遠くを見渡しながら言った。

「小栗栖はそこの名神高速を越えた向こう側やね」

一キロあまり南を名神高速道が東西に走っている。そのさらに一キロほど南に小栗栖がある。その先はもう宇治市になる。それにしても、東山連峰をひと山越えた西と東では、同じ京都とは思えないほど、その辺りは雑駁《ざっぱく》な感じだ。

「大石内蔵助の山科閑居跡もこの辺りなのじゃありませんか？」

「ああ、そこの森の中に大石神社がありますよ」

東山山麓のこんもりした森を指さして言った。

平山の妻の良子《りょうこ》は、チャイムの音にドアを開け、亭主の顔を見るなり、「どないしたの、こんなに早く。まだお昼の支度、できてへんわよ」と、まるで非難するような声を発した。

「お客さんや、お客さん」

平山に言われ、背後の「客」に気づいて、「あら、いややわ」と赤くなった。

「すみません、とつぜんお邪魔して。すぐに引き上げます」

浅見は恐縮して頭を下げた。

「何を言うてますの、ゆっくりしてってくださいよ。どうせろくなもんはないけど、昼飯、一緒に食べていってください」

平山は客を招じ入れながら、良子に「ええな」と目配せし、指を三本立てた。鰻重の合図である。指二本はカツ丼、一本はきつねうどんと決めてある。良子は一瞬、ひきつったような顔をした。

「早速やけど、浅見さん、あんたが摑んでいる情報いうのは、どういうものです？　あ、いや、その前に失礼やけど、浅見さんの名刺には肩書が何もないですね。まず、どんな仕事をしておられるのか、聞かせてもらいましょか。というても、べつに、職務質問いうわけやありまへんけどな」

「僕はフリーのルポライターです。ただし、今回、京都に来たのは、この事件とは関係ありません。じつは、殺された高田さんの代わりに、急遽《きゅうきょ》、国際生花シンポジウムの取材に来ることになったのです」

「えっ、そしたら、被害者はあれを取材に来ておったのですか？」

「いいえ、それは違いますよ。事件は一週間も前のことですから、そのとき京都に来たのは、シンポジウムの取材とは直接の関係はないと思います。ただ、シンポジウムの取材に関して、高田さんはちょっと気になることを言っていたのだそうです」

浅見は、高田が「旅と歴史」の藤田編集長に、国際生花シンポジウムの二日のあいだに「何か面白いことが起きる」と言っていたという話をした。

「面白いこととは、何のことやろ？」

「それは分かりません。昨日が第一日目でしたが、僕の知っているかぎりでは、高田さんが言った『面白いこと』が起きたようにも思えません。ただ、協議会で一人、過激な発言をした人がいましたけどね」

浅見は家元制度廃止論をぶった、牧原良毅のことを話した。

「それいうのは、かなりきついことなのでしょうかね」

「だと思います。生け花の先生たち——家元から町の教授とか師範とかにいたるまで、その人たちの生活は、家元制度というピラミッド型の組織によって成立しているといっていいのですから、それが崩壊すれば、家元といえども、ただのお花の先生にすぎないことになってしまいます」

浅見は昨日、牧原から聞いたばかりの知識の受け売りをした。

「なるほど、そういえばそうですなあ。いままで考えたこともなかったが、たしかに、お花の先生が上から下まで、何段階もあるというのは、けったいな制度やね」

「それが巨大な集金マシンとして機能するところが、きわめて重要なのですね」

「うーん、ほんまやねえ。ヤクザ組織とそっくりや。そういえば、ヤクザにも破門いうのがあるけど、どっちが先にでけたのやろ」

「ははは、牧原氏もヤクザ社会とひき較べて説明していましたよ」

「生け花やからええようなもんやけど、もし、ヤクザ組織を解体しろなんてことを言うたら、まずそいつは消されますな」

平山は言ってから、ギョッとして浅見を見た。

「そや、被害者の高田は、牧原いう人と関係があるのと違いますやろか？　つまり、牧原さんの主張をどこかの雑誌に書くとか、家元制度を守る側にとって都合の悪い人物やったいうことはないですやろか？」

「まさか、いくらなんでも、華道界の人たちが、そこまで過激なことはしないでしょう。第一、もしそうであるなら、まず牧原氏を殺すと思いますが」

「いや、分からしまへんで。権威や尊厳や、それに既得権を守るためなら、邪魔をするやつは消してかかるかもしれへん」

言いながら、その疑惑がしだいに確信に変質していくのを、平山は感じた。

鰻重が届けられて、思いがけず豪華な昼食になった。浅見ルポライターは、恐縮しながら、いそいそと山椒《さんしょう》を振りかけている。良子も即席の吸い物を出すと、一緒のテーブルについた。さっきはあんなに渋い顔をしていたくせに、「おいしい」とご満悦だ。

「どうでしょうな、浅見さん」

　饅重の効き目があるうちに、というわけではないが、平山は箸を使いながら言った。

「その牧原いう人と接触するチャンスがあるのやったら、ひとつ、それとなく高田との関係を探り出してもらえまへんやろか」

「いいですよ。今日は午前中から分科会が行なわれていて、夜はお別れパーティになりますから、そのときにでも会ってみます」

　浅見は気軽に引き受けて、「ただし」とニヤリと笑った。

「その代わりといってはなんですが、平山さんのほうからも、僕に多少の情報は流していただけるのでしょうね？」

「情報？　何の情報です？」

「ははは、そんなに警戒しないでください。素人の僕の力では調べにくいことを、平山さんにお願いして調べていただくといったようなことです。それをどこかに売り込んだりするような真似はしません。さっきも言ったように、自分なりの捜査をしたいだけなのです。もちろん警察への協力が前提ですから、僕が知りえたことは、すべて平山さんにご報告しますよ」

「ほんまですか？」

　平山はすばやく頭を回転させた。民間人を事件捜査に巻き込むのは、もちろん禁じられているが、それは公式的なことであって、現実には情報収集のためという程度ならば、ふだんからやっている。

「ええでしょう。わしでできることであれば、調べて上げますよ。その代わり、危険なことだけはせんといてください」

「分かりました。では、よろしくお願いします」

浅見は箸を置いて、右手を差し出した。平山は一瞬、何のことか分からなかったが、すぐに気がついて、その手を握り返した。

「ほな、よろしく」

浅見の手は、いかにも清潔そうで暖かな感触であった。傍らの良子は、男同士が手を握りあっている様子を、呆れたような目で見ていた。

4

テーマ別の分科会がそれぞれの会場で開かれているあいだ、国際生花シンポジウムの特別会場に当てられた京都国際センターでは、「現代生け花作家トップ10」と題した競作会が催されていた。丹正流家元・丹野忠慶をはじめ、各流各派家元の中から、主催者である毎朝新聞社などによって選《え》りすぐられた十人の生け花作家が、それぞれ趣向を凝らした作品に挑んでいる。

いずれも与えられた広いスペースを存分に使った大作揃いだが、その中にひときわ異彩を放っている奇妙な作品があった。

白い壁面をバックに、白い布を敷いた床の上に、高さ六十センチ、直径三十センチほどのガラスの壺状の器が逆さまに置かれている。ガラス器は天の部分が人間の頭のように丸く、しかも中央に桃のようなくびれがある。中には何やら得体の知れぬ真っ赤なものがギュウギュウ詰めに詰まっている。原形をとどめたものはほとんどないが、よく見ると、詰め物は花びらである。作品の題名は「花想」、花材は「カーネーション」とある。どうやらカーネーションの花びらがつぶれるほどに詰め込まれているらしい。使われた花びらは、花の数にしておそらく一千は超えるだろう。

それにしても、花びらの色は異常に赤い。どんな種類のカーネーションにしても、これほどまで毒々しく真紅なものはない。解説によると、これはカーネーションの花びらが発酵状態にあるということだ。ちょうど、藍玉《あいだま》が発酵して、鮮やかな青を発色するようなものである。

たしかに、容器の中には発酵を示す泡が発生し、たえず微妙に動いている。発酵によって花弁が溶けるのか、真っ赤な液体が底の広口の縁から流れ出し、床に敷かれた純白の布を血潮のように広がり染めて、それが異様なまでに鮮烈な印象を与える。

「これでも生け花なの？」

そういう囁きが会場で何度起きたことか。ほかの作品は、どんなにオブジェめいたものでも、それなりに花材を使って、造形的に仕上がっている。

「ふん、奇を衒《てら》いおって」と、露骨に鼻先で罵《ののし》る声も聞こえた。

たしかに、生け花としては尋常なものではない。異端というより破壊的だ。花を使って、より美しいものを創造することが生け花の定義だとしたら、美の捉《とら》え方がまったくふつうでないとしか思えない。しかし、創造という意味では、これほど創造的な作品はまたとないかもしれない。しかも、材料はまぎれもなく、凝縮された「花」なのである。文句のつけようがない。

作者の牧原良毅はこの日、かなりの時間、会場にいた。どの分科会にも、彼の出る幕はなさそうであった。出ればまた、紛糾の種をまき散らすだけだろう。そういうコップの中の嵐に翻弄《ほんろう》されているより、ここにいて大衆やマスコミと接しているほうが、どれほど有意義かしれない。

現に、牧原のところには、異様な作品についての問いかけがひきもきらない。マスコミ関係者はもちろんだが、一般の観客も、この作品の作者がそこにいると知ると、好奇心に駆られるまま、質問をぶつけてきた。

「私の生け花は、なにもいまに始まった試みではないのです」

牧原は訊かれるたびに、同じことを答えることにしていた。自分の考え方の基本を伝えるチャンスは、いかなる場合でも大切にしたいと願っている。たとえば真鍋小学校での講演など、ことによると場違いなのかもしれないが、決してないがしろにしない。

「私が生まれるより前の昭和のはじめごろ、『新興生け花宣言』というものがありました。そこには『一切の懐古的感情を斥《しりぞ》けること』『形式的固定を斥けること』『花器の制限を斥けること』『雅号を捨て本名を用いること』などが宣言されています。それから二十年後に、生け花を始めて間もない私はその宣言を知って、心の底から同感し感動もしたものです。これはいわば、生け花の芸術性を表す定理そのものであると思いました。芸術はいかなる制度や思想にも拘束されることのない、その作家独自のものであり、またそれを出ることのないものであります。いま私に質問される方の中には、たとえばくぜんとしたものであっても、生け花とは、かくかくかようなものという固定観念や認識がおありでしょうが、それはすでにして生け花の芸術性を否定していることなのです。たとえば仏前に供える花に菊などを用いるのは、儀式での定めですから、それは尊重しなければなりませんが、供花《くげ》から発生した華道の、そうした基本的な考え方までを、後生大事に持ちつづけることはありません。床の間という日本古来の住居形式が失われた現代において、まったく新しい生け花の考え方が生まれるのはむしろ当然のことではないでしょうか。私の作品はまさにその新時代に即応した、自由な精神の発露にすぎないのです」

なるほど――と、聞く者のほとんどが牧原の説明に感銘を受けた。もちろん、すべてが得心できたわけではなく、それでもなお従来の形式に縛られた生け花のほうが美しいと感じる人々が多いのも事実だが、牧原の言うような考え方がある点については理解できたはずだ。

「芸術とは一人一代かぎりのものです。伝承しようとした瞬間から、それは芸術としての価値を失うのではないでしょうか。私の作品には伝承性はまったくありません。それどころか、明日にはもう、私自身のこの作品もすでにいのちを失い、過去のものとなっているのです。生け花芸術とは、かくのごとくに儚《はかな》い。儚いがゆえに、その美しさには峻烈《しゅんれつ》なものがあると信じています」

牧原はそう話を結んだ。

観客は波のうねりのように立ち止まっては去り、去ってはまた幾人かが立ち止まって奇妙な作品に見入って行く。

牧原は少し離れたところまで退いて、その様子を眺めていた。自分の作品がどのように評価されるのか興味があった。ほとんどの観客は物珍しそうに「花想」の前で足を停めるが、大抵は傾《かし》げた首を振って立ち去ってしまう。評価するどころか、理解できない人のほうが圧倒的に多いにちがいない。理解されないことがいいのか悪いのか、牧原にも正直なところ、よく分からなかった。

「ずいぶん注目されていますね」

話しかけられて振り向くと、浅見というルポライターがにこやかに会釈した。

「ああ、ちょっと変わっているからねえ。珍しがって見て行くのでしょうな」

「それだけではないと思います。よく分からないなりに、心を揺さぶられるものを感じているのではないでしょうか。僕などもその一人ですが」

「そうだといいが、常識や既成概念を打破するのは、なかなか難しい」

そのとき、二人連れの少女が会場に現れたのが目にとまった。学校からの帰り道なのだろうか、女子校の制服らしいくすんだ茶色のスーツを着て、タータンチェックの通学カバンを抱えている。昨日の服装とはまるで違う印象を受けるが、一人は丹野奈緒で、もう一人は彼女の学友らしい同じ年頃の子だ。

浅見が声をかけようと、行きかけるのを、牧原は押し止めた。しばらく彼女の様子を見ていたかったのだ。

丹野奈緒はもちろんだが、もう一人の少女も生け花をやっているのか、一つ一つの作品の前で、熱心に鑑賞しながら歩いている。やがて牧原の作品の前で立ち止まった。

「なんやの、これ？」

友人のほうが、遠慮のない声を挙げた。

「面白いやないの」

奈緒がすぐに応じた。

「そやろか。こんなん、はじめて見るわ」

「はじめてやし、たぶん二度とできへん作品とちがう？　そやから美しいのんよ」

「そうかな。うちは美しいとは思わへんわ。どっちかいうたら、気味悪いわ」

「そうね、気味悪いわね。けど美しい」

「そんなん、悪趣味や」

友人のほうは素っ気なく言って、次の展示室へ行ってしまった。奈緒はそれから長いこと佇んで、牧原の作品に見入っている。ガラス器の中の花弁が、発酵し、息づいて、かすかに動くのに気づいたのか、上体を傾けて覗き込んでいる。

牧原は静かに近づいて「面白い？」と声をかけた。

「ええ」

反射的に頷いてから、奈緒は驚いたように振り返り、牧原とその後ろに従っている浅見の顔を交互に見た。

「あっ……」

姿勢を硬くして、体の向きを二人に面と向かう位置に変えた。

「悪い悪い、驚かしてしまったかな。だけど、私の作品を素直に美しいと言ってくれたのは、きみが最初だったものだから、つい嬉しくなってね。そう、これを美しいと思ってくれますか。どうだろう、もしよかったら、どこに美しさを感じたのか、話してみてくれませんか」

「それは……」

奈緒は言い淀んだ。うまい表現をする言葉を模索しているのだろう。

「あの不思議な花器の中に、花のいのちがいっぱいに詰まっていて、そこからトクットクッって流れ出た花の血潮が、自分で勝手に模様を描いていくのが、とても面白くて、美しいと思いました。ただ、あの花器の形の面白さにおんぶしているところがあるので、そこはちょっとずるい感じがします」

「ははは、ずるいは参ったな。だけど、あのガラスの花器を作ったのも私なんだが」

「えっ、そうなんですか……」

奈緒はあらためて作品を見つめて、「それでしたら、すごいと思います」と言った。

「ありがとう……」

牧原はその彼女の顔をまじまじと見て、昨日と同じことを思った。

「それにしても、きみとは以前、どこかで会ったような気がしてならないのだけどねえ。会っていませんか？」

「会ったことはありません。よく、父や母と撮った写真が、雑誌のグラビアに載ったりしますから、それをご覧になったのではないでしょうか」

「そうかねえ、いや、どうも近頃は忘れっぽくなってしまって」

言いながら、牧原は（違う——）と思っていた。写真の中の演出された顔ではなく、少女の挑んでくるような眸《め》に出会うと、記憶の底をかき回されるのだ。

（どこで会ったのだろう？——）

「じゃあ、失礼します」

丹野奈緒は一礼して、子鹿のようなステップで去って行った。行く手に奈緒の連れの少女が、疑わしそうな目でこっちを見ている。

牧原は時計を見た。午後四時半の閉館時刻が迫っていた。

「おかしいな……」

「どなたかとお待ち合わせですか？」

浅見が訊いた。

「ああ、秘書の中瀬が現れないもんでね。迎えに来るはずだと思っていたが、真っ直ぐホテルのパーティ会場へ行くつもりなのだろうか……いや、ことによると、そこで落ち合う約束になっていたのかもしれない。どうもこのところ忘れっぽくなってしまって」

牧原は苦笑した。

「でしたら、ホテルまでご一緒しませんか。僕もそっちへ行くつもりでしたから」

勧められるまま、浅見の車に乗せてもらった。レンタカーで動き回っているという。

「明日まで借りていますから、京都見物をなさるなら、ご一緒させていただきます」

「ははは、ご好意はありがたいが、そんなに私に密着しても、大した取材にはなりませんよ」

「どうも、見透かされましたか」

浅見は照れたように頭を下げた。

ホテルに戻って、パーティ会場へ行く浅見と別れ、牧原はいったん自分の部屋に入った。隣室が中瀬の部屋だ。通りすがりにドアをノックし、チャイムを鳴らしてみたが、応答はなかった。ひと足先にパーティ会場のほうへ行ってしまったらしい。

（しようのないやつだな——）

牧原はいらいらした。最近の中瀬は少し増上慢がすぎるようだ。牧原をないがしろにして、自分勝手をやる傾向が目立つ。あちこちの講演依頼をどんどん受けて、肝心の創作の時間に影響を及ぼすのにも無頓着である。講演はたしかに金にはなるが、そんなに稼がなければならないこともない。

「いえ、日生会の組織作りをするためには資金が必要です」

中瀬は何かというと「資金、資金」と、そのことばかりを言う。

「そんなに金集めをして、無理に組織を作ることはないだろう」

「先生はそういうきれいごとばかりをおっしゃっているから、いつまで経っても既成勢力を叩けないのです。企業の援助をもらうためにも、文部省を動かすためにも、先立つものは金ですよ。とにかくこの件については、私に任せておいてください」

いつもそうやって押さえ込まれる。現実に牧原の経理も日生会の帳簿も、すべてのマネジメントを中瀬に任せきりなのだから、文句も言えない。

トイレを使っていると、隣で物音がした。どうやら中瀬が戻ったらしい。急いで身支度を整えて部屋を出ると、隣室のドアをノックした。だが、やはり応答はない。部屋係の女性が掃除道具を提げて廊下を立ち去って行くところだ。あの物音は、彼女がベッドメーキングでもしていたのかもしれない。

会場に行ってみたが、中瀬の姿は見当たらなかった。なにしろ大勢の人込みだ。探すのにひと苦労だとは思ったが、それにしても、中瀬のほうから探しに来るはずだし、いつまでも出会えないのはどうもおかしい。

浅見が牧原を見つけて、やって来た。

「中瀬さんとはまだお会いになれないのですか？」

牧原の様子で分かったらしい。

「うん、どうもおかしい……」

言いながら、牧原はふいにいやな予感がしてきた。

「何かあったのかな？」

「フロントに訊いてみましょう」

浅見は館内電話でフロントに問い合わせてくれた。中瀬から牧原宛に何か伝言でも入っていないか訊くと、「承っておりませんが」という返事だ。

キーは中瀬が持って行ったままになっているという。このホテルのキーホルダーは大型で、外出の際にはフロントに預けることになっている。キーをポケットに入れたままパーティに出るとも思えない。ということは部屋か、喫茶室か、館内のどこかにいるはずであった。もしそうであるのなら、パーティがとっくに始まっているというのに、姿を現さないのはおかしい。

「もしかすると、急病かもしれませんね」

浅見は気掛かりそうな顔で言った。「急病」と言いながら、もっとべつの不安を感じているような顔であった。

「ちょっと中瀬さんの部屋を覗いてみたほうがいいかもしれません」

牧原も同じ気持ちであった。ただごとではないと思った。

フロントに行って、中瀬の様子を確かめたいと頼んだ。フロント係は牧原と中瀬が同行者であることを確認し、何度も電話をかけて中瀬の「不在」を確かめてから、ようやく部屋へ向かった。よく訓練されていて、マニュアルどおりだが、この際は焦《じ》れったい。

まだ外はいくらか明るいが、中瀬の部屋は窓にカーテンが引かれ真っ暗だった。ドアの脇のスイッチを入れたとたん、フロント係は「あっ」と叫んで一歩、後ずさりした。代わって、浅見が部屋の中を覗き込んだ。

中瀬はベッドにしがみつくようにして倒れていた。ワイシャツにズボンという恰好《かっこう》は、パーティに出る支度をしている途中のような印象だ。後頭部にザクロが弾《はじ》けたような裂傷があって、ベッドカバーに血潮がしたたっている。どことなく、牧原の作品「花想」を連想させた。

「牧原さん、部屋から新聞を取ってきてください」

浅見は背後の牧原に言った。新聞をどうするのか分からないまま、牧原は言われたとおりに自分の部屋に入っている新聞を持ってきた。浅見は新聞を一枚一枚、床の上に置きながら部屋の奥へ向かった。

中瀬はすでに死んでいた。

「まだいくらか温もりがありますが、死後一時間程度は経過しているように思います」

浅見は振り返って報告し、「すぐに警察に連絡してください」と言った。牧原は腰の力が抜けそうだった。ついけさまで、一緒に食事をし、今夜と明日の予定などを話していた中瀬が、いまはもうこの世の者ではないのだと思うと、背筋が凍るような思いだ。

フロント係の急報で、ホテルの人間が数人駆けつけた。こういう場合、ホテルというところは最大限、騒ぎになることを避ける。警察から捜査員が来るのも、なるべく隠密裡《おんみつり》にという、双方のあいだで暗黙の了解がある。従業員用のエレベーターを使って刑事と鑑識の連中がひそやかにやって来た。

もっとも、そうはいってても殺人事件であることがはっきりした時点からは、そんな悠長なことも言っていられない。警察はホテル側に、現場である七階フロア全体を、宿泊客以外は立ち入り禁止にするよう求めた。ことにエレベーターと廊下および非常階段の指紋採取を優先的に行なった。

部屋の中に入る際の、浅見の処置は、素人にしてはきわめて適切なものであった。むしろ、あまりの手際のよさがかえって気に入らないらしい。刑事は「まさかあんた、被害者が死んでいるのを、知っとったんやないやろね」と、疑わしそうな目をした。浅見はまったく取り合わず、ただ「ははは」と笑って、逆に質問している。

「後頭部の一撃が致命傷のようにも見えましたが、首にも絞められたような痕跡があります。後頭部の打撲だけでは死に到らなかったのか、それとも念には念を入れたものでしょうか」

「そんなことはこれから調べますがな」

刑事は面白くなさそうだ。

それから牧原と浅見は、牧原の部屋で刑事の事情聴取を受けた。

中瀬の死亡時刻は、どうやら牧原が作品展示会場から部屋に戻った時刻――午後四時半から五時半――あたりらしい。その時間帯の牧原と浅見の行動を根掘り葉掘り訊いた。とくに牧原への訊問は執拗《しつよう》をきわめた。

ホテルの各部屋のドアは、自動ロック式になっていて、いったん閉まると外からは鍵がないかぎり開けられない。そしてその鍵は中瀬自身が所持していた。となると密室状態の殺人事件だから、当然、被害者と面識のある人物がもっとも疑わしい。つまり、牧原が文字どおり、その最短距離にいたことになるのであった。

「浅見さん、なんだか私が疑われているようですな」

刑事が席をはずしたとき、牧原は不安そうに言った。

「大丈夫ですよ」

浅見は屈託なく笑った。春風駘蕩《たいとう》としたその顔を見ていると、気持ちが休まる。

「しかし、明日はどうやら、京都見物は無理なようですね」

浅見が冗談まじりに言ったけれど、さすがに牧原は笑う余裕がなかった。

第三章　叡山電鉄

1

　大京都ホテル七〇八号室の殺人事件は、中立売署《なかだちうり》に捜査本部が置かれた。浅見はたまたま居合わせたにすぎない無関係の人間だから、すぐに解放されたが、牧原は容疑はともかくとして、もっとも事情に通じている人間として、身柄をホテルから警察に移された上で、えんえん事情聴取がつづけられた。

　浅見は牧原の付添いという名目で、中立売署のロビーで牧原が解放されるまで待機していた。牧原に対するこの日の事情聴取が終了したのは、午後十一時であった。

「あっ、浅見さん、いてくれたのですか」

　牧原は疲れきった様子でロビーに現れ、浅見がいるのを見ると、よほど嬉しかったのだろう、笑いかけようとして、いまにも泣きそうに顔を歪《ゆが》めた。

「長かったですねえ」

浅見は労《ねぎら》いの言葉をかけた。

「いやあ、参りました。また明日も継続するそうですよ」

いっぺんに十歳も老けたような、嗄《しわが》れた声を出した。

浅見は車で牧原をホテルに送り届けたが、惨劇のあった部屋の向こう三軒両隣は空室にするとのことで、牧原の部屋は一階下の六〇八号室に移されていた。ホテル側としては迷惑この上もないが、さいわい国際生花シンポジウムが終了して、部屋にいくぶんゆとりができていた。

「浅見さん、しばらく付き合っていってくれませんか」

牧原は弱音を吐いたが、頼まれなくても、浅見は牧原の話を聞くつもりでいた。

「いいですとも。中瀬さんのことなど、いろいろお聞きしたいですしね」

ルームサービスで夜食と飲み物を取って、長期戦の構えだ。浅見はアルコールは控えたが、牧原はオンザロックをつづけさまにあおって、ようやく気分も回復してきたらしい。顔に赤みが差し、声にも張りが戻った。

中瀬が牧原のところに来たのは、いまから七年前のことだそうだ。それまで勤めていた商事会社をいわゆる脱サラして、牧原のマネジメント役を自ら買って出たのである。

当時中瀬は三十八歳。独り身の気軽さもあったのだろうけれど、牧原の生け花芸術に惚れ込み、生け花界の一つの勢力として押し上げ、ビジネスとしても成立する道をつくろうという意気込みであった。

「そのころはまだ家内が元気でした」

牧原の妻は四年前にガンで死んだ。死ぬ一年前まで、牧原の身の回りの世話はもちろん、仕事上の雑務など、すべてを妻が取り仕切っていた。病魔に倒れる少し前からは、その役目は中瀬の手に委《ゆだ》ねられていった。妻は死期を察知して、それ以前から少しずつ、中瀬にノウハウを委譲していたらしい。

「よく出来た女でした」

その話をするとき、牧原は目を潤ませた。

「家内はじつは、早くから自分の病気が何かを知っていて、彼を自分の身代わりに立てようとしたのではないか……そんな気がするのですよ」

中瀬はかなりの野心家であったようだ。ずっと忠実に牧原に仕えてはいたが、「牧原良毅」を看板にして、ひと旗上げる野望をあからさまに主張してやまなかった。

「先生は天下に号令して、沈滞した華道界にカツを入れるべきお人なのです」

牧原には作品のファンは多いが、純粋に弟子とよべる者は十人ほどしかいなかった。牧原の生活や創作活動を支えているのは、彼の芸術性を理解し、あるいは心酔している企業人や素封家と、デパートなどの催事を企画制作する、いわゆるイベント屋である。とくにイベント屋にとって、牧原は魅力あるタレントであった。いまどき、正統的な生け花だけを展示したところで、一般の客を引き寄せるのは難しい。しかしそれに牧原良毅を嚙《か》み合わせることによって人気が倍増した。牧原の挑戦的ともいえる作品は、発表するたびに話題を集め、人を集めた。マスコミの取材もどうしても牧原の作品に偏りがちで、ほかの作品は霞《かす》んでしまう。最近では、牧原と一緒に展示される催しには参加しないという作家が増えてきたほどだ。

「正直言って、私は中瀬の傀儡《かいらい》のようになっていたのかもしれません」

牧原はそう浅見に述懐した。中瀬はじつに精力的に動き回り、「仕事」を見つけてきては、牧原良毅を押し出した。本来の仕事である生け花の創作だけにとどまらず、講演の依頼をどんどん取ってきた。

「講演は先生の家元制度廃止論をぶちあげる絶好のチャンスです」

たしかにそうだな――と思わせる言い方をする。それに、旧態依然たる生け花を打破しようとする牧原の考え方は、制度そのものの打破にも繫《つな》がるから、話の内容がきわめて刺激的だ。そればかりでなく、牧原の話には生け花を離れて、一種の文化論や教育論的なものまで出てくる点も評判がよかった。

こうして、牧原良毅を押し立てた中瀬のビジネスは、順風満帆の勢いで、その存在をアピールするようになったのである。

だが、その反面、中瀬の野望がますます加速していったとも考えられる。芸術は個人的なもの——という牧原の考えにそぐわない、「日生会」という組織を作ったのも中瀬の独断によるものだ。

牧原が注意すると、中瀬は「ファンクラブみたいなものですよ」と笑っていたが、気がついてみると、会員数が一万人を超える規模に膨れ上がっていた。年会費を徴収し、会報を発行して、その中で通信指導のようなこともやっている。

「先生の生け花に対する考え方や思想、精神を伝えるためのメディアです」

その説明を聞けば、なるほど——と思わせられる。

それらの事業によって、どれほどの収入があり支出があるのか、牧原にはまったく摑《つか》めなかった。日生会事務局が設けられ、女性事務員を二名雇った。そういうことを含めて、中瀬はもはや牧原の手に負えない存在になりつつあった。

「そのこと、警察にお話しになったのでしょうか？」

浅見は眉をひそめて、訊《き》いた。

「話しましたが、まずかったですかね」

「そうですね。いまのような話の内容だと、警察としては一つの動機と見て、しつこく追及するはずです」

「まさに浅見さんの言われるとおりですな。刑事は、中瀬のやっていることを不快に思っていたのだろうとか、中瀬が金銭的な不正を働いているのを知ったのではないかとか、まるで私が中瀬に殺意でも抱いていたかのような質問を重ねましたよ。何度も何度もね」

「現実に、中瀬さんには不正行為があったとはお考えになりませんか？」

「いや、それは分かりませんな。帰って、事務局の帳簿でも調べてみないことには。しかし、これは憶測ですが、中瀬は何らかの形で、日生会の金を自分のために流用していたかもしれない。だからといって、それをどうこう言うつもりは私にはありません。もともと、彼の給料もはっきり決めていなかったような状態でしたからね。私のことを含めて、日生会のことは彼の思いどおりにやってもらっていたのです。それが悪かったということであれば、責任はこの私にある」

浅見は小さく頭を下げた。敬服できる人物だと思った。

「牧原さんは高田という人物をご存じありませんか？」

「高田？　どちらの高田さんかな？」

「僕と同様、フリーのルポライターをやっていた男ですが」

「いや、知りませんが……ん？　やっていたというと、いまは？」

「殺されました」

「えっ……」

牧原は息を呑んだ。浅見はかいつまんで高田が殺された事件を話した。

「ああ、そういえば、京都でそんなような事件があったのを、新聞で読みましたね。そうですか、その人ですか。しかし、その高田という人が何か？」

「じつは、高田氏はある予言めいたことを言っていたのです。国際生花シンポジウムがある二日のあいだに、面白いことが起きるというような」

「面白いこと、とは？」

「分かりません」

「まさか、中瀬が殺された事件のことを指しているのではないでしょうね」

「それも分かりません。あるいはそうかもしれません」

「ふーん、何かあったのかな？……」

牧原は視線を床に落として考え込んだ。せっかくの酔いも醒めてしまった様子だ。

「そういえば、中瀬は今度の国際生花シンポジウムが生け花界の大きな転機になるとは言っていました」

牧原は少し視線を上げ、遠くを見る目になった。

「権威が失墜して、新しい風が吹くだろう、といったようなこともね」

「どういう意味だったのでしょうか？」

「いや、私はただ、いつもの彼らしい怪気炎かと思っていたのだが、現実にこんなことが起こってみると、中瀬の言葉には何か裏付けがあったのかもしれない」

高田と中瀬はべつの言い方をしているが、同じことを指して言っていたのではないだろうか――と浅見は思った。

「きょうの事件の状況ですが」

浅見は話題を変えた。

「牧原さんが部屋に戻られたころが犯行時刻と推定されているのでしたね」

「そのようです。その点だけからいえば、私が犯人であって不思議はないらしい」

牧原は苦笑したが、浅見は表情を引き締めたままで言った。

「警察でも訊かれたと思いますが、そのとき、何か、隣室の様子に変わったことはありませんでしたか？」

「私がトイレに入っているとき、壁の向こうで物音がしました。それでトイレを出て、すぐに隣の部屋のドアをノックしたのだが、応答はありませんでした。その時点ではすでに殺されていたということでしょうな。しかし、物音がしたのだから、もしかすると、部屋の中にまだ犯人がいたのかもしれない。あのとき、すぐにフロント係を呼べばよかったのか……」

牧原は残念そうに顔をしかめた。

「犯人らしい人物は目撃していませんか」

「いや、見ていません。もっとも、私はエレベーターで七階に上がって、真っ直ぐ自分の部屋まで行っただけですからね。廊下でそれらしい人物に出会えば分かるはずだが」

「ふつうの客らしい人物にも会わなかったのですか？」

「会いませんでしたな。部屋係の女性を見かけた程度です。そうそう、だからあのとき、隣の物音はベッドメーキングか何かの音だったのかと思って、それで確かめる気にもならなかったのでした」

「それじゃ、もしかすると、その女性が犯人を見ているかもしれませんね」

「さあ、それはどうですかなあ。彼女が立ち去ったときには、まだ犯人は部屋にいたでしょうからね。それくらいのタイミングで私は部屋を出ているのです」

「なるほど……そのこと、つまり、その女性のことは、警察にも言いましたか？」

「いや、言ってませんよ。訊かれませんでしたからね。だいたい警察は、私が犯人ではないかと思って、中瀬との関係や、事件当時の私の行動ばかりをしつこく質問していたのだから」

またしても事情聴取のことを思い出して、牧原は憤懣《ふんまん》やるかたないという顔になった。

「しかし、その女性のことは、一応、警察に話しておいたほうがいいと思いますよ。ことによると、犯人を目撃しているかもしれませんからね。それに……」

浅見はちょっと言葉を切って、

「彼女が犯人である可能性だって、ないことはないのです」

「まさか……」

牧原は呆れたように笑いかけて、浅見の真面目くさった顔に出くわして、「そんなことはありえないでしょう」と言った。

「どうしてありえないのですか？　どういう人物が犯人であって、どういう人物がそうでないかなど、最初から決めてかかるわけにはいきませんよ」

「それはまあ、そうですがね」

「その部屋係はどんな女性でしたか。年齢とか、容姿とか」

「いや、向こう向きに立ち去って行くところでしたからね。距離もかなりあったし、分かりませんなあ」

「服装は部屋係に間違いないのですね？」

「そらもう間違いありません。何人も部屋係を見ていますからね」

「たとえ後ろ向きでも、いくつぐらいかは、ある程度、判断できませんか」

「そうですなあ、まあ、あまり若くはなかったことは確かです。歩き方からいっても、五十か六十歳か、それくらいの感じでした」

「ほーら、それだけでも調べる対象を絞ることができるじゃありませんか」

「それにしたって、犯人だなどというのはねえ……犯人はやはり男だと思うが」

「なぜそう思われるのですか？」

「なぜって、ああいう乱暴な殺し方だし、それに、中瀬がもし不正に手を染めていたとして、恨みを買うとしたら、やはりヤクザのような連中でしょう。なんといっても、白昼堂々、殺しに来るような連中ですからな」

「中瀬さんの立場で考えてみてください」

浅見は言った。

「もしヤクザのようなやつが訪ねて来たとしてですよ。身に覚えのある中瀬さんが、そんなに簡単にドアを開けて部屋に入れるものでしょうか？」

「………」

「むしろ、まったく心配のない相手だったから、警戒することなくドアを開けたのでしょうし、完全に無防備で背中を向けたはずです。そういう相手として、もっともふさわしいのが部屋係の女性なのではありませんか？　それに、部屋係の女性ならば、部屋を出てくるところを見られても、廊下で誰かに会ったとしても、まったく怪しまれる心配はないでしょうからね」

「じゃあ、犯人は部屋係？……」

「いえ、これも一つの仮説です。ただ、最初からその可能性をネグッてしまってはいけないということを言いたかったのです」

浅見は微笑を浮かべたが、牧原は深刻な顔で「脅かさないでくださいよ」と言った。

「しかし、もし明日も事情聴取があるようなら、僕が言ったようなことを刑事に言ってみてくれませんか。つまり、部屋係が犯人である可能性があるということをです」

「それは構いませんが……」

牧原は浮かない顔で、不安そうに浅見を見つめた。

2

浅見が牧原をたきつけて警察に言わせたことは、予想以上に反響を呼んだ。取り調べに当たった刑事は、「部屋係がなぜ犯人でありうるか――」を牧原が語ったあとなど、しばらく声が出ないほど驚いて、牧原の顔を穴の開くほど見つめた。

それから「ちょっと待っていてください」と、あたふたと取調室を出て、上司の警部補を呼んできた。警部補を相手に、牧原はもういちど「解説」をしなければならなかった。

「なるほど」と、警部補は感心した。

「早速調べてみましょう」

警察は大京都ホテルの部屋係の中で、事件当時、七階の廊下を歩いていた女性がいないかを調査した。ところが、該当するような部屋係は発見できなかった。昨日の午後四時半から五時半ごろまでのあいだに七階に行った部屋係は三名いたが、厳密にいうと、牧原が目撃したとされる時間は午後五時十分ごろであり、その時間に限定すると、一人もいないことになるというのである。

午後五時前後というのは、ホテルにとっては微妙な時間帯であって、チェックインのラッシュアワーと夕食の、ちょうど狭間《はざま》のような時間だ。午前十一時ごろから、順次、チェックアウトした客室の清掃にかかり、遅くとも午後三時ごろまでには終了して、しばらく間を置いてから、午後五時半ごろになると、タオル交換サービスとベッドカバーを外す作業が始まる。

犯人はそういう事情に通じていて、おそらくその間隙を縫って犯行に及んだものと推測できる。とすると、牧原が部屋に戻った午後四時五十分から午後五時十分ごろの犯行というのは、犯人の計画性を裏付けるものと言える。

「それとですね、五、六十歳ぐらいの女性ということですが、三名の部屋係はいずれも二十代でしてね、どこからどう見ても、そんなおばさんふうには見えないのですが。どうなんでしょう、その女性というのは、間違いなく部屋係だったのですか？」

刑事は牧原に確かめた。

「間違いないと思いますが」

「思いますでは困るのですがねえ。これはきわめて重要な問題ですよ」

「そう言われたって……いや、間違いないですよ、あの服装は。掃除道具入れみたいなものも提げてましたしね。もし間違いだというのなら、いったい彼女は何だったのです？　まさか大京都ホテルの客が、そんな恰好《かっこう》をしているはずはないでしょう」

牧原も頑強に言い張った。それはなんとなく、自分の潔白を主張するための詭弁《きべん》のように受け取られたかもしれない。とにかく、牧原は見たというし、ホテル側に聞けば、それに該当する女性はいないというのだ。どこまでいっても平行線である。

どちらの言い分が正しいかといえば、警察はむしろホテル側を採用する。実際、部屋係の女性たちをひととおり調べてみて、犯人かどうか、嘘をついているかどうかぐらいは見分けがつく。だいたい、犯人でなければ、七階に行ったか行かなかったか、嘘をつく必要はまったくないのだ。

それに対して牧原のほうは、言っていることに客観性がまるでない。当人がそう主張しているだけで、それに部屋に戻った時刻や、物音を聞いたという話もあいまいで、事実かどうか疑わしくさえある。

とはいえ、いつまでも牧原を拘束しているわけにもいかない。重要人物ではあっても、正面きって容疑の対象にできるほどの条件が整っていないのだ。昼前には牧原は警察から解放された。中瀬が生きていれば、新幹線に乗って東京へ向かっている時刻だ。

ホテルでは浅見光彦が、事務局の女性二人と、中瀬の母親を連れて待機している。けさ一番の新幹線で京都に到着し、遺体との対面と警察の事情聴取をすでに終えて、ひと足先にホテルに戻っていた。牧原の代わりにそういった手配を浅見がすべてやった。

母親と二人の女性は、遺体との対面のときにひとしきり泣いたのだが、牧原が母親に「どうも、とんだことになってしまって」と悔やみの言葉を言ったとたん、三人ともまた新しい涙を流した。

「若いころから、親の言うことをきかないで、勝手なことばっかししていましたですが、先生のお世話になってからは、人並みに親孝行のようなことをしてくれたし、もう少ししたら、家も建てて一緒に住むからって、そう言ってくれたのでしたが……」

連れ合いと若いころに離別して、女手ひとつで息子を育てた母親の労苦を思うと、気の毒で慰めようもなかった。

「家を建てるって、そうおっしゃっていたのですか？」

浅見は慰める代わりに、訊いた。

「はい、東京の郊外に一戸建ての家を建てると申しておりました」

その言葉は、中瀬に不正があったことを疑わせる、有力な材料になった。しかし、そのあと、母親がホテルの部屋に引きこもってから、事務局の二人の女性に確かめたところ、中瀬にはそんな資金力があるとは思えないというのである。日生会そのものの預金残高がせいぜい二千万ちょっとだそうだ。かりにそれを全部ネコババしたところで、東京郊外に一戸建て住宅を購入できるはずがない。

「それに、第一、中瀬さんはそんなことをする人じゃありませんよ。あの人は牧原先生に心の底からお仕えしていました。なんとしてでも、現在の華道界をぶち壊して、先生の理想を実現するんだ。それには資金を作らなければって、遣い込みどころか、お金を貯めるほうに熱中していたくらいです。中瀬さんは先生のためにいのちを懸けるくらいの気持ちだったのじゃないでしょうか」

その言葉どおり、中瀬は「いのちを懸け」たのだ。二人の女性は、敵意剝《む》き出しに、浅見が示した疑惑を否定した。

「そんなふうに憤慨しないでください。これはあくまでも仮定の話なのですから」

浅見は苦笑いをして、

「しかし、それならばなぜ、中瀬さんはお母さんに、一戸建ての家を建てるなんて約束をしたのでしょうかねえ？　二人の女性は顔を見合わせたきり、答えられない。

その疑問には、二人の女性は顔を見合わせたきり、答えられない。

「それはたぶん、中瀬としてみれば、母親にかっこいいことを言って、安心させたかったのじゃないですかな」

牧原が取りなすようにそう言ったが、浅見はべつのことを考えていた。殺された高田の場合も、やはり中瀬と同じような、金が欲しい状況にあったのではないだろうか。愛人がいて、離婚も考えるとなると、まとまった金が入用だったにちがいない。

「お二人は高田という人を知りませんか？　そういう名前で電話がかかったとか、憶えていませんか？」

浅見に訊かれて、女性の一人が「ああ、高田さんなら、何回か電話を受けたことがあります」と言った。

「ことになってからだと思いますけど、中瀬さんがお留守のときのほうが多かったのじゃないかしら」

「どんな用件でした？」

「さあ、ご用件を承りましょうかと言うと、結構ですとおっしゃってましたから」

「事務所に来たことはないのですね？」

「ええ、ないと思います」

「この人なんですが」

浅見は平山から借りた高田の写真を二人の女性に見せた。

「ああ、この方ならいちど、近くの喫茶店で中瀬さんと二人で話し込んでいるところを、見たことがあります」

もう一人の女性が言った。

「買い物に出た帰りにチラッと見ましたが、なんだか難しそうな顔で話してました」

「そうすると」と、牧原が不安げに声を落として言った。

「やはり中瀬は高田氏と接点があったということになりますね」

「はあ……しかし、警察はまだそのことに気づいていません」

「気づいているどころか、ぜんぜん見当違いのほうを向いていますよ」

それから牧原が、警察での事情聴取の様子をつぶさに話した。とくに、部屋係の女性のことを、警察があまり真剣に取り上げようとしない点をしきりに怒っている。

「浅見さんは信じてくれるでしょうな」

「もちろん信じますとも。牧原さんがおっしゃるように、もしその女性が部屋係でなかったとしたら、いったい何者なのか、むしろ興味があるじゃありませんか」

「は？　というと、浅見さんもやはり、部屋係ではないと？」

「ええ、そう思います。あ、いや、だからといって、牧原さんの目撃談を疑うという意味ではありませんよ。そうではなく、もしその人物が部屋係でないのなら、何者かが変装していたことになりますからね。だとすると、きわめて計画的な犯行だったことを意味するわけです」

「なるほど、変装ですか」

牧原は目から鱗《うろこ》が落ちたような表情になった。

「もちろん仮説ですが。しかし、もし変装ならば、必ずしも女ではなかったという可能性もあります」

「うーん、いや、それはありませんな」

牧原は少し考えて、今度ははっきりと首を横に振った。

「いくら変装が巧みだとしても、あれはやはり女性だったと思いますよ。なんていうのか、腰の辺りがですな、こう……」

両手をくねらせるようにして、二人の若い女性の視線に気がついて、慌ててやめた。

「とにかくそれくらいの見分けは、私にもできますよ。男性か女性かというのは、生け花の姿にも譬《たと》えられますからね。あれは間違いなく女性で、部屋係の制服でした」

芸術家の鑑識眼を示すためにも、その線は頑として譲らないつもりのようだ。

浅見も「そうですか」と、素直に認めざるをえなかった。

「それにしても、中瀬はなぜそんな事件に巻き込まれなければならなかったのかな？　いったい彼は、殺されるような、何をやらかしたのだろう？」

「その鍵は、中瀬さんの自宅や、事務局の書類の中にあるかもしれません。いずれ刑事も訪れると思いますが、東京に帰られたら、なるべく早く、事件に結びつくような物がないかどうか、探してみてください」

「分かりました。帰ったら早速調べます」

中瀬の母親は遺体に付き添って、東京まで搬送車に同乗して行くそうだ。牧原と二人の女性は午後三時近くの新幹線に乗るという。浅見はその三人を京都駅まで送った。

「京都の桜も終わりですなあ」

東本願寺の前を通過しながら、牧原はゆく春を惜しむように言った。

「御室の桜や大原三千院辺りはまだ満開でしょう」

「そうでしょうかな。きみたちも、せっかく京都に来ながら、桜見物もできないで、気の毒なことだったね」

助手席から後部座席を振り返り、事務局の女性二人を慰めた。

「ま、いずれ事件が一段落したら、休暇を上げるから、ゆっくり旅行をしなさい。桜前線を追ってゆけば、まだ東北辺りで追いつけるかもしれない。いや、荘川桜は五月だったかな。あそこの桜は見事だ」

「荘川桜というと、牧原さんがこのあいだお話しになった、岐阜県のあれですね」

「ああ、憶えておいででしたか。もっとも、あそこまで桜を見に行くのは、よほどの物好きか……」

牧原はふと言葉を止めて、小さく「あっ」と呟《つぶや》いた。

「そうか、荘川の女か……なんだ、そうだったのか、ははは……」

「どうしたのですか？」

浅見も理由が分からないまま、笑顔になって、訊いた。

「いや、ほら、例の丹野さんのとこのお孫さんね、あの子とどこかで会ったような気がしてならなかったのだが、いま思い出しましたよ。昔、荘川で会った女性とどことなく似たところがあるのですな。古い話だが、いささか懐かしくもある」

少し照れたように顔を赤らめた。

「当然、ラブロマンスなのでしょうね」

「ははは、どうでしょうかな。旧悪と言ったほうがいいかもしれない」

もう少し、その話のつづきを聞きたかったが、京都駅に着いた。浅見は牧原と二人の女性に、中瀬の資料を調べておくように、あらためて念を押した。

別れの挨拶をしてから、牧原は気掛かりそうに言った。

「浅見さん、くれぐれも気をつけてくださいよ。どういう事情かはともかく、二人も殺されているのですから、何が起こるか分からない。東京のほうが一段落したら、私もまた戻って来るつもりですけどね」

「分かりました。それまでは生きているようにします」

「いや、あなた、そういう冗談は……」

牧原は若い者の軽薄を窘《たしな》めることを言いかけたが、浅見はその前で手を振って、車をスタートさせた。レンタカー屋に返す約束の時刻を、少し過ぎていた。

3

二泊三日の大京都ホテルのクーポンが切れたので、浅見は高田が泊まっていた京都エリアホテルというビジネスホテルに今夜の宿を取ることに決めた。いや、今夜どころか、しばらくは京都を離れるわけにいかない。「旅と歴史」の仕事とは関係がないから、これから先の経費をどう捻出《ねんしゅつ》するか、苦労することになりそうだ。

エリアホテルは、あの事件以降、客のキャンセルが相次いだとかで、予約なしの客を歓迎してくれた。

「まったく迷惑なことです。新聞も、なにも宿泊したホテルの名前まで出すことはないと思うのですがねえ」

フロント係はしきりにぼやいていた。いまだに、刑事が思い出したようにやって来て、とりとめのないことを訊いて行くそうだ。

「警察も、よほど手掛かりがないのでしょうかねえ。もっとも、コレの関係だと、難しいのかもしれません」

フロント係は「コレ」と頬に傷をつける仕種《しぐさ》をしてみせた。

部屋に入ってから、浅見は山科署に電話した。あいにく平山は留守だったので、エリアホテルにいることと部屋番号を伝えてもらうことにした。例によって、寸暇を惜しんでワープロのキーを叩いていると、夕刻近く、平山がいきなり訪ねて来て、ロビーに呼び出された。

「大京都ホテルに行ったら、チェックアウトした言うんで、東京へ帰られたのかと思いましたが、こんな安ホテルに引っ越したとなると、いよいよ長期戦の構えですな」

嬉しそうに大きな声で言う。「安ホテル」と言われて、フロント係が、面白くなさそうな顔でこっちを窺《うかが》っていた。いまの話を聞いて、浅見を警察関係の人間とでも思ったのだろう。刑事の悪口を言ったことを、後悔しているにちがいない。

「妙なことになってきました」

ロビーの片隅にある椅子に腰を落ち着けて、浅見は小声で言った。

「それはあれでっしゃろ、大京都ホテルの殺人事件のことでっしゃろ。自分は、あれは高田の事件と関係ありと睨《にら》んだのですが、どないです？」

平山も声をひそめた。

「僕もそう思います。いまのところ、平山さんを除くと、警察は何も気づいていませんが、早い段階で合同捜査に入るべきです」

「ええでしょう。自分も捜査会議で提言してみるつもりでおったところです。けど浅見さん、あんたは何か具体的なネタを摑んでおるのとちがいますか。それやったら、ぜひ教えてもらいたいのですがな。まず、殺された高田と牧原氏との関係はどないでしたか？」

「その二人には直接の関係はなさそうです。ただし、殺された中瀬秘書は高田氏と接点があるらしいのです。情報交換をしていたか、あるいはひょっとすると、高田氏はその情報を利用して、何者かを恐喝していたのかもしれません」

「そしたら、中瀬も同一犯人に殺されたいうことになりますな」

「断定するのは危険ですが、あるいはそうかもしれません」

「しかし、どんなネタでっしゃろ。かりにそれで脅したとしても、殺人にまで行ってしまうのは、容易ならぬことや」

平山は唇を引き締めて、「あ、そやそや」と思い出した。

「高田は祇園にある『かげろう』いうコーヒー店にちょくちょく行っとったらしいです。きょう、たまたま立ち寄ったら、そこのマスターがポロッと洩《も》らしよった。そっち方面の聞き込みは、ずっと若いデカがやっとったもんで、とおりいっぺんのことしか、よォ訊かなんだのでしょう。祇園いうところは秘密主義いうのか、まったく口が堅い。喫茶店かて例外ではないよってて、まともに職質したかて、何も教えてくれへんのですよ。自分とは、たまたま釣りの知り合いなもんで、喋《しゃべ》ってくれたのやけど」

「そのコーヒー店で、高田氏は誰かと会っていたのでしょうか？」

「いや、それがどうも違うのですな。ただフラッと来て、コーヒーを二杯飲んで、マスターと世間話みたいなことを喋って、またフラッと帰って行く、そういう感じです」

「そこの場所を教えてくれませんか、行ってみます」

「いや、行くんやったら、自分が一緒に行きますがな」

ホテルから祇園までは、タクシーで十五分ちょっとかかった。道路が細くなるからと、表通りで降りて、あとは歩いて行った。かげろうは、お茶屋の街の中にあった。街の風景に合わせた和風の造りで、格子の嵌《は》まった窓が小粋な感じだ。その窓際に坐ると、小路をゆく舞妓たちの姿が見える。そろそろ灯ともしごろである。

平山はマスターに「また寄らしてもろた」と手を挙げ、マスターも「またでっか」と苦笑で応じた。

「お見かけせん方ですな」

水を持ってきて、浅見に会釈した。

「刑事さんとちがいますやろ」

「ほう、当たりや、よォ分かるな」

平山は感心した。

「そら分かりますがな。刑事さんにこちらさんみたいな男前、いてはらしまへんで」

「あはは、それもそやな」

それきりで、浅見の正体には触れずじまいだった。マスターのほうも、あえて詮索《せんさく》するつもりはなさそうだ。そういうのが、この街のしきたりなのだろうか。

「浅見さん、高田が坐っていたのも、たいがいそこの椅子やったそうですよ」

平山が面白そうに言った。

「やっぱりそうですか」

浅見は頷《うなず》いた。

「やっぱりって？」

「いや、たぶんここに坐っただろうと思ったのです。想像したとおりの席があったので、驚いたくらいです。高田氏はここに坐って、ずっと外を眺めていたのだと思いますが、違いますか、マスター？」

「おっしゃるとおりです。ときどき身を乗り出すようにしてな。よっぽど舞妓はんがお好きなんやろ、思うとりました」

興味の対象は舞妓だったのか、それともほかの誰かだったのか？

ぼんやり眺めている視野の中で、斜め向かいにあるお茶屋の行灯《あんどん》に灯が入った。鷹の家という、かなり大きな店だ。門前に打たれた水に、行灯がキラキラと映っている。

門の内から和服姿の女性が出てきた。浅見は（あっ——）と思った。大京都ホテルのレセプション会場で、丹野博之と親しげに話していた女性だ。そのときとは色も模様も違うが、和服姿がこんなに似合う女性も珍しい。さすが京都だな——と、少し見とれた。

女性は通りかかった二人連れの舞妓に「おかあさん、ごきげんようさん」と挨拶され、「お気張りやす」と声を返した。せいぜい三十五、六歳ぐらい、ずいぶん若そうに見えるが、この茶屋の女将《おかみ》なのだろうか。

舞妓のあとから茶色の制服の少女がやって来て、女性に「ただいま」と声をかけ、門の内に入りかけたところで、女性に呼び止められ、振り向いた。

（あ、あのときの——）と浅見はまたしても気がついた。「現代生け花作家トップ10」競作会の会場で、丹野奈緒と一緒にいた学友の少女だ。

（お茶屋の娘だったのか——）

たぶん母と娘らしい女将と女子高生が、お茶屋の門前で何やら立ち話をしている。何のこだわりもなく眺めるぶんには、いかにも京都らしい風景であった。

小声で聞き取れないが、何か母親に注意されたのか、娘のほうは拗《す》ねたような仕種をして、奥へ走り込んだ。女将は「しようがないわね」という風情で少女を見送って、行灯や門の佇《たたず》まいを検分してから、門の内に戻って行った。

夕暮れが、いちだんと濃くなった。

「鷹の家には、丹野さんは月に何度ぐらい見えるのですか？」

浅見はマスターに訊いた。ごくさり気ない口調だったのだが、マスターは「えっ……」と驚いた。それからどう答えるべきか迷っている様子だったが、「月に何度くらい」という訊き方で、すでにこの客には予備知識があるものと判断したらしい。

「そうですなあ、月にしたら四度か五度いうところですやろか」

「というと、週に一度平均ですか。じゃあ、あの人は嘘をついていたのかな。ほとんど入り浸りのようなことを言っていたが」

「いえ、なんぼなんでも、入り浸りいうことはありまへんで。せいぜい十日程度いうところと違いますか」

マスターは、まるで自分の名誉を守るためのように、むきになって強調した。それにしても、丹野が相当に入れ込んでいることは事実のようだ。

「浅見さん、いま言うたあの人いうのは、誰のことですか？」

マスターに代わって、平山が訊いた。

「それは言えません。守秘義務というのがありますからね」

「ふーん……しかし浅見さん、あんたも知らん顔しておるわりには、いつの間にか、あんじょう取材しているんですなあ。丹正流の家元が祇園のお茶屋に通っていることを、よオ調べたもんだ」

「いや、お家元はんと違いますよ」

マスターが慌てて訂正した。

「若先生のほうですがな。近頃はお家元はんのほうは、さっぱりご無沙汰みたいやね。もうそろそろ、ご隠居なさって、丹正流も代が替わるのかもしれまへんな」

会社帰りのサラリーマンだろうか、五人の客がぞろぞろ入ってきた。それを汐《しお》に、マスターはカウンターの中に入った。

平山はテーブルの上に身を乗り出すようにして、小声で訊いた。

「浅見さん、いまの話、どこから仕入れたんです？　たしか、浅見さんが京都に来て、まだ三日かそれくらいのもんでしょう。誰に聞いたんです？」

完全に刑事の顔になっている。浅見は「ははは」と笑った。

「嘘ですよ」

「嘘？」

「ええ、でたらめです。いま、ふと思いついて、カマをかけただけです。そんなこともあるのじゃないかと思ったものですからね。それが偶然、当たったにすぎませんよ」

「ふーん、ほんまですか？　それにしたってただの思いつきいうことはないでしょう。嘘をつくからには、それなりの何か、根拠があるのと違いますか？」

「それは多少はありますが……」

浅見は国際生花シンポジウムのレセプション会場で、丹野博之と鷹の家の女将が親しげに話していたこと、それに展示会場で丹野奈緒と一緒にいた少女がどうやら鷹の家の娘であるらしいことを話した。

「あの娘さんも、生け花をやってるみたいでした。それと丹野氏と女将の親しげな様子を結びつけて連想すれば、そういうストーリーが浮かんでくるじゃありませんか」

「そやろかなあ……」

「これはあくまでも憶測ですが」

浅見は表情をひきしめて言った。

「もしかすると、高田氏はこの店で鷹の家を張っていたのかもしれませんね」

「なるほど、それはありえますすな」

平山も、今度は乗ってきた。人情噺《ばなし》にはぴんとこないが、そういう犯罪性のにおう話になると、実感できるのだろう。

「それで丹野と女将の不倫を摑んで、どこぞにネタを売り込むつもりやったのかもしれんですな。それが原因で殺されたいうことでしょうか」

「しかし、そんな不倫程度のことでいちいち人を殺していたら、地球上から人類が絶滅しちゃいますよ」

「ははは、いや、笑いごとやおまへんで。高田は国際生花シンポジウムの二日間に何かが起きる、言うておったのでしょう。だとすると、丹野と関係があるかもしれん。あるとすれば、その不倫問題かて有力な材料になりまっせ。これを暴露するとかいうて脅せば、次期家元としては、放置しておくわけにいかなかったのやないやろか。あの人はたしか、ご養子さんのはずやし」

「それで殺しちゃうのですか？」

浅見は首を傾《かし》げた。

「そんな単純な動機で、人間があっさり殺されてしまうというのには、やはり抵抗を感じますねえ」

「うーん、それはまあ、たしかにそのとおりやけど……しかし、現実に殺人事件が、それも二つも起きておるんやし。抵抗を感じるとか、贅沢《ぜいたく》言うておれんでしょう。いまのところ、それを手掛かりにするほか、方法がないのも事実ですさかいにな。かというて、どこから手をつけていけばええのか……なにしろ、京都では、お寺さんと学者先生、それとお茶に生け花は聖域ですよって、やたらに手出しはでけへんのです。いや、正直いうと、自分かて、この問題を捜査会議に提示したときの反動の大きさを想像すると、いささか憂鬱《ゆううつ》ですがな」

平山は大げさに顔をしかめてみせたが、彼の危惧《きぐ》したとおり、捜査会議での反応はあまり芳しいものではなかった。その晩、遅くホテルにかかってきた電話で、平山は「やっぱしあきまへんな」とぼやきを言った。

「自分がその話を持ち出したとたん、うちの署長が目ェ剝きおった。府警の捜査主任もぜんぜん乗り気になってはくれんのです。一応、調べることにはなったけど、とおりいっぺんのことしかやらんのと違いますか。どっちにしても、自分は直接、そっち方面の捜査に関わることはでけへんし、まあ、大して期待はでけしまへんなあ」

「ずいぶんおかしな話ですねえ」

浅見はカチンとくるものがあった。それまでは、不倫と殺人事件を結びつけるのは無理だと思っていた。だから平山がやけに積極的になるのはどうかと首を傾げていたのだが、相手の身分で捜査に手心を加えるような理不尽は許せないと、義俠心のようなものが湧《わ》いてきた。

「警察が二の足を踏むようなら、僕がやります」

「えっ？　やりますいうて、浅見さんが事件を調べるいう意味ですか？　それはあきまへんで。そんなことは認めるわけにいきまへん。取材程度のことはええが、事件捜査に首を突っ込むのはやめてくださいよ。浅見さん、聞いてますか？」

平山は電話回線の向こう側で、悲鳴のような声を出した。

4

かりに、丹野博之が鷹の家の女将と不倫の関係にあったとしても、高田哲郎がその事実をどうやって知りえたのかが、浅見には分からない。高田は東京の人間である。しかも、浅見同様、金回りのそれほどいいとは思えないルポライターだ。いや、金の問題ばかりでなく、紹介者もなしに、お茶屋に入れるものかどうか疑問だ。

話に聞いただけだが、祇園のお茶屋では、たとえ外国の賓客でも、気にそまない相手だと断ってしまうことがあるそうだ。そうかと思うと、貧乏学生でも遊ばせてくれるような、意気に感じるところがあるらしい。どっちにしても、胡散《うさん》臭いルポライターごときを歓迎するとは考えられなかった。

だとすると、高田には、そういった情報をリークしてもらえる、何か特別なルートがあったとしか考えられない。

浅見の脳裏に、ぽっと灯がともるように、高瀬舟のことが浮かんだ。

浅見はその夜、高瀬舟へ行った。名前からいうと高瀬川のほとり、木屋町通辺りにありそうだが、場所は花見小路の裏手であった。祇園の北側に隣接する歓楽街である。

小さな店で、ママのほかには三人の女性がいるだけだ。高田が安心して飲めたほどだから、あまり高級ではないにちがいない。浅見も懐中の乏しさでは高田と同じ境遇だ。ボックスシートに坐って、むやみに女の子につかれでもすると困るので、カウンターに腰掛け、「ビール」と頼んだ。

「おいでやす。はじめてどすか？」

ママがおしぼりを出しながら訊いた。

「うん、友だちから聞いてね」

「お友だちいうと、どなたさんどす？」

「高田っていうんだけど、知ってる？」

「高田さんいうたら、あの、このあいだ亡くなりはった……」

ママはちょっと引いた恰好になった。「殺された」と言わなかったのは、さすがに客商売だけのことはある。

「そう、ひどいことになった。彼は京都が好きで、このお店も気に入っていて、いちど一緒に行こうと誘われていたんだけどね。そうそう、好きな女性がいるとか言ってたが、どの子だったのかな？」

「ああ、それやったら寧子《やすこ》さんのこととちがいますの」

「ヤスコさん？」

「ええ、丁寧の寧に子ォ書いて、寧子言いますのんよ」

「ああ、そうかもしれない。難しい名前だとか言っていたから。どの人ですか？」

浅見は店の中を見回した。

「いまはもう、いやはらしまへんえ。去年の暮れに来たきり、黙って辞めてしもて、それっきり。高田さんと親しそうにしたはったさかいに、てっきり高田さんがハンティングしはったのかと思たのやけど、ことしになってからも高田さんはちょくちょく来なはって、寧子さんの行方を訊いてはったし、そういうわけやなかったみたいですね」

「ふーん……」

これは見込み違いかな——と、浅見はちょっと落胆した。

「その寧子さんて、どんな人だったの？」

「どんなって、そうやねえ、ええ子やったけど、ちょっと陰気なところもあったかしら。もとは芸妓はんしてはったし、お客さん商売には慣れてる思うたんやけど」

「芸妓さんて、祇園の？」

「ええ、そうどす」

「じゃあ、芸妓さんを辞めて、おたくに勤めるようになったのか……どうして芸妓を辞めたんだろう？」

「それは、あの世界、いろいろつらいこともあるんと違いますやろか。詳しいことは聞かしまへんどしたけど」

「ここを辞めて、いまはどうしているんだろう？」

「それが分からしまへんのえ。高田さんも訊いてはったけど、住んでたところに電話しても、この電話は使われておりまへんて」

「住所は分かるの？」

「分かりますけど、もういたはらしまへんえ。うちの三枝子《みえこ》が行ってみたら、空き部屋になってたそうどす」

ママは遠くのテーブルにいる女性を指さして言った。

「そう、引っ越しちゃったのか……それでも、一応、行ってみようかな」

浅見はママに「寧子」の住所を尋ねた。本来なら難しい質問だが、辞めてしまった子がどうなろうと知ったことではないということなのか、ママは気軽に教えてくれ、ついでに寧子の苗字《みょうじ》が「諸井《もろい》」であることも教えてくれた。

翌朝、訪ねてみたが、やはり諸井寧子はことしの正月過ぎに転居していた。

諸井寧子が住んでいたのは左京区高野、京阪鴨東《おうとう》線の終点・出町柳《でまちやなぎ》駅で叡山《えいざん》電鉄に乗り換えて三つ目の一乗寺駅に近いマンションふうのアパートであった。一乗寺は吉川英治の『宮本武蔵』に出てくる「一乗寺下がり松」で有名なところだ。映画などでは、雑草や灌木が繁る山地と田んぼばかりの荒涼とした風景だが、いまは、駅周辺から山の斜面にかけて人家や小さなビルが密集して建っている。駅前通りなどは品川の戸越銀座とそっくりである。

アパートの管理人は、「いつやったか、前に勤めてはった店の同僚いう女の人が来たし、つい最近は電話で男の人が、引っ越し先を訊いてはったけど、それが、分かりまへんのや」という答えだ。

（高田だ――）と浅見は思った。

「つい最近というと、四月の頭じゃありませんか？」

「そうです、四月一日やったか二日やったか忘れてしもたけど」

「引っ越すときには、移転先を言って行くのではないのですか？」

「ふつうはそうです。けど、諸井さんはなんや知らんけど、行く先の住所も教えんと、慌ただしく引っ越して行ってしもたのです。引っ越す前に言うて行く言うとったのですけどなあ」

「引っ越し荷物を運んだ運送屋は分かりませんか？」

「それは分かります。日和《にちわ》引っ越しセンターいう名前のトラックが来ておったさかい」

ただし、どこの営業所かまでは知らないそうだ。

日和引っ越しセンターの最寄りの営業所は洛北界隈には一つしかなかった。諸井寧子の荷物を運んだ先を訊くと、はじめは渋っていたが、浅見が「もし必要なら、警察に頼んでもいいのですが」と言うと、驚いて教えてくれた。警察に来られるのは具合が悪い、何かの事情があるのかもしれない。

「ところで、今月の頭に、やはり同じことを訊きに、男の人が来たはずですが」

浅見は訊いてみた。

「ええ、来ました。黒いサングラスをかけた、ちょっとこのスジの感じだったもんで、教えてしまいましたが」

営業所員は頰に傷をつける仕種をした。浅見が高田の写真を見せたが、「そんなような気もしますが」と首をひねった。サングラスをかけた印象とは別らしい。新聞に載った写真にも気がついていない様子だった。

寧子の移転先は同じ左京区内だが、ずっと北の鞍馬《くらま》に近い二ノ瀬というところだった。地図で見ると、叡山電鉄に「二ノ瀬」という駅がある。その近くだそうだ。

浅見はふたたび諸井寧子が住んでいたアパートに引き返し、管理人に親切めかして、彼女の移転先を教えた。管理人は多いに感謝していた。

「いやあ、助かりますがな。郵便屋やら何やらが来て、そのたんびにどこへ引っ越したいうて訊かれて、かないませんねん」

「借金取りは来ないのですか？」

「ああ、それはありまへんな。以前はときどき、月末やら年末になると、集金人が来おってから、なんぞ揉《も》めてはるときもあったみたいやけど」

「お金に困っていたということですか？」

「困っておったいうほどのことはなかったのかもしれんが、あまり詳しいことは知りまへんけどな」

「諸井さんのところに、男の人が来ることはなかったですか？」

「そら、あったかもしれんけど、分かりまへんな」

「この人なんですが、見たことはありませんか」

浅見の示す高田の写真を見たが、管理人はただ首を振った。その表情からいって、どうやら本当に管理人は高田を知らないらしい。もっとも、このアパートには、玄関を入ったところに管理事務所があるわけでなく、ただ管理人がアパートの一階の部屋に住んでいるというだけなのだから、出入りする人間のすべてを把握できるわけではないのだそうだ。住人の誰かが、顔ぐらいは見ているかもしれないけれど、それを訊いて回るのは警察でなければできない。

手っとり早い方法は、やはり諸井寧子本人に会うことだ。

一乗寺駅に戻り、浅見は二ノ瀬行の切符を買った。諸井寧子がどこまで事件に関係しているのか、まるで見当もつかないが、どうせここまで来たついでだ。

叡山電鉄は「出町柳」を起点に、京都の北へ延びる路線である。五つ目の「宝ケ池」で右へ岐《わか》れた路線は二つ目の「八瀬遊園」が終点で、そこから比叡山に登るケーブルカーが出ている。

宝ケ池から左へ進む路線の終点は、牛若丸が棲《す》んでいた「鞍馬山」と「火祭り」で有名な「鞍馬」で、その一つ手前が「貴船口《きぶねぐち》」、さらに一つ手前が「二ノ瀬」である。出町柳から鞍馬まで、全線たったの十三キロというミニ路線だが、二ノ瀬の手前辺りから谷沿いの難所を行くので、建設にはさぞ時間と労力と費用がかかったにちがいない。もともと、トンネルをぶち抜いて、京都と福井県の小浜を結ぶ計画で建設が始まった路線だそうだが、途中で挫折したのも理解できる。

電車はラッシュ時以外はほとんど一両編成だそうだ。浅見が乗ったのも一両で、浅見の地元――飛鳥《あすか》山のそばを通る都電を少し大きくしたようなワンマンカーがのんびり走る。起点の出町柳は立派な駅舎だったが、大抵の駅は吹きっさらしで、改札口もないところが多い。中でも二ノ瀬は侘《わび》しい山峡の駅であった。短いプラットホームが、切り立った斜面の中腹にしがみついたように設けられていて、そこから粗末な階段と坂を三十メートルほど下りて集落に達する。ホームに立つと一望できる、小ぢんまりとした谷間の集落で、人家の数は五、六十といったところだろうか。

京都市街はかなり暖かだったが、ここまで来ると急に気温の低下を感じる。峰から谷に吹き下ろしてくる冷気は、確実に五度は低そうだ。市内ではとっくに盛りを過ぎた桜が、ここではいまが盛り。そう多くはないが、集落のあちこちの家の庭に、大小の桜があざやかなピンク色に咲いている。

二ノ瀬は元来、製材用の杉を切り出す、山仕事の人々が住んでいた林業の村であったらしい。製材業や林業が不況で、いまはおそらく、京都市内などで働くサラリーマンが多くなっているのだろう。人家も少ないが住む人も少ないにちがいない。駅から下りてきても人っ子一人会わなかった。

日和引っ越しセンターが「すぐ分かりますよ」と言っていたとおり、迷うほどの人家も道もなかった。駅から下りてきて、川を少し遡《さかのぼ》った、山裾の道路のどん詰まりのようなところだ。杉の濃厚な緑に覆われた暗い山を背景に、大きな枝垂《しだ》れ桜が佇み、その脇に古めかしい一軒家が建っている。屋根の瓦葺《かわらぶ》きはまだ新しいが、元は藁《わら》葺きだったのを、改造して使っているらしい、素朴な造りの家だ。山の暗さと桜の明るさ、建物の古さが、まるで日本画から切り取ったような情景を創《つく》り出していた。

道路からそのまま庭に入る感じで、玄関先まで行った。表札は出ていない。呼び鈴があるので、押してみた。返事は聞こえなかったが、しばらく待っていると、ドアが細めに開いて、中から女性の険しい目がこっちを見つめた。ドアチェーンをしっかりしたままである。

浅見は愛想のいい笑顔で、「こんにちは」とお辞儀をした。

「諸井寧子さんですね？」

「そうですけど、どちらさまですか？」

「高田さんの友人で、浅見という者です」

とたんに、諸井寧子は緊張した表情になった。ドアの隙間ぶんの視野しかないし、薄暗くはっきり分からないが、目、鼻、唇など、顔全体が小作りの、気弱そうな感じだ。年齢は三十代なかばぐらいだろうか。

「どういうご用件ですか？」

警戒心のこもる声だ。

「じつは、高田さんからあなたのことを聞いていたのです。もし自分に何かあったら、諸井さんを訪ねるようにと」

「どういうことでしょう？」

「それは諸井さんにお目にかかれば分かるということでしたが」

「あの、そう言われても、どういうことか分かりませんけど」

「おかしいな……だって、高田さんは四日の晩、こちらに来ているのでしょう？」

「高田さんがですか？　いいえ、知りませんけど」

「変ですねえ、そんなはずはないのだが」

「だって、高田さんはここに引っ越したことをご存じないですよ」

「いや、知ってましたよ。でなければ、僕に教えてくれるはずがないでしょう」

「そうかて……でも、とにかく、見えたかどうか知りません。私は四日は鳥取の実家に帰っていましたので」

「えっ、ほんとですか？」

「ほんまです」

「鳥取のどちらですか？」

「鳥取市の西の外れです。嘘やと思うのなら訊いてみてください。久しぶりに友だちにも会いましたし」

自信のある口ぶりだ。単純に嘘をついているようには思えない。

「そうですか……それじゃ、高田さんはあなたには会えなかったんだ。しかし、その晩、高田さんが殺されたことは知っているのでしょう？」

「ええ、新聞で見て、びっくりしました。まさか、あの高田さんが——と思いました」

いくぶん余裕が出てきたのか、寧子の口調が滑らかになった。しかし、ドアチェーンは相変わらず外す気にならないらしい。

「そのことで、ちょっとお話をお聞きしたいのですが」

「でも、私は何も知りませんよ。高田さんとは去年の暮れにお店で会《お》うたきり、お目にかかってませんし」

「そうそう、あなたが急に高瀬舟を辞めてしまったので、高田さんはびっくりして、ずいぶん探したそうです。どうして辞められたのですか？」

「ちょっと、あそこのママと合わなくて、前から辞めよう思てたんです」

「それで、いまはどんなお仕事をしているんですか？」

「それは……そんなん、なんであんたに言わんならんのですか」

ふいに反発するように言った。おとなしそうな外見に似合わず、シンはきついところのある性格にちがいない。

「あ、失礼しました。これじゃ、まるで刑事みたいですね」

浅見は笑ったが、「刑事」と聞いて、対照的に諸井寧子は怯《おび》えた顔になった。

「ところで、こちらはずいぶん大きな家ですが、借家ですか？」

「ええ、そうですよ。空き家になっていたのを、安く借りたんです。あの、もうええでしょう。ちょっと仕事中なもんですから」

浅見の返事を待たずに、諸井寧子はドアを閉めた。肝心の鷹の家との関係や、場合によったら、丹野博之と女将の不倫のことを訊きたいところだが、押し開けて質問を続行するわけにもいかない。このあたりが素人探偵の悲しさである。

浅見は歩きだして、少し行ったところで振り返った。あらためて眺めると、暗い山の麓の一軒家が、まるで天狗《てんぐ》の棲家《すみか》のように見えた。

第四章　祇園の娘

1

鷹取美鈴が「うちはお父さんのほんまの子とちがうんよ」と言いだしたとき、奈緒は背中に虫が這《は》うような不快な気分がした。

「そんなあほなこと……」

笑って話題を変えたかったのに、美鈴は思いつめたような顔で「ほんまよ」と、強く首を振った。何がなんでも、これだけは言ってしまわないと気が済まないらしい。

「血液型がね、合わへんの。お父さんがB型でお母さんがO型、そやのにうちはA型なんよ。そんなんはぜったいにありえへんていうこと、調べたんよ」

「ほんまに？……」

「ほんまに、ほんま」

美鈴が言うように、血液型がB型とO型の両親からは、ぜったいにA型の子が生まれることがないものかどうか、奈緒は知らなかった。しかし美鈴は調べたと言うのだから、たぶん間違いないのだろう。

「だったら、それ、どういうことなん？」

「分からへん、お母さんが浮気したいうこととちがう？」

美鈴は呟《つぶや》くように言って、憂鬱《ゆううつ》そうな顔で川の流れを見下ろした。どこの山で咲いていたのか、散り遅れの桜の花びらがせせらぎに揺れながら遠ざかって行った。

哲学の道は緑のトンネルのように、日差しをやわらかく緑色に染めている。美鈴の色白の頬に、木漏れ日がチラチラして、そこだけが生気を感じさせる。

「そういう話、私は嫌いだわ」

奈緒は東京弁で言った。

「そう言うと思た」

美鈴は川を見下ろしたままの姿勢で、皮肉っぽく笑った。

「奈緒ちゃんは幸せなひとやもんね。少なくとも、信じていられるだけ、幸せいうことやわ」

すごくおとなびた口のきき方だったので、奈緒は、美鈴が急に遠い人間になったような気がした。

「なんやの、それ？　信じていられるって、どういう意味？」

「親なんて、けっこう信じられないものやいうこと」

「ほな、うちの親もそうやいうの？」

「そんなん知らんわ。知りたければ、自分で調べたらええやん」

「調べるって、美鈴はそれ、お父さんとお母さんのこと疑って、調べたん？　よう平気でそんなことできるわねえ」

「平気でなんかないわよ」

美鈴は振り向いて、きつい目をした。

「うちかてそんなん、信じとうないけど、偶然、知ってしもたんやもの、仕方ないわ」

「そう……だけど、そないなこと、どうして知ったん？　誰かに聞いたん？」

「最初は、学校の検査のとき、血液型を調べるいうて、採血したやない。あのとき、そういえば親の血液型は何やろ思って、あとでお母さんに訊《き》いてみたんや。そしたらお母さんはO型で、お父さんはB型や言うて、OとBとは相性がええんやて——とか、自慢しやはったんえ。そのときはそれで済んだんやけど、うちの血液型がAいうことが分かって、あれ、これ、おかしいんと違うかなって思って、本で調べたら、やっぱし、そんなことはありえへんいうことが分かったんやわあ」

「それ、お母さんの記憶違いとちがうん？」

「けど、記憶違いやったら、相性がええなんて、そこまで言うわけないやろ」

「でも分からへんわよ。勘違いいうこともあるし。もういちどお母さんに訊いて、確かめてみたらどない？」

「何度訊いたかて同じやわ。お母さんはそう信じているんやもの。かえって、しつこく訊いたりしたら、疑うてるの、分かってしまうやないの」

「それでもええやないの。もしか、それでもお母さんがOとBや言うんやったら、お父さんが亡くなったときに診てもろたお医者さんに確かめたらええわ」

「そんなん、うち、よォできへんわ、恐ろしゅうて。お医者さんが間違いない言うたとたん、うちの運命は決まってしまうやないの。奈緒ちゃんやったら、できる？」

「私やったら……」

どうなのだろう——と、一瞬、奈緒は考えてしまった。

「ほら、やっぱし、できひんやろ」

「できるわよ、できる。絶対はっきりさせるわね、私だったら」

無意識に使った東京弁に、私はあなたと違うの——という気持ちが出た。

「それより、もし美鈴の言うたとおりだったとしたら、美鈴のお父さんは誰いうことやの？」

「そんなん、知らんわ、うちの生まれる前のことやもん」

ふつうなら面白いジョークのはずだが、二人とも笑うどころか、それがジョークであることにも気づかなかった。

「美鈴には、そんな深刻な悩みがあったんやねえ」

「深刻よ。死のうかと思ったくらい」

「そんなあほなこと……あかんよ、そんなふうに深刻になったらあかんよ」

「そうかて、いままでずっと、優しくて、ええお父さんやと思って、しょっちゅう甘えてばっかしやったのに、ほんまはお父さんやなかったなんて、そう考えたら、うちがいま生きてることかて、なんやしらん、間違いやないか思えてくるんやわあ」

「そやけど、そんなことあるんかなあ。美鈴が生まれたときは、お父さんとお母さん、ちゃんと結婚してはったんやろ？」

「うん、もちろんそうやけど、ぎりぎりいうところやないんかな。妊娠してから生まれるまで、十月十日いうのやろ。お母さんはハネムーンベビーや言わはったけど、結婚の直前にほかの男の人と……」

「やめて、やめてえな、そんなん聞きたくないわ」

「ほうら、やっぱし奈緒ちゃんは逃げるやろ。聞きたくない、見たくない言うて。うちは逃げられへんもの。逃げるんやったら、死ぬしかないもの」

かなわない――と奈緒は思った。美鈴はお茶屋の子だ。おとなの男と女たちの醜い姿を見る機会の多い日常の中で育った。自分より比較にならないくらいのおとななのだ。だから、母親の不倫などという恐ろしいことも、真っ正面から見据えられる。

（私のママはどうなのだろう――、それにパパは――）

急に不安になった。とくに父親の博之は美鈴の母親が経営する鷹の家によく行く。

（パパもほかの男たちと同じように、女遊びみたいなことをするのだろうか――）

「ねえ美鈴、うちのパパ、美鈴のお店に行ったとき、どんなふう？　みっともないこと、せえへん？」

「知らんわそんなん。うちは奥の住まいのほうにおって、お店のほうには行かへんの。高校を卒業するまで、行ったらあかんて、お母さんに言われてるの。けど、うちが知ってるかぎり、奈緒ちゃんのパパは紳士よ。奥に来はるときには、うちにも優しくしてくれるし、ときどきお花のお稽古まで見てくれはるし、尊敬してしまうわ。やっぱし、これからお家元はんにならはる人やから、ちゃんとしたはるのとちがうん？」

「そう……」

奈緒は少しほっとした。

「お店のほうでも、奈緒ちゃんのパパは特別扱いしとるんとちがうかな。このあいだかてお芸妓《ねえ》さんが、お母さんに、あまり丹野先生にベタベタしたらあかんて叱られた言うて、うちに八つ当たりしてはったわ。奈緒ちゃんのパパはお芸妓さんたちにとっては、憧れの的やもんねえ」

「ほんまに？」

「ほんまに決まってるやないの。かっこええし、お金はあるし、スポンサーになってもろたら、最高やもん。うちのお母さんかて、頼りにしたはるにちがいないわ。お芸妓さんを叱ったのかて、ほんまのことを言うと、取られとうなかったからかもしれへん」

美鈴は奈緒が「ギョッ」とするようなことを言った。父親がまるで芸能界の人気者のように、女たちに取り囲まれて、引っ張りだこにあっているシーンなんて、奈緒はあまり想像したくなかった。おまけに、親友の母親までが「取られたくない」なんて、そんなふうに思っているとしたら——。

お弟子たちの前や公の場所では、毅然《きぜん》として、次期丹正流家元にふさわしく装っているけれど、それとはべつの世界の父親の姿があることを、奈緒は思わなければならなかった。

帰宅したとき、母親の貴子はいなかった。丹正会館の副館長を務める関係で、週に三度は遅い日がある。夕方近く、リビングで顔を合わせるなり、奈緒はなるべくさり気なく、「ママは血液型、何型？」と訊いた。

「なんなの、やぶから棒に」

「血液型で性格が分かるんですって。私はB型だから、芸術家向きで、わりと無鉄砲な性格なんだそうよ」

「そう、ママもB型よ。だから芸術的センスがあるっていうのは当たり。でも無鉄砲っていうのは当たってないわ。むしろ、どっちかといえば堅実ね。血液型なんて、四種類しかないのに、それで性格が分かるなんて、迷信にすぎませんよ」

「ふーん、私と同じなんだ……」

とりあえずほっとした。

「パパは何型？」

「A型よ、繊細で人の上に立つタイプじゃなかったかしら」

「そうなの、A型なの……」

瞬間、胸のどこかにチクリと刺《とげ》が刺さったような痛みを感じた。会話はそれきりで終わったが、夜、ベッドに入ってから、その痛みを思い出した。鷹取美鈴が「取られとうなかったから」と言っていた言葉が、耳元に蘇《よみがえ》った。

父親は鷹の家に行って、「奥」に入り込むことがあるらしい。そして、美鈴に「優しく」生け花のお稽古をして上げることもあるようだ。その情景がまざまざと目に浮かぶ。

奈緒の両親が結婚したのは十七年前、博之が二十七歳、貴子が二十一歳のときである。丹野家にはひとり娘の貴子しかいなかったために、お弟子の中から、もっとも将来を嘱望できる人物として博之が選ばれ、婿養子に入った。

博之の母親は丹正流岐阜支部の現在は支部長で、博之はそのひとり息子。幼いころから二つ上の姉とともに母親に生け花を仕込まれ、ときには母親に連れられて京都の丹正会館や丹野家を訪れることもあった。同志社大学に進んで京都に下宿してからは、いっそう華道に励み、丹野家にも出入りすることが多くなった。大学卒業後は丹正会本部職員として採用され、丹野忠慶家元の秘書的な仕事に就いた。丹正流門下百五十万のうちで、もっとも家元の身近な存在になったのだ。

家元のお供をして祇園に行く機会も、当然あっただろう。丹野家に婿入りしてからは、お茶屋の側も、博之を次期家元として遇し、たとえ、いまは金回りが悪くても、将来性に賭けて大切に扱ったにちがいない。その中に鷹の家があっただろうし、好意を寄せる女性たちの中に、もしかすると、いまは美鈴の母親である鷹取冬江もいたかもしれない。

十五歳になるいまのいままで、奈緒はそんなことはいちどだって考えたこともなかったけれど、父親だって「おとこ」の一人であることには変わりはないのだ。

（もしかすると——）という仮説が、頭の中でどんどん膨らんで、眠りを妨げ、眠れば眠ったで、悪夢にもなった。

そう思ってみると、美鈴と自分とは、どこか共通点があるような気がしてくる。顔つきは似ていないいつもりでいるけれど、背恰好《せいかっこう》や体型は、ほぼ同じようなものだ。妙に理解しあえたり、そのくせ妙に反発を感じあったりするのも、ほかの友だちに対するのとは、明らかに違う。

花を活けるセンスだって、どっちがどっちと言えないくらい拮抗《きっこう》しているのではないだろうか。むしろ、牧原良毅の作品に触れたときの感じ方からいうと、美鈴のほうがスタンダードで、奈緒はどちらかといえば異端なのかもしれない。

（異母姉妹——）

その四文字が、奈緒の脳裏にしっかりと刻み込まれてしまった。その翌日は休日だったからいいけれど、このまま気持ちの整理ができていない状態で美鈴と会ったとき、どういう顔をすればいいのか、自信が持てない。美鈴に「奈緒ちゃんのパパは何型やった？」と訊かれたときの自分のうろたえぶりだって、奈緒には想像できてしまう。そして、美鈴はきっとそう訊くにちがいないのだ。

憂鬱な日曜日であった。家元の祖父と父と母は、「華府」認定式に出席するために、本部会館に出かけてしまって、丹野家には奈緒と祖母の真実子のほかには、お手伝いが二人いるだけであった。

「華府」というのは、丹正流職階の最高職クラスで上から三番目の称号である。職階は入門から順に、「初伝」「中伝」「皆伝」「華導」「準華匠」「準華司」「準華締」「華匠」「華司」「華締」「総華匠」「総華司」「総華締」と昇り詰めたさらにその上に最高職の四段階、「準華府」「華府」「副総華府」「総華府」があって、家元はその組織の上に君臨する。「華府」は、いわば道府県支部長クラスで、別に東京には東京本部が設けられ、「副総華府」がその任に当たっている。さらに「総華府」は丹正会本部理事長に任ぜられ、現在は丹野博之がその役に就いている。ちなみに丹野奈緒は十五歳の若さで「準華府」。「総華締」以上は丹正学園大学で華道教授に遇せられる資格保持者だから、華道に関していえば、いつ教授になってもおかしくはないのである。

それぞれのランクごとに、一定以上の修業年数と技量が要求され、それぞれの段階で認定が行なわれ、免状が授与される。もちろん、そのつど教授料と免状料が納付され、その一部が丹正流本部に上納される仕組みだ。このピラミッド型の組織が確立したのは二百年以上も昔のことだが、何度か改革を加えつつ現代に引き継がれ、きわめてうまく運用されている。

「日本人は組織化されたり、階級化されたりすることが好きな体質なのよ。自分独り、わが道を行くのが怖いのね」

祖母の真実子は、丹正流の内側から分析して、面白そうに言う。

真実子は以前から表立った会合にはあまり出たがらない性格だったのだが、十年前に貴子に丹正会館の副館長の椅子を譲ってからは、丹正流の催しにも出席しない方針を貫いている。本人はもともと生け花をしないのだから、当然といえるけれど、だからといって、丹正会の運営に口を出さないわけではない。ことに人事に関しては家元と同等以上に采配《さいはい》を揮《ふる》う。季節の節目ごとに、幹部たちが丹野家を訪れる「伺候《しこう》」は、家元よりも夫人のご機嫌伺いの色合いが濃いという。丹正流内部の人間にさえ「女帝」などと陰口を囁《ささや》かれるのはそのせいだ。

しかし奈緒はこの祖母が好きだ。気質が本当に自分とよく似ていると思う。気質ばかりでなく、顔だちだって、とくに額の広いことや鼻筋のラインが、若いころの祖母の写真を見ると、ずいぶん似たところがある。隔世遺伝というくらいだから、母親の貴子よりも奈緒のほうが祖母に似ていても不思議ではないのかもしれない。

「ママと喧嘩《けんか》でもしたのかい？」

真実子は奈緒の顔色を見て、訊いた。

「ううん、そうじゃないけど、昨日、学校の帰りにちょっといやなことがあったから、気になっているの」

「なあに、いやなことって」

「いいんです。大したことじゃないし、私には関係ないことだから」

「ふーん……」

真実子は笑いを含んだ目で孫娘を見つめながら、言った。

「珍しいわねえ、奈緒がそんなふうに隠すなんて」

「隠すわけじゃありません。ほんとに関係ないの。お友だちのことだから」

「そう、それじゃいいのね、心配しなくても。だったら奈緒も、心配顔はおやめ。あなたが心配すればみんなが心配するし、あなたの喜びはみんなの喜びなのよ。やがて一門を率いることにでもなれば、そういう大きな責任がかかってくるのですからね」

「そんなの……一門を率いるなんて、私にはそんな力はありませんよ」

「いまはね。けれども、いつかはそういう日が必ずきます。そのためには奈緒、あなたは強くならなければだめ。つまらないことにくよくよしたり、沈んだ顔をしているようでは困るのよ」

祖母の圧倒的な言い方の前には、反論する気も失せてしまう。しかし、「つまらないこと」と決めつけられたのが、奈緒の負けん気を刺激した。このまま沈黙してしまうのは、自尊心が承知しない。

「じゃあ、言います。友だちがね、亡くなったお父さんは本当のお父さんじゃないんじゃないかって、落ち込んでいるんです。ほら、お祖母ちゃまも知ってるでしょう、鷹の家の鷹取美鈴ちゃん、あの子が、お父さんと血液型が合わないから、きっと本当のお父さんは別にいるにちがいないって言うの」

一気に言って、さあ、どうですか――と祖母の顔を真正面から見た。

「ふーん、そうなの、そんなことなの」

真実子はつまらなそうな顔をした。

「そんなことって……お祖母ちゃま、お父さんが本当のお父さんじゃないのよ。美鈴にとっては大変なことでしょう」

「そうかしら、大変なことかしら。私にはそうは思えないわねえ。親は親、子は子でしょう。どうせいつかは、独りで生きてゆくことになるのだもの、極端に言えば、誰が親だって構わないじゃありませんか。要は、いまの自分、将来の自分がいかに生きるべきかですよ。そんな、大昔のことを振り返ってみても始まらないわね。振り返って、それで何かが変わるわけでもないでしょうに。美鈴ちゃんに言って上げなさい。あなたの人生は誰に授かったものでもない、あなた自身が摑《つか》んだあなただけの人生なんですよって」

（ほんと、そうだわね――）と思えてしまうから、いつもながら、祖母の話には説得力がある。

（けど、違うんだけどなあ――）

今回のことは、単純に美鈴だけの問題ではないのだ。奈緒の父親が、もしかすると美鈴の父親でもあるのかもしれないのだ。それすらも、祖母は大したことではないと言えてしまうのだろうか。

奈緒はその先を言えないもどかしさで、いっそう悩ましげに、表情を曇らせた。

2

二日ぶりに会った美鈴は、ひと目見ただけではっきり分かるほど、憔悴《しょうすい》していた。鞄を提げて坂道を登る足取りが、いかにもつらそうだ。クラスメートが「おはよう」と声をかけて、どんどん追い抜いて行く。

「大丈夫？　しんどそうやけど」

奈緒は見かねて言った。

「あかんわ、うち」

美鈴は泣きそうな顔をした。こんなに弱気に、本心を言う彼女を、奈緒はいままで見たことがなかった。

「あのこと、まだ真剣に思うてるの？」

「当たり前やないの。考えれば考えるほど、どんどん落ち込むばっかしやわ。食欲はないし、頭は痛《いと》うなるし、このままいったら、もうじき死ぬわね、うち」

「あほなこと言わんとき」

奈緒は美鈴の腕を摑んで、路地に引き込んだ。

「そんなふうに思いつめたら、ほんまに病気になってしまうわ。負けたらあかんて。もしか、もしかしてよ、お父さんが違《ちご》うたかて、そんなもん、かまへんやないの。美鈴の人生は誰が授けてくれたもんでもない。美鈴が自分自身で摑んだもんや。そんな昔のことをくよくよせんと、将来を見て生きることが大切と違うの？」

祖母に聞いたとおりを、うまく言えたかどうか、奈緒は自信がなかったが、とにかく精一杯の励ましを言った。

「奈緒ちゃんは立派や」

美鈴は、ため息に皮肉を込めたような言い方をした。

「なんちゅうたかて、お家元はんのお嬢さんやものなあ。うちらみたいなお茶屋の娘とは、考え方が違うのやわ。それも、父親が誰かも分からんような……」

何を思ったのか、美鈴は通学路を右に逸れる路地の奥へ奥へと、力のない足取りで歩いて行く。「どこ行くのん?」と止める奈緒の手を振りほどいて、歩いて行く。鹿ケ谷《しし》のこの辺りは、いくつものお寺や、冷泉天皇桜本陵と火葬塚などのある寂しい街並みである。放っておくわけにもいかず、奈緒は美鈴の後を追った。放っておけば、本気で死ぬことを考えそうな不安を感じた。

「奈緒ちゃんは悩みがのうて、ほんまに、ええなあ」

美鈴は背中を見せて、よろばうように歩きながら、言った。

「悩みはあるわよ、うちかて」

「あったかて、うちの悩みに較べたら、問題にならへんやろ」

「そんなことないわ、同じくらいきつい悩みやわ。うちかて、死にたいくらいよ」

「ほんまに?」

美鈴は足を止め、振り返った。

「ほんまよ」

「それやったら、一緒に死のう」

「…………」

「な、死のうて、一緒に死のうて」

美鈴の目から涙が溢れた。ずっと堪《こら》えていたものが、最後の堰《せき》を失って、どっと溢れ出たように、声もなく泣いた。奈緒も涙がこぼれ出た。こんなことで泣くのかしら——と、不思議に思いながら、泣いていた。

いつの間にか、美鈴は奈緒の手を握りしめ、上半身の重みを奈緒にもたせかけていた。触れ合った手が氷のように冷たい。

もしもそのとき、奈緒が理性を失って、情緒に流されていたら、美鈴に取りついた死に神に、奈緒までが操られてしまったかもしれない。

瞬間、奈緒の脳裏に、つい先日読んだばかりの、女子中学生の「同情心中」事件の新聞記事が思い浮かんだ。マンションの七階の踊り場から飛び下りて、地面に叩きつけられて死んだ事件だ。このままだと、あれと同じような道をたどる——と思った。

「死んだらあかん、死んだらあかんわ」

奈緒は美鈴の手を取り、はげしく揺すぶった。美鈴は魚のような目で、トロンと奈緒の顔を見返した。死に神は戸惑いながら、まだ美鈴の中にいるにちがいない。

二人はまた歩きだした。ともかく、この場から離れないと、御陵に眠る天皇の霊魂にまで、誘惑されそうな気がした。

通学路からどんどん遠ざかった。N女学院は校則のきびしい学校である。遅刻はもちろん、道草を食うことも、もってのほかの規則違反だ。しかし、そんなことよりも、死に神に見込まれたこの状態からどうやって逃れるかのほうが、いまの奈緒にとっては、はるかに重大であった。

死ぬこと以外に、どうすればいいのか、奈緒にはなかなか適当な答えが見つからなかった。学校へ行っても、美鈴の悩みが解決するわけではない。彼女の家に連れ帰ることは美鈴が拒否するだろう。まして奈緒の家になどは絶対に行けない。行けば奈緒の悩みまでも披露することになる。

法然院《ほうねん》を通り過ぎ、気がつけば銀閣寺の前であった。早朝の裏道は人通りが少なかったが、さすがに銀閣寺付近はそろそろ観光客が訪れはじめている。一番乗りの修学旅行のバスが着いて、黒っぽい制服の中学生がぞろぞろ降りてきた。バスのフロントガラスに貼った学校名は東京のものらしい。

「そうや、東京へ行こか」

奈緒は言った。東京へ行けばどうなると分かったわけではないけれど、少なくとも新幹線に乗っている時間は、美鈴の、それに奈緒自身の頭を冷やすために有効だと思った。

「うん、行こか」

美鈴も素直に頷《うなず》いた。「東京」という言葉のひびきは、何かしら別天地のイメージと、可能性の広がりを予感させる。

奈緒も美鈴も、部活のための納付金を持ってきていた。お小遣いと合わせれば、旅費は十分足りる。

バスと地下鉄を乗り継いで京都駅に着いたものの、いざ新幹線の乗車券を買う段になって、奈緒は戸惑った。なんでもないように思っていたけれど、いつもはお付きの人が万事用意してくれているか、両親か誰かに連れられて行動していただけに、いざ自分でやろうとすると、どこで何をすればいいのか分からないものだ。美鈴はそれに輪をかけてぼんやりしている。

二人は出札窓口を探して、コンコースの雑踏の中をウロウロ彷徨《さまよ》った。やっとのこと、みどりの窓口が見つかったとき、目つきの悪い男と女が、こっちの様子を窺《うかが》っているのに気がついた。

「ねえ、あの二人、なんやの？」

奈緒は美鈴の注意を促した。それとなく見るようにと言おうとしたのに、美鈴は真っ直ぐに二人のほうを見て、「気色悪いわ」と言った。

「あっ、こっちに来る」

だから言わないことではない——と、奈緒は美鈴の腕を引っ張って、その二人と反対の方角へ歩きだした。振り向くと、男と女は猟犬のような顔つきで、足早に近づいてくる。明らかに目標はこっちの二人にあるらしい。奈緒はもちろん、死ぬつもりだった美鈴までが、恐怖心に駆られて、走るように人込みを縫って歩いた。通学鞄がこんなに重いものだとは思わなかった。

「もう、あかんわ」

美鈴が悲鳴をあげて立ち止まった。奈緒も観念した。しかし、とにかくこれだけの人込みの中だ。そんなひどいことをされはしまいと思った。

「あなたたち、ちょっと待ちなさい」

二人のうちの女のほうが声をかけて、男のほうは、奈緒と美鈴の退路を断つように、行く手を遮って仁王立ちになった。

「何か用ですか？」

奈緒は毅然として言ったつもりだが、息が切れて、か細い声が出た。

「ちょっとこっちへいらっしゃい」

女は言葉は丁寧だが、有無を言わせない迫力で、二人の少女を人通りの邪魔にならない壁際に連れて行った。

「あなたたち、N女学院ね？」

茶色の制服をジロジロ見て、言った。だからこの制服、嫌いなのよ——と、奈緒は心の中で呪った。

「ええ、そうです」

「今日は学校、休み？」

「いえ、そうじゃないですけど」

「だったら、いまごろどうしてここに？」

「どうしてって……あの、私たちに何か用ですか？」

「あ、ごめんなさい。警察の者なの」

女はバッグから黒っぽい手帳を出した。

「警察……」

奈緒はこれ以上はない、悲劇的な気分になった。警察沙汰になった後の、いろいろな状況が、切れ切れの映像となって、一挙に押し寄せてきた。学校の先生たちやクラスメートの顔々……丹野家の人々の顔々……。

美鈴も悲痛な表情で、奈緒を見つめた。その目は「ごめん……」と言っている。死に神はどうやら逃げだしたらしい。

＊

浅見は雪江に土産の生八橋を買って、改札口へ向かいかけたところで、四人の「風景」に気がついた。ひと目で、どういう事態が発生しているのか、察知できた。ちょうど、奈緒の救いを求める目がこっちに向いたのと、浅見の視線が交錯した。「あ、浅見さん」と奈緒の口が動いたように見え、ほかの三人もいっせいにこっちに向いた。

「やあ」と笑いかけながら、浅見は四人に近づいた。

「なんだ、補導なんかされちゃってるの？　しようがないなあ」

言ってから、二人の私服に頭を下げ、

「すみません、僕の来るのが遅かったもので、ご心配をおかけしたみたいですね。この子たちは知り合いで、僕が東京へ帰るのを見送りに来てくれたのです」

「あ、そうでしたか……」

婦人警官は緊張を解いたが、「念のためにあなたのお名前とご住所を伺いましょうか」と言った。

浅見は名刺を出したが、肩書のない名刺だったから、あまり効果はなかったようだ。婦人警官は、あらためて奈緒と美鈴のほうを向き、「あなたたちの生徒手帳も見せてちょうだい」と言った。なかなかしたたかだ。男の警官のほうはまったく口を挟まないところをみると、どうやら婦人警官のほうが階級が上らしい。

奈緒は素直に生徒手帳を出した。浅見は婦人警官の耳に口を寄せて、「丹正流のお嬢さんですよ」と囁いた。これは浅見の名刺より、はるかに効果的だった。

「あ、これは失礼しました」

婦人警官は浅見にとも奈緒にともつかず、頭を下げた。えらい厄介な相手に関わったものだ——と思ったにちがいない。慌てて生徒手帳を返し、小さく挙手の礼を追加して、男性警官を促すと、立ち去って行った。

「ありがとうございました」

奈緒が礼を言い、美鈴もお辞儀をした。

「えーと、きみはたしか、鷹の家さんの、名前は……」

「鷹取美鈴です……でも、なんで知ったはるんですか？」

世にも不思議なものを見る目になった。

「ははは、僕はなんでも知っているんだよ」

浅見はいい気分だったが、のんびりしているわけにいかない。とにかく、ここでは具合が悪いので、構内の喫茶店に入った。

「さて、どうしようかな」

三人揃《そろ》ってアイスクリームを取って、喉も頭も冷えたころ、浅見は切り出した。

「学校をサボッたのを、うまいこと切り抜けるコツは僕の得意だけど、任せてもらってもいいかな？」

「任せるって、どうするんですか？」

「まず一般的には仮病だね。どっちかが病気になって、ちょっと病院に寄っていて、遅くなったというやつ。これがいちばん安全だと思うけど」

「それでいいです。私が病気になります」

美鈴が殊勝に言った。

「うん、それでいいね。貧血を起こしたことにしよう。僕がたまたま居合わせて、ちょっと病院で休んで、大したことはなかったというストーリーでいこう」

決まったところで店を出た。駅前のタクシーに乗って、走りだしてから、奈緒が気がついて言った。

「あの、浅見さんは東京へ帰るところじゃなかったのですか？」

「うん、そうだけど、まあいいや。おとなの僕が行かないと、学校も信用しないだろうしね」

「すみません」

二人の少女はまた頭を下げ、それから奈緒が小声で言った。

「あのう、何も訊かないいんですか？」

「ん？　訊くって、何を？」

「私たちがどうして、とか、そういうことをです」

「ははは、そんなことは訊くだけ野暮《やぼ》というやつでしょう。人それぞれ、いろいろな事情があるものです。僕だって、それなりに悩んだこともあるしね。ただ、そういうときに逃げてはいけない。逃げないで、前を向いて行けばいい。後ろを振り返っても、惨めな自分が見えるだけ、何もいいことはない。そう思って、真っ直ぐ前だけを見て歩くことにしているんです」

「それは浅見さんが男だから、強いからできるのでしょう？」

「男だからとか、強いからとか、そんなことは関係ないな。むしろ男のほうが女より弱いものだよ。平均寿命の短いのが、その証拠じゃないのかな。とはいうものの、これから先、つらいことがあって、誰にもわけを言えなかったら、僕に電話してみなさい。何かのお役に立てるかもしれない」

浅見は「はい」と、二人に名刺を渡した。目の前にN女学院へつづく坂が見えた。

「さて、これから大嘘をつくのだから、その前に神様にお祈りをしておこうか」

言って、自らが模範を示して、胸の前で十字を切った。奈緒と美鈴もそれに倣った。

3

牧原良毅から京都エリアホテルの浅見に、「至急、お越し願いたいのですが」と連絡があったのは、昨夜遅くになってからだ。事務局にあった中瀬信夫の「遺品」を調べていて、気になる物が見つかったというのである。

「警察が来る前に、浅見さんにご相談したほうがいいと思いましてね」

牧原は深刻そうな口調でそう言っていたから、浅見は朝のなるべく早い列車に乗るつもりだった。京都駅で思いがけない「事件」に遭遇しなければ、昼前には東京に着いているはずであったのが、日生会事務局を探し当てたのは午後四時過ぎになってしまった。

日生会事務局は四谷三丁目の雑居ビルの四階に、小さな部屋を借りている。一階がパチンコ屋だからすぐ分かると聞いていたが、いざ実物を目にしてみると、丹正会館に引き較べて、そのみすぼらしさに胸が塞《ふさ》がる思いがした。

牧原が危惧《きぐ》していたとおり、浅見が行くよりほんのひと足早く、京都から中立売署捜査本部の刑事が二人訪れていた。ただでさえ狭い事務所に、三人の客を迎えて、息が詰まりそうだ。

刑事はすでに中瀬の遺品調べをすませたところだった。刑事の一人は、事件直後に浅見と顔を合わせていたので、べつに怪しまれることはなかったが、「あまり荒らさないでくださいよ」とクギを刺した。ルポライターなんかに引っかき回されては困ると言いたいのだろう。

刑事は間もなく、あまり収穫があった様子もなく、引き上げて行った。これから中瀬の母親のところへ行くそうだ。

「すみません、遅かったようですね」

浅見は牧原に詫びた。

「いや、それはいいのです」

牧原は窓から下を覗《のぞ》いて、刑事が四谷駅の方角に去って行くのを確認してから、浅見にソファーを勧め、お茶を出してくれた女性に「今日はもう帰りなさい」と言った。

二人の女性が片付けをして帰ってしまうまで、牧原はとりとめのない話をしながら、むやみに煙草をふかした。

部屋の壁には牧原の生け花の写真が飾られている。このあいだの国際生花シンポジウムで実際の作品を見て、ある程度は分かったつもりでいたが、牧原の生け花はこれまでの浅見の常識を完全に覆すものであった。しかし、あのガラスの壺に詰められたカーネーションのような、まかり間違うと奇を衒《てら》ったと誤解されるようなものばかりではなく、浅見の人並みな美意識でも納得できる作品も少なくない。

薄墨色に染めたユリとユーカリを、朽ちた花のように無造作に活けた作品など、悪魔的な美しさで迫ってくる。文字どおり「魔の山」と題したチューリップの花びらを山と積んだものがあるかと思えば、細口の花瓶のすぐ上にブドウとフィリカをドサッと載せたような作品もある。それらの写真を眺めているだけで、飽きることはなかった。

「すごいですね」

浅見がごく素朴な感想を述べると、牧原は面白くもなさそうに「だめです、こんなものは。外してくれと言うのだが、どうも言うことを聞いてくれない」と愚痴を言った。

女性たちが帰ってから、たっぷり間を置いて、牧原は「じつは、これなんですがね」と、自分の机の引出しから小型のテープレコーダーを持ってきた。

「こいつが中瀬のロッカーにあるのを、あの女の子たちが見つけましてね、念のために聞いてみたところが、どうも、妙な会話が録音されているのです。それで、いちど浅見さんに聞いてもらったほうがいいかなと思ったのですよ」

「えっ？　じゃあ、これは警察には……」

「そう、内緒です」

牧原は生真面目な顔のまま、いたずらっ子のように首をすくめた。

「いけなかったでしょうかな」

「はあ、いや、そうですねえ……」

浅見は少し呆れて、思わず笑いそうになった。

「ともかく、それを聞かせていただきましょうか」

牧原は慣れない手つきでテープレコーダーのスイッチを入れ、テーブルの上に置いた。きわめて状態の悪い録音だったとみえて、回りはじめてからしばらくはザーザーという雑音ばかりが聞こえた。それが、何かの間違いではないかと思えるほど、えんえんとつづいたので、浅見は牧原の顔を見てしまった。

「もうちょっとです。もう少しすると聞こえてきます」

牧原の言葉が終わるか終わらないうちに、何か物音が聞こえた。襖《ふすま》を開け閉めする音だと浅見は思った。足音とおぼしきひびきも聞こえた。遠い三味線の音色がかすかに聞こえて、すぐに消えた。

これはどうやら隠し録《ど》りらしいと分かって、浅見は緊張した。

「ほんまに冷とおすなあ」

いきなり、女の声が言った。抑えたつもりなのだろうけれど、状態の悪い録音のわりには、はっきり聞こえた。

「そんなことはないよ」

低い男の声だ。

「そうかて、十日もおみえにならしまへんどした」

「嘘言うたらあかん、一週間やろ」

「同じようなもんどす。あの子かて、お稽古をすっぽかされた言うて、えろ、泣いておりましたえ」

「そう言われても困る。べつに必ずと約束してあるわけやないしな」

「ほうれ、それが冷たいて言うのどす。お嬢さんにばっかし力を入れはって、同じセンセの子ォやおへんか」

「おい、聞こえるぞ」

「どうもおへん、あんじょう、聞こえへんようになってますよって」

「とにかく、それは禁句だ」

「おおこわ。かなわんわ、そんな怖いお顔しやはったら。けど、怖《こお》うてもなんでも、来てくれはるんやったらうちはなんでもええのどすけど」

「あほなことを……」

あとは口で口を覆ったような気配がして、わけの分からない状況になっていった。浅見としても、まんざらその先に関心がなかったわけではないが、幸か不幸か、間もなくテープの容量が尽きた。

「どう思います？」

牧原はスイッチを切って、言った。浅見はどう答えるべきか、迷った。

「中瀬さんはこれを、どこで手に入れたのでしょうか？」

「そうですなあ、まさか彼が自分でこんな盗み録りをするとは思えないが……そんなことより浅見さん、これはいったい何だと思いますか？　中瀬が殺された事件と関係があるのでしょうかなあ？」

「あると思うべきでしょうね。少なくとも警察は、関係があると断定してかかるにちがいありません」

「でしょうな。私もそれを思ったので、あの子たちにも言い含めて、いち早く隠匿することにしたのだが、しかし、それにしても、なぜこんなものを録音して、後生大事に取っておいたのですかね？　そもそもこれは誰の声なのだろう？」

「先生には、聞き覚えはありませんか」

「うーん、ありませんなあ。ただ、京都弁だから京都の人間だとは思うのだが。それも、女のほうは祇園辺りの粋筋ではないでしょうかな」

「そうですね、それは間違いなさそうです。問題は男のほうですか。センセと呼んでいますから、たぶん、踊りか、ひょっとすると生け花の先生なのでしょう。それと、会話の内容から察すると、この男とこの女性のあいだには隠し子がいるような感じです」

「そのようですな。私もそう思いました」

牧原は苦々しい顔になった。

「もしわれわれの同業の者だとすると、中瀬がこれに関心を持っていたことは、十分、ありうるでしょうな。いや、関心だけならいいが、これを使って何かを企《たくら》んでいたのではないかと、それが気になる。浅見さんが言っておられたように、中瀬が母親のために家を建てて上げるとか言っていたことと思い合わせると、どうも、何かあったとしか考えられませんな」

「ええ、はっきり言って、恐喝か、それに近いことがあったと、僕は思います」

浅見は明言した。牧原は痛そうに顔をしかめたが、否定はしなかった。

「ただねえ浅見さん、贔屓《ひいき》目かもしれないが、中瀬という男が、恐喝みたいな、そういうばかなことをする人間だとは思えないのですがねえ」

「たとえ中瀬さんが真面目な人物だったとしても」と、浅見は冷たく聞こえるような口調で言った。

「このテープを入手したならば、恐喝をはたらく可能性があったと思います。いえ、中瀬さんに恐喝の意志がなかったとしても、その話をちらつかせただけで、十分、相手側は恐怖を感じたということなのでしょう。つまり、中瀬さんを消してしまいたくなるほどの恐怖を、です」

「では、やはり中瀬はこれが原因で殺されたと？」

「ほかに何もなければ、まず間違いないでしょうね。少なくとも、このテープが原因で、何らかの事件に巻き込まれたことだけは確かです」

「うーん……」

牧原は唸《うな》った。

「となると、犯人はこのテープの男ということになりますな」

「そこまでは分かりません。女性のほうだった可能性もあります。現に、先生がご覧になった部屋係のこともありますしね。あるいはまったく別の第三者かもしれません。京都には有力な暴力団も存在するし、恐喝がらみの事件には、そういう組織が介入してくるケースが少なくないのです」

「恐喝ですか、やはり……」

牧原は汚らわしい物を払い除《の》けるように、首を振って、悲しそうな目で浅見を見た。

「もし、中瀬が本当に恐喝のような真似をしたとなると、日生会もこれでおしまいですな。いや、日生会や私のことはいい。無念なのは、私が掲げた芸術論や家元制度への挑戦が、すべて、はったり屋のたわごととして冷笑されることですよ。これで華道界はまた半世紀は逆戻りする。そうは思いませんか、浅見さん」

「なるほど」

浅見は頷いた。牧原が自分を呼び寄せた目的と、この重要証拠品を警察から隠した理由が見えてきた。

「おっしゃることはよく分かります。しかし難しい問題ですねえ」

「そう、難しいとは思います。しかし浅見さん、なんとか、中瀬の恐喝を警察に伏せたままにしておく方法はないものでしょうか。むろん、ジャーナリストであるあなたの立場を悪くするようなことになってはいけませんがね」

牧原は一応、配慮はしているのだが、牧原が知っている以上に、浅見の立場は複雑で微妙である。

浅見の脳裏に警察庁刑事局長の兄陽一郎《よういちろう》の顔がチラチラした。もしこのことが警察に知れたら、浅見家の誇りである兄は失脚する。いくら無鉄砲な次男坊でも、こんなことは許されないな――と思いながら、浅見は「分かりました」と口走っていた。

「要するに、中瀬さんの恐喝行為はなかったことにして、殺人事件だけが解決されることが望ましいというわけですね」

「そう、そのとおりです」

牧原の顔に安堵《あんど》の色が広がった。

「やはりあなたにご相談してよかった。浅見さんならきっと、何かいい方法を考えてくださると思いましたよ」

「いや、いい方法が見つかるかどうかは分かりません。たとえ犯人を突き止めたとしても、犯罪を立証する最終段階では、やはりその証拠が必要になってくるかもしれません。そのことだけは了承しておいてください」

「それはやむをえませんな。ただ、恐喝の話ばかりが先行して表沙汰になってしまうことだけは、なんとしてでも回避したいのです。なにぶんよろしくお願いします」

牧原はテーブルに手をついて、だいぶ薄くなった頭を深々と下げ、それから胸の内ポケットから封筒を出してテーブルに載せた。

「いずれあらためてお礼はさせていただきますが、これは当座の費用としてお遣いくださ い」

「そんなご心配は無用ですよ。僕はプロではありませんから」

「いやいや、差し当たりの交通費だけでも出させてください」

その程度なら——と、浅見は封筒を受け取った。封筒は薄っぺらで、たぶん一万か二万円ぐらいだろうから、遠慮するほどのことはあるまいと思った。

「とりあえず、中瀬さんがこのテープを手に入れた経路を辿ることが先決です」

「そう、そのことです。中瀬が最近、京都に行ったという話は、聞いたことがないし、まして祇園のような場所に足を踏み入れられるほど、余裕があるはずもないのです」

「手始めに、中瀬さんの最近の行動パターンを知りたいのですが、日誌とか、そういったものはありますか？」

「いや、とくに日誌はつけていませんな。彼の手帳があればいいのだが、それも見つからない。たぶん、殺されたときに犯人が持ち去ったのでしょうがね」

「それでは、喫茶店やレストランの領収証の類《たぐい》でも結構ですが」

「ああ、それならあるはずです」

牧原は事務机の引出しをあちこち引っ繰り返して、領収証と伝票の綴りを持ってきた。去年の九月から今年三月までの分だが、飲食関係の伝票はほとんどが中瀬のサインになっている。この近くの喫茶店の使用頻度が多いのは、牧原の説明によると、この狭苦しい事務局では客の接待ができないので、喫茶店を応接室代わりに使っているためだそうだ。

「こちらの女性が、中瀬さんと高田氏が話しているところを見たというのは、この喫茶店でしょうね」

「たぶんそうだと思います」

それとは別に、やはりこの近くにあるらしい「夜霧」というスナックバーのレシートも目立った。

「これも公用なのでしょうか？」

「そういうことでしょうなあ。いや、中瀬は私用で飲んだものを経費で落とすようなことはしない男ですよ」

伝票には、中瀬の字で「打合せ費」と書いてある。とくに今年の二月から三月の分が多い。最後の分の日付は三月三十一日――高田が京都へ発つ二日前のものであった。

4

まだ用事があるという牧原と別れて、日生会の事務局を出ると、すでに七時近かった。蕎《そ》麦《ば》屋のだしを取る匂いに誘われて、浅見は「長寿庵」の暖簾《のれん》をくぐった。京都の食べ物も悪くはないが、やはり蕎麦と寿司は江戸風にかぎる。

牧原から「経費」が入ったので、浅見は自らの労苦をねぎらって、海老入りの天麩羅《てんぷら》蕎麦を奢《おご》った。

勘定のとき、ポケットからさっきの封筒を出して、中身を引き抜いて驚いた。一万円か二万円かと思ったが、中には小切手が入っている。銀行振出小切手で、額面は三十万円――。浅見は思わず「まずいな」と言って、レジのおばさんに「不味《まず》かったですか？」と睨《にら》まれた。

「いや、そういうわけじゃなくて……」

浅見は店を出ると、急いで日生会事務局に戻った。しかし、雑居ビルの四階の窓は明かりが消えていた。

いずれ精算するにしても、三十万は大きすぎる。義務感がドサッと、肩に重くのしかかってきた。

浅見は疲れた体に笞《むち》打つようにして、スナックバー夜霧を探すことにした。

夜霧は新宿通りの一本裏手の道に面したビルの地下にあった。ママ一人に女性が一人という、やけに健全そうな店であった。店の看板に「バー・珈琲」と書いてあったから、浅見は「コーヒーでもいいんですか？」と訊いた。事実、無性にコーヒーが飲みたかったのである。

「ええ、構いませんよ、ただし一杯千円」

ママがおどけた口調で言った。男っぽくて、一瞬、ゲイバーかと思ったくらいだが、正真正銘のママであった。

くちあけ間がないせいか、それともいつもこうなのか、店は閑古鳥が鳴いていた。浅見はカウンターのほうに坐り、自らコーヒーを淹《い》れているママに中瀬の写真を見せて、「この人、知ってますか？」と訊いた。

「あら、中瀬さんじゃないの」

ママはひと目見て、言った。

「そう、中瀬さん。じゃあ、やっぱりよく来てたんですね」

「ええ、おなじみさんだけど、お客さん、中瀬さんのお知り合い？」

「まあ、というより、日生会の牧原さんに親しくしてもらっている」

「あらそう、先生と。でも先生のほうはいちどもいらしてないわ。中瀬さんから話で聞いてるだけ。生け花のことはよく知らないけど、偉い先生なんですってねえ」

「ああ、立派な先生ですよ」

「きょうは、中瀬さんはご一緒じゃないんですか？」

「えっ？　うん……」

浅見は言葉を濁した。意外なことに、ママは中瀬の死を知らないらしい。もちろん、もう一人いる女性も知らないのだろう。いくら京都で起きた事件だからって、東京の新聞にも載っただろうに、ママも店のコも新聞は読まない主義にちがいない。

「中瀬さんはこのお店にはいつごろから来るようになったのかな?」

「そうねえ、去年の春ごろかしら。ねえミエちゃん、去年の春ごろだよね?」

もう一人の女性に訊いている。

「ええ、たしか最初、高田さんが連れていらしたんじゃなかったですか」

「あ、そうだったっけねえ。お花見のころ、どこかで生け花の展覧会があった帰りだとか言ってたっけ。早いもんねえ、あれからもう一年なのかあ……」

「高田さんというと、京都で亡くなった、高田哲郎さんのこと?」

「あら、高田さんもご存じ? そうなんですよねえ、殺されちゃったんですって。京都も怖いわよねえ。まだ犯人なんか、ぜんぜん分からないみたい。うちにも刑事なんかが来たりしたけど、ヤクザがらみだと、なかなか分からないんじゃないのかしら」

「刑事が来たっていうと、もしかすると、高田さんの彼女のことを訪ねて来たんじゃないのかな?」

「そう、よくご存じね」

「じゃあ、あの、ミエちゃん?」

「違いますよ、やあねえ。リカっていうんだけど、三日前からちょっと休んでるの。ショックがきつかったものねえ」

「三日前から？」

中瀬の事件が発生したのは、まさに三日前のことだ。

「そう、高田さんが殺された直後も気絶しそうだったけど、でも刑事が来ても、けっこうしっかり応対してたのよ。ずいぶん無理してたんじゃないのかしら。とうとうプッツンしちゃったってとこだわね」

「そうか、休んでるのか……たしか、この近くだったね、そのひとのマンション」

「ええ、そうだけど……」

ママもようやく、浅見があまりにも詳しいことに警戒心を起こしたようだ。

「教えてくれないかな、彼女の家」

「だめよ、だめですよ。うちは女の子の家は教えない主義なんです」

断固として言った。これは無理そうだ——と浅見が諦めかけたとき、ドアが開いて、新しい客が二人、入ってきた。

「いらっしゃい」と迎えられた客の一人が、浅見の横顔を見て、「あれ、浅見さん」と大きな声を出した。

「これは奇遇ですねえ」

浅見は驚きながら、嬉しくなって、思わず笑いだした。

「奇遇はいいが、あんた、ホテルにいなくなったと思うたら、いつの間に東京に戻って、こんなところに現れとったんか。困るなあ、困る言うたでしょう」

「まあいいじゃありませんか。それより、リカちゃんは今日はお休みですよ」

「ん？　ほんまかいな」

平山刑事は、あらためてママのほうに向き直って、警察手帳を出した。ママは「あら、刑事さんなの？　このあいだの刑事さんとは違うのね」と、少し引きぎみになって、浅見の顔をジロリと睨んだ。（あんたも同類なの？――）という、憎らしそうな顔だ。

「自分は京都山科警察署の平山いいます。こちらは京都府警の長峰部長。早速やけど、リカちゃん――やのうて、岩田《いわた》祥子《さちこ》さんはお休みですか？」

「ええ、ほんとに休みですよ、三日前から。自宅にいると思いますけど」

「いや、昼間から何度も自宅のほうに行っているんやが、留守やったもんでね」

「あら、そうなんですか。じゃあ、郷里のほうにでも帰ったのかしら？」

「郷里いうと、どこかな？」

「鳥取ですよ。砂丘の近くだとか言ってましたけど」

「鳥取か、そりゃまた、えらい遠いな」

平山は慨嘆したが、浅見は「鳥取」と聞いたとたん、胸騒ぎがした。鞍馬の二ノ瀬に住む諸井寧子も、たしか郷里が鳥取だと言っていた。

「鳥取の住所、教えてくれないかな」平山に言われ、ママは岩田祥子の履歴書を引っ張り出してきて、二人の刑事に見せた。浅見も脇からすばやく覗き見て、現住所と本籍地の地番を頭の中に叩き込んだ。平山は手帳に住所を控えてから、浅見を振り返った。

「で、浅見さん、あんたのほうは収穫はあったんですか？」

「いや、ぜんぜんですよ。平山さんが来るまで、ママは岩田さんの名前も住所も教えてくれなかったのですから」

「ほんまかいな。そりゃ、しもうた。あんたいま、住所を見てたやろ？」

「いや、僕は見てませんよ」

浅見はニヤニヤ笑った。平山もとぼけたことを言っているが、浅見に履歴書を見るゆとりを与えたのは間違いない。

二人の刑事はママが「ビールでも」と言うのを断って、店を出た。浅見も、ほとんど口をつけなかったコーヒーに千円を払って、彼らの後につづいた。

店を出たところで、平山ははじめて長峰部長刑事に浅見を紹介した。

「高田が、国際生花シンポジウムの二日間に、何かおもろいことが起こる言うとったと教えてくれたんは、じつはこの人です」

「ふーん、そうですか。しかし、取材するのは自由やけど、警察の捜査をかき回してもらったら困りますねえ」

長峰は一応、形式的なことを言った。

「承知してます。あまりでしゃばったことはしないつもりです」

浅見も殊勝な態度を示した。杓子《しゃくし》定規の相手には杓子定規に答えるにかぎる。

「ところで長峰さん、どないします？　鳥取まで行きますか？」

平山は訊いたが、長峰は「そうだなあ」と、まったく気乗りのしない声を出した。鳥取は京都の先である。

「行くにしても、いったん京都に戻って、主任の意向を聞いたほうがええやろ」

「そうですな、そうしますか。今日のところは、早くホテルに入って、寝ましょう」

平山もあっさり同調した。

今夜のホテルは神田裏の安いビジネスホテルだそうだ。浅見はどうせ帰り道だからと、タクシーを拾って二人を乗せて行き、ついでにホテル前で一緒に降りて、コーヒーを飲み直して行くことにした。浅見が誘うと、長峰は断って、さっさと部屋に引き上げた。若い刑事は必要以上の労働はしないらしい。平山のほうは、「そしたら、自分だけ付き合いましょうか」と、いかにもお義理のような顔をして、浅見についてきた。

「岩田祥子さんには、何を訊くつもりだったのですか？」

浅見はテーブルにつくと、早速訊いた。

「そんなもん、会うてみんことには、分かりませんけどな。それよか浅見さん、あんた、あの夜霧いう店を、どうやって突き止めたんです？」

平山は、長峰がいるあいだは伏せていた質問をぶつけてきた。

「あ、さすがに鋭いですねえ」

浅見は感嘆した。考えてみると、岩田祥子の住所も知らない浅見が、彼女の勤め先を知っているはずがないのだ。

「べつに鋭いこと、ありますかいな。そうやってべんちゃら言うて誤魔化さんと、正直に言うてくださいよ」

「ははは、隠したりはしませんよ。じつはですね、僕は中瀬信夫氏のことを調べていて、たまたまあの店にいたのです」

「中瀬いうと、大京都ホテルで殺された被害者やないですか」

「そうです。牧原良毅さんの日生会事務局はあの店のすぐ近くにあるのです。中瀬氏がときどき夜霧で飲んでいたというので、ひょっとしたら何か手掛かりがあるかと思って行ってみたのですが、そしたら、なんと、平山さんが現れたのでびっくりしました。おまけに、あそこは高田氏の愛人が勤めている店だったのですねえ。これで中瀬氏と高田氏の接点がはっきりしました」

「うーん、なるほど、そういうわけやったのですか。しかし、その二人に接点があったことは分かったけど、それでいったい、何があって、殺されなあかんかったんですかなあ。浅見さん、あんた、ほんまは何か知っとるんと違いますか？」

平山は完全に刑事の目になっている。平山の人柄は好きだが、浅見はどうも刑事のそういう目つきだけは好きになれない。

「そんなこと、僕が知ってるわけ、ないじゃないですか。それより、平山さんたちがなぜまた岩田祥子さんを追っているのか、それを聞かせてくれませんか。何か新しい情報でもあったのですか？」

「いや、べつに新しい情報があったいうわけやないですよ。岩田祥子はあくまでも参考人の一人として、事情聴取をしたいいうだけです。先に東京に聞き込みに行った連中が、高田の愛人に対して、ほとんど何も訊いとらんかったもんやから、二度手間をかけることになったのです。まあ、京都で起きた事件やさかいに、東京におる人間は関係ない、思うたのかもしれんが、高田が寝物語に、女に何か話しておるかもしれんやないですか。そういう初歩的なことが、近頃の刑事はまるっきり頼りのうてあかん」

「近頃の刑事」と言ったとき、平山はチラッと上のほうを見た。平山に言わせれば、長峰部長刑事といえどもその「頼りない」刑事の一人なのかもしれない。浅見のような怪しい人物を放っておいて、さっさとベッドに入るようでは、たしかに頼りない。

「岩田祥子さんは、本当に鳥取に帰ったのでしょうかねえ？」

浅見がポツリと言うと、平山は「ん？」と目を剝《む》いた。

「ほんまに帰ったんとちがうんかな。自分らが訪ねて行ってもずっと留守にしとるのやし、ママも郷里に帰ったんとちがうか言うとったやないですか」

「ええ、それはそうですが、高田氏が殺され、中瀬氏が殺されたとなると、ジョイント役を務めたかもしれない岩田さんも、危険なような気がしてきます。所在が明らかになるまでは、安心できませんよ」

「ほんまですかいな。浅見さん、脅かさんといてくれませんか。なんぼなんでも岩田祥子は関係ないでしょう」

「だといいですけどね」

冗談みたいな顔で言っているが、浅見はかなり真剣だった。岩田祥子の郷里が諸井寧子と同じ鳥取というのも、ただの偶然とは思えなかった。寧子のことを知らない平山が、切迫した印象を受けないのも無理はないが、さりとて、平山や警察に諸井寧子のことを教えていいものかどうか、浅見にはまだ踏ん切りがついていなかった。

「そうやなあ……」

平山はだんだん深刻に考え込んだ。

「犯人にしてみれば、恐喝のネタを握っているおそれのあるやつは、片っ端から消してしまわんと、落ち着かんやろしなあ。よっしゃ、ちょっと電話してみるか」

平山は急に立って行った。番号調べから始めたのだろう、十五、六分もかかって、にこにこ顔で戻ってきた。

「ははは、大丈夫、岩田祥子はちゃんと鳥取の実家に戻っとったですよ。家の者は何も知らんらしい。最初に出たおふくろさんに、警察いうことを知られなかったかどうか、岩田祥子はずいぶん心配しとった。こっちは、ただの平山と名乗っただけやから安心せい、言うたら、ほっとしとったようや」

ほっとしたのは浅見も同様だった。

「ついでに、高田が殺された理由について、なんぞ心当たりがないかどうか、二、三訊いてみたんやけど、何も知らんいうことでした。高田は仕事の話はいっさい、せんかったらしい。ただし、中瀬と高田が夜霧で何回か一緒に飲んでいることは事実みたいやね。夜霧の勘定は、いつも中瀬が払っとったそうやし、高田が中瀬から金を受け取っているところも見たと言うとったです。どうも、その感じからいうと、中瀬は高田から何か情報を買うとったのかもしれんですな。岩田祥子にはまったく分からんそうやけど、やっぱし、鷹の家の女将《おかみ》の不倫とか、そういったもんやないですかね」

「しかし、このあいだも言ったことですが、不倫程度のことで、殺人事件にまで発展するものかどうか、僕にはどうしても理解できませんね」

「うーん、それはたしかにそのとおりでんな。京都では坊さんかて祇園で遊びよるのが、ごく当たり前のことやし、女将が誰と不倫しようが、スキャンダルになることのほうが、むしろおかしいくらいのもんや。それをネタに恐喝したりしたら、かえって笑い者になるのがオチでんな」

平山は腕組みをして考え込んだ。それを汐時に、浅見がそろそろ退散しようかと、腰を浮かせたとき、ふいに平山は憤ったように言った。

「そやけど、殺しがあったことは事実や。それも連続殺人事件や。何かがある。自分らがまだ知らん何かが隠されておるにちがいない。まあ、見とってください。必ず、その何かを突き止めて見せまっせ」

浅見は思わず首をすくめた。必ず突き止められては、はなはだ具合の悪い「何か」を、浅見は握っているのだ。この平山の鼻息の荒さからすると、もたつく捜査本部の尻を叩いて、予想より早く事件の真相を嗅《か》ぎつける可能性がある。

（急がないといけないな――）と浅見は思った。警察の先回りをして、早いとこ事件を解決しないと、牧原良毅の日生会も、それに丹正流家元のところも、悲劇的な状況に陥りかねない。

そう思いながら、浅見は（なぜ？――）と疑問を抱いた。そんな余計なことに気を遣って、殺人事件の捜査の進展を妨げている自分自身に呆れた。その一方で、やはりそうしないではいられない気持ちにも、我ながら同情できる部分があると信じている。とくにあの丹野奈緒と鷹取美鈴の二人の少女の心情を思うと、なんとかして穏やかな解決方法がないものかを、まず考えてしまう。

とはいうものの、平山が言うように、これは連続殺人事件なのだ。どこかに殺人者がいることも事実なのだ。そして第三の殺人が行なわれないという保証はない。

（もし殺されるとしたら――）

浅見は慄然《りつぜん》とした。次の餌食《えじき》は、諸井寧子か、それとも岩田祥子か――。だが、自分が餌食の候補になる可能性のあることを、浅見は考えついていない。
ふいに、浅見の脳裏に、鳥取の重く沈んだ日本海と曇り空が浮かんだ。

第五章　六条御息所

1

翌日、浅見は早起きして鳥取へ飛んだ。文字どおり、飛行機で飛んだのである。浅見は飛行機は苦手だ。日本国内なら大抵のところは車か、列車を利用するのだが、今回はとにかく、何が何でも平山より一歩も二歩も先を走らなければならない。飛行機が怖いなどとは言っていられない。

鳥取へは京都からは「智頭《ちず》特急」という快速列車ができて、三時間ばかりで行けるようになったが、それでも東京から行くとなると、はるかの地である。時間と労力を惜しめば、飛行機にかぎる。しかも、浅見の懐は、昨日の臨時収入で、はち切れそうに膨らんでいるのだ。

予感したとおり、鳥取空港は雨だった。弁当忘れても傘を忘れるな——というが、まったく山陰ではいつも雨に祟《たた》られる。

タクシーに乗って「浜坂」と行く先を告げた。岩田祥子の住所は「鳥取市浜坂——」である。運転手は「砂丘見物ですか」と早合点した。夜霧のママが言っていたとおり、浜坂は砂丘に隣接したところで、一般的に「鳥取砂丘」といえば「浜坂砂丘」をさす。東西十六キロ、南北二キロの砂丘は、もちろん日本最大で、直径が三十メートルもあるクレーター状の窪みのスケールも、刻々と変化する風紋の美しさも他に例を見ない。

北側の、砂丘に面した辺りは、観光客相手の旅館や土産物店、飲食店などが並ぶ。そことは逆に南に入った住宅地のさらに南のはずれ近くに、岩田祥子の実家はあった。この辺りはラッキョウの産地だが、裏手に小さなナシ畑もある農家だ。ちょうど開花時季なのか、ブドウ棚のように低く枝を這《は》わせたナシの樹は、いっせいに白い花をつけていて、甘い香りが漂ってくる。

電話でアポイントメントを取ると逃げられそうな気がしたので、いきなりの訪問になった。案の定、玄関先に出た母親らしい初老の女性に東京から来たと告げると、奥へ引っ込んだきり、しばらく出てこなかった。祥子にしてみれば、あわよくば居留守を使うつもりだったのかもしれないが、母親がいると言ってしまった手前、そうもいかなくて、仕方なく——といった感じで現れた。

三十歳を少し出た、浅見と同じくらいの年齢だろうか。それほど美人というわけではないが、あまり水商売に馴《な》れた感じのしない、ごく素朴な印象を与える女性であった。

「どういうご用件ですか？」

こっちを見る祥子の目は、警戒心をあらわに示していた。浅見は名刺を出して、努めてにこやかに「昨日お電話した平山さんの友人です」と挨拶した。「平山」の名前は祥子を納得させるのには効果があったが、さらに追い討ちをかけるように言った。

「中瀬さんに、鳥取に行ったら、ぜひ岩田さんのところに寄ってきてくれと言われていたものですから、失礼かと思いましたが、突然お邪魔しました」

「中瀬さんに？……」

祥子の表情に動揺が走った。夜霧のママと違って、中瀬の事件を知っている顔だ。

「ええ、中瀬さんが言うには、いろいろご心配をおかけしたが、これからはもう大丈夫だからということでした。中瀬さんは京都に用事があって来られませんが、僕で何かお役に立てることがあったら、何なりと相談してみてください」

話しながら、浅見は穏やかな目で、じっと彼女の目を見つめた。見返す祥子の目が力なく揺れ、視線を下に落とした。

「ちょっと待ってください、いま支度してきますので、そこまで出ましょう」

祥子は淡いブルーのレインコートを羽織って出てきた。江戸小紋のようなこまかな花柄の傘をさして、浅見の先に立って、早足で歩いて行く。どこか喫茶店にでも入るのかと思ったが、そうではなかった。地元の店は顔見知りで、かえって具合が悪いのかもしれない。家並みを出はずれたところにあるナシ畑の前で立ち止まった。

「刑事さんですか？」

振り向いて、傘の下から見上げるようにして、訊《き》いた。

「いや、僕は刑事ではありません。平山さんは知り合いですが、僕がお邪魔したのは、警察とは関係ありませんから、気楽に考えてくださって結構です」

「よかった……」

ほっとして、表情が緩んだ。

「でも、刑事さんじゃないのに、中瀬さんのことなんかまで、どうして？……」

「中瀬さんが殺された事件のことは、ご存じですね？」

「もちろんです。新聞を見て、びっくりして、恐ろしくなって逃げて来たんです」

「というと、あなた自身も、身の危険を感じる理由があるのですね？」

「えっ？　いえ、そうじゃないですけど、だって、高田さんが殺されて、今度は中瀬さんでしょう。なんだかわけが分からなくて、でも恐ろしくて……あの、いったい何がどうなって

「いるんですか？」

「それはむしろ、あなたにお訊きしたいところですよ」

「でも、私はほんとに何も知りませんよ。ただ、高田さんと中瀬さんが何やら相談していたとか、そのくらいのことしか知らないんですから。そのことは昨日、平山さんにお話ししてあります」

「ええ、それはもう聞きました。僕があなたに訊きたいのは違うことです」

浅見は半分、カマをかけて言った。

「諸井寧子さんを高田さんに紹介したのは、岩田さんなのでしょう？」

「えっ……」

岩田祥子は目を大きく開いて、浅見を見つめた。刑事でもないこの男が、どうして――という顔である。浅見は満足した。

「やはりそうなのですね。ただし、このことは、警察はもちろん、平山さんもまだ知りませんから安心してください」

「じゃあ、浅見さんは警察とは？」

「言ったでしょう、警察とは関係がないと。僕は牧原さん――中瀬さんの先生の牧原良毅さんに頼まれて、事件の真相を探っているのです」

「えっ、牧原先生にですか？　だけど、もしかすると、中瀬さんを殺した犯人は、あの人かもしれないんじゃないんですか？」

「ほう、どうしてそう思うんですか？」

「だって、新聞にも、牧原さんの話に不自然な点があって、警察で事情聴取をしているって書いてありましたし、それから、中瀬さんがいつか、お店で、先生に叱られたとか言って、こぼしてましたもの。なんでも、自分はいいと思ってやっていることが、先生には分かってもらえないとかいう話でしたよ」

　これは浅見にはちょっとしたショックだった。警察がそう考えるのはともかく、世間一般にも、そう考える人が出ているというのは困ったものである。新聞のちょっとした憶測記事が、世間の誤解に繋《つな》がる例は、珍しくないことも事実なのだ。しかし、それはそれとして、浅見は、牧原を犯人とする可能性のあることを、あらためて考えさせられた。推理小説では、もっとも怪しくない人物が真犯人だった――とするケースが多いが、その伝でいけば、たしかに牧原良毅などはもっとも適した存在だ。

　現に、中瀬が殺された時刻、中瀬にもっとも近い場所にいたのは牧原だった。事件があったと思われる時刻に、隣室で物音がしたとか、部屋係を見たとかいうのは、すべて牧原だけが言っていることで、客観性がまったくない。警察が牧原に重大な関心を抱いていたとしても、むしろ当然なのかもしれない。

「いや、牧原さんは犯人ではありませんよ。僕が保証します」

浅見はしかし、祥子にはそう断言した。そうしないと、「犯人」の依頼で動いていることになるから、浅見自身の立場もおかしなものになってしまう。

「牧原さんは僕とずっと一緒にいましたし、そんな事件を起こす時間的余裕はまったくなかったのですから」

「そうなんですか……そうですよねえ。いくらなんでも、頼りにしている中瀬さんを、先生が殺すなんて、そんなばかなことはありませんよねえ」

祥子は自分の疑惑が晴れて、一応はほっとしたようだ。

「あなたと諸井寧子さんとは、学校の友だちですか？」

「ええ、中学のときのクラスメートです」

祥子は気持ちがほぐれたのか、問わず語りに話しはじめた。

「彼女の家もナシ農家で、末っ子で、私と似たような境遇だったせいか、仲がよかったんです。勉強もあまり好きなほうじゃなかったし、二人とも中学を卒業したら鳥取を出ようって言っていました。でも、私は優柔不断だったから、結局、高校まで行ってしまったんですけどね」

「寧子さんはどうしたんですか？」

「彼女は中学二年のときから、舞妓さんになりたいって言っていて、念願どおり、舞妓さんになって、二十一か二のときに芸妓さんになって、順調にいっていました。ところが、芸妓さんになってから、ちょっと、いろいろあって、辞めなければならなくなったみたいでした。それで、その後はスナックバーに勤めたんですが、それでも、手紙なんかもらうと、けっこう京都の生活は楽しそうでしたし、私が京都へ行くと案内してくれて、東京にも二度、来ました」

「なるほど、そうして、お茶屋の女将《おかみ》さんの秘密を話してくれたというわけですか」

浅見は既定事実を言う口調で、ズバリと言った。祥子はチラッと浅見を見たが、こっちが何でも知っていると観念したのか、素直に頷《うなず》いた。

「ええ、お茶屋の女将さんの不倫の話で、そういう世界があるんだ——みたいに、面白がって聞いていただけなんですけど」

「その不倫の内容ですが、どんなことを言ってました？」

「どんなことって……ですから、お茶屋の女将さんがお客さんと不倫して、子どもが生まれたとか、そういう話です」

「そのお茶屋は鷹の家というのでしょう。そして鷹の家の女将にはご亭主がいるから、話が厄介なことになったというわけですね。しかも、そのお客さんというのが、かの有名な丹正流生け花の先生だった——そういう話だったのですね」

岩田祥子はびっくりして目を大きく見開いた。

「ええ、そうですけど……その話、誰でも知っているんですか？」

「いや、ほとんど知られてない話です。たぶん、週刊誌ネタにもなっていないでしょう。もし、諸井さんやあなたが誰にも話していなければね」

「私は……」

否定しかけて、高田に話したことを思い出したのか、口を閉じて、それから思い直したように言った。

「寧子は誰にも話していないって言ってました。ぜったいに秘密だって。私に話したことも、すっごく後悔して、どうして喋《しやべ》っちゃったのかって、ずいぶんお酒を飲んだあとだったのだけれど、酔いも醒めてしまって、半分泣きそうな顔をしてました」

その様子が思い浮かぶのか、祥子は焦点の定まらない目を、白いナシの花に向けて、しばらく黙った。

「いま思うと、彼女の言うとおりだったってことが分かるけど、そのときはそれほど重大には思わなかったんです。だけど、その話を高田さんにしたら、急におかしなことになってきて、あの人、京都に行くから寧子に紹介しろって言うんです。なんだかやばいことになりそうな気がしたもんで、寧子にはただの噂だって、誤魔化すようにって言っておいたんですけど、高田さんは見破ったみたい。何回も京都に足を運んで、ずいぶん長いことかかって、寧子から話を聞いて、証拠まで手に入れたとか言ってました。それから中瀬さんと何やら相談を始めたんです」

「諸井さんが住所を変えたことは知っていますね？」

「ええ、知ってます。去年の暮れ、引っ越すからって。恐ろしくなってきたから、お店も辞めて、高田さんから身を隠すって言ってきました。私のせいで、彼女には気の毒なことをしちゃったと思っているんですけど」

「しかし、高田さんは彼女の居場所を突き止めましたよ」

「えっ、嘘……ほんとですか？　だけど、ことしになってから何度か京都へ行って、探したけど、分からなかったみたいでしたよ」

「それが、最後になって分かったんですね。四月二日に突き止めたらしい」

「四月二日って言ったら、高田さんが殺された前々日じゃないですか……えっ？　そしたら、まさか寧子が……」

恐ろしい想像をしたのか、祥子は顔から血の気が引いた。牧原を疑ったことといい、彼女は可能性のある人物を片っ端から犯人にしてしまいたいらしい。よほど、推理小説かサスペンスドラマに毒されているにちがいない。

「いや、ところがですね、高田さんが殺された四月四日は、諸井さんは鳥取に帰っていたと言っているのですよ」

「ふーん、そうなんですか。じゃあ、アリバイがあるわけだ……」

思案顔に首をひねった。いよいよ推理小説的世界に引き込まれているようだ。しかし、この点は笑ってはいられない。たしかに、事件当日に諸井寧子が鳥取に帰っていた——というのは、いかにも唐突で、アリバイづくりの臭いがする。京都から鳥取までは、夜間なら片道三時間ちょっとで行けるのではないだろうか。だとすると、犯行は必ずしも不可能ではないことになる。

「諸井さんは、鳥取では友人と会ったと言っているのですが、そういうときに会いそうな友だちに心当たりはありませんか？」

「ああ、それならきっと、高橋《たかはし》さんだわ。高橋知英子《ちえこ》さんていって、中学時代、クラス委員だった子。ものすごく頭がよくて、いまは県庁に勤めているんですけど、ちょっと電話して訊いてみましょうか」

祥子は急に歩きだした。浅見は慌てて「いや、直接、会いに行きますよ」と言った。

「いろいろ、そのときの様子など、訊いてみたいですから」

「ああ、それもそうですね」

祥子は振り向いて、言った。

「私が電話で聞いたと言っても、嘘ついてるかもしれませんものね」

べつに皮肉ではなく、そういうテのあることを、推理小説で学んだのだろう。

浅見は鳥取県庁に電話して、高橋知英子が広報室に勤めていることを突き止め、本人と連絡を取って昼休みに会った。

指示された喫茶店で待っていると、約束どおりの零時四十分ちょうどに、高橋知英子は現れた。よほど几帳面《きちょうめん》な性格らしい。

「十分しかありませんけど」

縁の細い眼鏡の奥から、真っ直ぐこっちを見つめながら言った。色白で鼻筋の通った、典型的な瓜実顔で、京都風の美人だが、初対面の浅見を警戒しているのか、表情に乏しく、冷たさを感じさせる。

浅見は名刺を出し、岩田祥子のことまで含めて、簡単に自己紹介をして、すぐに用件を切り出した。

「早速ですが、諸井寧子さんが四月四日にこちらに見えたそうですが、そのとき、高橋さんはお会いになりましたか？」

「ええ、会いました」

「諸井さんのほうから、会いたいという連絡があったのですか？」

「そうですよ。その日の朝、寧子から電話がかかってきて、鳥取に帰るから、夜、みんなに会いたいって言ってきたのです。それで、昔のクラスメートに声をかけて、私と昔の仲間三人と、全部で五人で夕食を食べて、カラオケまで行きました。寧子は舞妓さんになって、ちょっとした有名人でしたから、けっこう、盛り上がりましたよ」

「時間は何時から何時ごろまでですか？」

「午後六時ごろから夜中の十一時近くまで騒いだのじゃなかったかしら……。あら、なんだか刑事さんみたいなこと、お訊きになるんですね」

「そのとおりです」

浅見は苦笑して、言った。

「じつは、諸井さんは、ある殺人事件に関係していましてね。場合によると警察に調べられかねないのです」

「へーえ、そうだったんですか」

高橋知英子ははじめて、大きく表情を動かした。

「しかし、いまの高橋さんのお話を聞いて、安心しました。いわゆるアリバイがはっきりしていますからね。事件があったのは、まさにみなさんが盛り上がっているころ、しかも場所は京都です」

「ああ、だったら問題ないですよ。だけど、その事件で殺された人は、寧子とはどういう関係なんですか？」

「まあ、単なる知り合い——彼女の勤め先のお客ですが、多少、親しい関係だったのかもしれません」

「そうなんですか……そういえば、彼女、どことなく心配ごとがあるような気配を見せていましたけど、そういう予感みたいなものがあったのかもしれませんね」

「そんな気配を感じましたか？」

「ええ、ときどき心ここにあらざるように、ひとの話を聞いてなかったり……注意すると、急に思い出したように、妙に陽気に振る舞ったりしていました」

「話題の中に、諸井さんの私生活のことなどは出てきませんでしたか」

「私生活というと、結婚とか、恋人とか、ですか？　そういえば、そういうことはあまり話したがりませんでしたね。舞妓さんや芸妓さんをしていたから、いろいろあったわよ、みたいなことは言いましたけど、具体的なことは何も……そうそう、最後のほうで、しんみりと

『みんな幸せそうで、いいわね』と言ったのが、ちょっと気になりました」

「それは、諸井さん自身の不幸せを暗示しているのでしょうか」

「さあ、そうかもしれません。あんなに憧れていた芸妓さんを辞めなければならなかったのはなぜなのか、理由を訊くと、ただ笑って、話してくれないのです。何か、ひとには言えない事情があるみたいでした」

高橋知英子は眼鏡の奥の目を遠くに向けていたが、ふと時計に気がついて、「あ、いけない」と慌てた。すでに約束の十分をかなり過ぎて、昼休みを超過しそうだった。

2

あの「事件」以来、美鈴の気持ちは吹っ切れたらしい。祖母の真実子に聞いたままを言った「いまの自分、将来の自分がいかに生きるべきか」という奈緒の言葉が、あとになって効いてきたのかもしれない。

祇園では父親のいない子が、わりとふつうだった時代があるそうだ。いまでもその伝統（？）は生きているにちがいない。美鈴の場合、なまじ両親が揃《そろ》っていたから悩みもあるのだろうけれど、もともと父親がいない子のことを思えば、ずうっと恵まれている。そのことに、美鈴は彼女なりに諦めの拠り所を見つけたのかもしれない。

むしろ、奈緒のほうに後遺症があった。もしかすると――という疑惑は、あれからますますつのる一方である。もしかすると、美鈴は自分にとって異母妹かも――と思うと、いままで気づかなかった、美鈴の顔つきや動作の特徴の一つ一つが、妙に気になる。そういえば、あの眉毛の生え方は、父親の博之にそっくりだ――とか、困ったときに無意識に手を耳に当てる仕種《しぐさ》も、どことなく共通しているように思えてくる。

それに、自分がママの胎内に宿っているとき、パパは美鈴の母親と――などと、生々しい連想が走ったりすると、奈緒は衝動的に顔を被《おお》い、それこそ死にたくなるのだ。

そんなことは誰にも言えない。正直な気持ちを言えば、美鈴ともなるべく会いたくないのだけれど、それどころか、美鈴の「不幸」を知ったいまは、これまで以上に美鈴への心遣いをしなければならない。

丹正流家元の子として、幼いころから自分の意志を封じ込める生き方をする訓練を受けているから、何とかやっていられるが、そうでもなかったら、奈緒の抑圧された感情は、とっくに暴発していただろう。奈緒の心理の中に、父親や家に反逆する意志が芽生えつつあったとしても、不思議はなかった。

学校の帰りに河原町の書店に寄って、参考書を漁《あさ》っていて、奈緒は牧原良毅の本を見つけた。『牧原良毅の花』というタイトルの、大判の真っ黒なケースに入った豪華本だ。棚の高いところにあるのを苦労して取って、おそるおそる、開いてみた。

中身はほとんどが写真であった。見開きの右側の頁に「作品」の写真が貼られ、左側にはその作品のタイトルと使われた花の名、花瓶やオブジェについての短い解説が載っている。重厚な布貼りの表紙も、一枚一枚の紙質も、贅沢《ぜいたく》きわまる装丁で、これまでに奈緒が知っているどの本よりも高価に思えた。

しかし、そのことよりも、奈緒はいきなり「作品」の迫力に圧倒されてしまった。国際生花シンポジウムの出品作「花想」を見て、牧原良毅の作品についての予備知識はあったけれど、あれは大向こうのウケを狙った、一種のパフォーマンスだろう——という気持ちもないわけではなかった。ところが、この本の中に収録されている作品は、どれもこれも、すべて「花想」と同じ程度か、あるいはそれ以上に刺激的であり、ある意味では、はるかに美しかった。

「ある意味では」というのは、奈緒の常識では、それがはたして美しいものなのかどうか、咀嚼《そしゃく》しきれないからである。奈緒の生け花に対する知識や考え方は、すべて丹正流の伝統にのっとっている。花材の選び方、花の立て方、すがた、かたち……そこには一定の法則があり、タブーとされるものがある。いま目にする牧原良毅の作品は、それらの法則もタブーも無視した――というのか、とらわれないというのか、まったく常識を逸脱し、はみ出したものばかりなのだ。

たとえば「しじまを聞く耳」という作品は、漆黒に塗られた卵の両脇にオダマキの花を四輪添えたものだ。それがイランの土器の上にどっしりと載っている。黒い小さなガラス器に真紅のアメリカフヨウを一輪、どっかりと活けた「スカーレット」、広口の須恵器からライオンが飛び出したように力強く、真っ赤な牡丹が花弁を広げた「怒る花」などはまだしも、花が花の形で使われているから、それなりに理解できるが、タケノコの皮を思いきり広げて、大鷲が舞い降りたように銀色の板の上に置いた「襲撃」、枯れ葉一枚を花器ごと金色に染め上げた「天の声」などという作品は、完全に奈緒の理解を超えていた。

理解を超えてはいるが、常識というスクリーンをぶち破って、心に直接ひびいてくる感動があった。驚異、あるいは恐怖といってもいいかもしれない。奈緒はいくどとなく、本を閉じてしまいたい衝動に駆られた。これは麻薬のようなもので、いちど味を覚えてしまったら、もうそこから逃れられないようなことになるのかもしれないと思った。

ずいぶん長いこと、奈緒はそうして立ち読みをしていたにちがいない。店員がやって来て、書棚を整理するふりをして、奈緒の手元を覗《のぞ》き込んだ。

「お客さんには、ちょっと高級すぎるんとちがいますか」

明らかに、高価な本を、汚れた手であまり弄《いじ》らないでもらいたい――という口調だ。

「これ、欲しいのですけど」

思わず、奈緒は口走っていた。

「ほう、さいでっか、おおきに」

店員は驚いたにちがいない。

「でも、いまはお金を持っていませんので、あとでまた買いに来ます。それまで売らないでおいてください」

「はあ、それはまあ、よろしけど……そしたら、お客さんのお名前とご住所、教えてもらえまひょか」

「いいんです、必ず来ますから」

奈緒は本を店員の手に渡すと、身を翻すようにして店を出た。こっちの素性を知られるのは困ると思った。丹正流家元の娘が、異端の流派の作品集を買ったと分かっては、やはり具合が悪いだろう。

店員にああは言ったものの、奈緒のお小遣いでは買えない値段が、あの本にはついていた。

(どうしよう――)

電車の中で、奈緒はなんども同じ質問を自分に向けて投げかけた。牧原良毅の本を買うから、お金をください——とは、両親には言いにくい。

帰宅すると、奈緒はカバンを置く間ももどかしく、祖母のいる離家に行った。

真実子は絵を描いていた。昨日、奈緒が活けておいたスイートピーをスケッチして、いまはそれに彩色を施している。少女時代から絵が好きだったというだけに、真実子の絵は趣味の域を超えている。

「お祖母ちゃま、お願い、お金貸してください」

真実子の「お帰り」を半分聞いて、奈緒は単刀直入に言った。

「おや珍しい。奈緒がわたくしにお金を貸してなんて、はじめてじゃなかったかしら」

「ええ、はじめてです。でも、お祖母ちゃま以外、頼む人がいないの」

「それは光栄と言わなきゃいけないわね」

真実子は笑って、真っ直ぐ奈緒の顔を見て「何に使うの？」と訊いた。

「本を買います」

「本？　だったらママにおっしゃいな」

「ママには言えない本なの。もちろんパパにも」

「ふーん、マンガか何か、悪い本？　だったらわたくしだって出せませんよ」

「違うんです、生け花の本です」

「生け花の本を買うのに、何の遠慮がいるものですか」

「だけど、違うんです。ちょっと、あまりよくない生け花だから」

「よくない生け花？　どういう意味？」

「牧原良毅っていう人の作品集で、この人、ちょっと問題がある人だから、パパやママは嫌いだと思うの。そんな人の本を買ったら、やっぱり叱られるわ」

「ふーん……」

真実子はまじまじと孫の顔を見つめた。奈緒は昂然《こうぜん》と胸を反らして、祖母の視線を見返した。言いだした以上、お金を借りるまで、一歩も引き下がるまいと思った。

「牧原良毅……とかいう、その人の作品を、奈緒はどう思うの？」

「分かりません。分からないけど、すごいと思うの。なんていうのかな、胸にどーんとひびいてくるっていうのか、いままで知らなかった世界——宇宙かな、そういうものがあるんだってていう、驚き？　感激っていうのかもしれない。自分が信じて立っている大地が、じつは活断層みたいに壊れやすくて、その下の奥深いところには、ドロドロした真っ赤なマグマがあって、いつか火を噴き出すかもしれないっていうか……」

「ほほほ、奈緒も難しいことを言うようになったのね。さすがは高校生だわ。分かりました、いいでしょう」

真実子は文箱《ふばこ》から一万円札を三枚取り出すと、奈緒に手渡した。

「お釣りは電車賃にしなさい」

「えっ、ほんとに？　いいんですか？」

あまりあっけないので、奈緒はかえって面食らった。しかし、とにかく祖母の気の変わらないうちにと、お金のほうは押しいただいてポケットに仕舞った。お行儀よくしてはいるが、気持ちはすでに、書店の棚にあるはずの、あの作品集に向かっていた。

「だけど、奈緒、どうしてまた、その牧原良毅の作品に興味を持ったの？」

孫の気持ちを知らずに、祖母はゆっくりした口調で訊いた。

「このあいだの国際生花シンポジウムのときに、展示会場で作品を見て、牧原良毅……さんに会ったんです」

「ふーん……」

「美鈴と一緒に作品を見て、美鈴は気味悪いって言ったけど、私は面白いし、美しいって言ったのね。そしたら、牧原さんが声をかけてきて、そんなふうに褒めてくれたのは私がはじめてだって。どこが美しいのか、話してみてくれって」

「それで、奈緒はなんて言ったの？」

「なんて言ったかな……よく憶えていないけど、とにかくすごい作品だったのね。ガラスの容器にカーネーションの真っ赤な花びらが一杯に詰まっていて、それが発酵したみたいに、グチュグチュと動いて、容器の下から赤い血のような液体が流れ出てきて、真っ白な布に勝手に形を描いてゆくの。これが生け花だなんて、そんなのあり？　とかも思ったけれど、でも、すっごく感動的で、胸が締めつけられるみたいな、泣きたいみたいな気持ちだったから、たぶん、そんなようなことを言ったと思います」

「そう、それで、その人はなんて？」

「ありがとうって、お礼を言われました」

「それは、奈緒が丹野の娘だということを知っていたから？」

「ええ、前の日、私が具合が悪くなって、控室に行ったとき、ママと一緒に会いました。でも、お礼を言ったのは、そのこととは関係ないと思います。純粋に、私が牧原さんの作品を美しいって言ったことに対する、感謝の気持ちだと思いますけど」

「はいはい、分かりましたよ、おべんちゃらではないってことね」

真実子はおかしそうに笑ってから、表情を引き締めて、言った。

「もしも、奈緒が丹正流家元の子だと知っていて、取り入ろうというような下心があるとしたら、ちょっと困りますけどね」

「そんなこと……」

絶対にない――と言いかけて、奈緒は「そういえば……」と思い出した。

「あの人、牧原さんは、初対面のときもどこかで会ったことがあるような気がするって言っていて、展示会場のときも、また同じように、私の顔を見つめて、どこかで会ったようなとか、しきりに首を傾《かし》げていたけど、そういうのって、下心なんですか？」

「えっ？　さあ、どうかしら……」

真実子は当惑したように苦笑した。

「さ、本屋さんへ行くんでしょ。遅くならないうちに帰っていらっしゃい」

「はい、どうもありがとうございました」

奈緒は勇躍して離家を出た。靴に履き替えて玄関を出るとき、ふとポケットの中の三万円が気になった。祖母がなぜ三万円をくれて、しかも「お釣りは電車賃に」と言ったのだろう――と不思議だった。本の値段は二万八千八百円。残りはだいたい交通費で消えてしまう。考えてみると、奈緒はいちどだって、本の値段のことは口にしていないのだ。

(不思議なひと――)と、奈緒はあらためて祖母のことを尊敬した。生け花のことなど、何も分からないような顔をしていて、じつは奈緒なんかよりはるかに詳しく知っているのかもしれない。『牧原良毅の花』というあの本のことだって、とっくに知っていて、値段のことも ちゃんと分かっていたのかもしれない。そうでもなければ、三万円近いあの本の値段など、想像できるはずがない。

敬愛の対象としてだけ思っていた祖母に、奈緒ははじめて、謎めいた興味と、それから少しばかりの怖さを感じた。

3

高橋知英子と別れて、浅見はすぐに京都へ向かった。鳥取発一四時四三分の特急「あさしお10号」は、夕刻一八時三七分に京都に着く。それから京阪鴨東線と叡山電鉄を乗り継いで、二ノ瀬にたどり着いたのは、午後七時半近く、谷間の集落がとっぷりと暮れきったころであった。山の中腹にある駅のホームから見ると、家々にポツリポツリと灯がともり、それがかえって侘《わび》しさを助長させている。暗く沈んだままの家があるのは、住む人が絶えたのか、それとも、勤め先からまだ帰っていないのだろうか。

おぼつかない足取りで長い暗い階段を下りた。集落の底を流れる川の瀬音が、冷え冷えとした空気を騒がしく震わせる。浅見は理由のない苛立ちと、胸騒ぎを覚え、諸井寧子の家へ行く川沿いの道を急いだ。

寧子の家は山影に同化したように、闇の中で朦朧《もうろう》としていた。明かりはない。

（留守かな？――）

念のために呼び鈴を押してみたが、やはり応答はない。どこかに勤めているのだとすると、この時間はまだ帰っていないか、それとも、夜の勤めなら、ついさっき出掛けたばかりだ。寧子の場合は夜の勤めである可能性が強い。どっちにしても、間抜けな時間に訪ねたものである。

夜の勤めだと、帰宅は深夜になる。どこかで時間をつぶそうとして、集落の真ん中を通り抜ける鞍馬街道まで出てみたが、二ノ瀬には喫茶店どころか、気のきいた商店もなさそうだ。時折、思い出したように、車が通るほかは、人通りもまったくなかった。

仕方がないので、浅見は市内まで戻り、とりあえず例の京都エリアホテルにチェックインした。フロント係は浅見の顔を憶えていて、予約なしだったが、愛想はよかった。

十時になるのを待って、ホテルを出た。叡山電鉄出町柳発の下り最終は二三時〇一分。鞍馬発の上り最終は二三時〇七分である。どういう勤め先であるにしても、電車のある時刻までには帰宅するだろう――というのが浅見の推測だ。ただし、こっちも二ノ瀬まで行くのはいいが、帰りの最終には乗れそうにないので、浅見は出町柳からの往復、タクシーを奮発する羽目になった。

十一時近くに二ノ瀬についた。夜が更けると、どこの家々も消灯して、集落は闇の底に眠ってしまった。諸井寧子の家も真っ暗だ。タクシーのヘッドライトを頼りに呼び鈴を押したが、やはり不在のようだ。タクシーの中で待っていると、最終電車が山の中腹の二ノ瀬駅に着くのが見えた。警戒されるといけないので、タクシーを敷地の外に出し、ライトを消した。

「なんやら、張り込みみたいですね」と、運転手は面白そうに言った。

しかし、いくら待っても諸井寧子は帰って来なかった。電車が行ってしまってから三十分待って、浅見は諦めた。

翌日、今度は朝の十時に訪問した。二ノ瀬の駅に降りて見下ろすと、最初に訪れたときにはまだ盛りだった遅咲きの桜はすでに色褪《いろあ》せて、代わってレンギョウの花が、そこかしこを黄色く彩っている。それにしても、来るたびに思うことだが、どこを見ても人影がない。よほど人口密度の低い集落にちがいない。諸井寧子がここに隠れ住むことにしたのが納得できる。

寧子の家の枝垂《しだ》れ桜はまだしも花の色をしていた。山陰にあるぶん気温が低く、開花が遅いのかもしれない。

寧子はまたしても留守だった。（おかしい――）と浅見はますますいやな予感がつのった。旅行ということもあるだろう。ほかの理由も考えられないわけではない。しかし、彼女の場合には何かただごとでない事態の起きたことを想像させる。かりに、また身を隠すために引っ越ししたのだとすると、今回は、その原因が浅見にありそうだ。

浅見は川沿いの道を少し戻って、最寄りの家を訪ねた。玄関先に立つと、横手の庭のほうで声がするので回って行った。七十歳は確実に過ぎたと思われる女性が二人、縁側に腰掛けて、漬物か何かでお茶を飲んでいる。

「そこの諸井さんはお留守ですか？」

浅見は訊いてみた。

「は？　モロイさんいうたら、どこやね。あんた知ってはる？」

片方の女がもう一方の女に訊いた。相手も「知らん」と首を振った。

「突き当たりの、そこのお宅ですが」

「ああ、それやったら原山《はらやま》さんとことちがうんかなあ。なあ、そやろ」

「ああ、それやったら原山さんやな」

「その原山さんのお宅に、諸井さんという女の人が住んでいるのですが」

「ああ、あの人かいな。そういえば、近頃、若い女の人がいてはるみたいやが、住んではるかどうかは知らんなあ。留守番とちがうんやろか。どやね？」

「そやな、留守番やろな」

「というと、原山さんはずっとお留守なのですか」

「ああ、原山さんとこは、トミさんが長いこと入院してはるさかいにな。そやな」

「そうや、入院してはる」

二人の女は、いちいち意思を確かめあうから、なんともまだるっこいが、どうやら原山家はトミさんという女性の独り住まいだったのが、いまはトミさんが長い入院生活に入っていて、空き家状態になっているらしい。そこに諸井寧子が留守番のように住み着いたといったところのようだ。しかし、二人の話の様子だと、寧子は近所の挨拶回りなどはしていないらしい。それが原因かどうか、少なくとも、この二人のおばあさんには好感情を持たれていないようだ。

それから長いことかかって、原山トミが岩倉にある病院に入院していることを聞き出した。

岩倉というのは叡山電鉄の二ノ瀬より五つ手前の駅の名であり、その周辺に「岩倉中在地町」など、「岩倉」を冠した町が九つある。

「岩倉」という地名は、平安遷都の際、桓武天皇が持仏経を平安京の東西南北の山上に蔵し、王城の鎮護としたことによるもので、その北の岩倉がここである。明治の元勲岩倉具視《ともみ》が幕末に四、五年ものあいだ隠棲《いんせい》していたことでも知られている。平安時代から病気療養に適した土地とされ、現在はいくつもの病院がある。

原山トミは高血圧症で入院しているのだそうだ。八十歳近い年配だろうか、見た目には顔色もよく、比較的元気だが、安静を要するということで、独り暮らしでは入院するほかはなかったらしい。

　見知らぬ客の訪問に、原山トミはベッドに横になったまま、当惑げな顔でお辞儀をした。

「諸井寧子さんの知り合いです」と言ったが、ピンとこなかったのか、「は？　どなたさんです？」と訊き返した。

「いま、原山さんのお宅に住んでいるのは、諸井さんではないのですか？」

「は？　ああ、そやそや、ああ、その人のですか」

　ようやく思い出してくれたが、その口ぶりから察すると、諸井寧子とは親しい間柄ではなさそうだ。

「諸井さんと原山さんとは、どういうご関係なのですか？」

「関係いうて……べつに、なにもあらしまへんですが」

「というと、単なる下宿人のようなものですか」

「はあ、まあ、そういうことですやろか。うちが退院するまで、置いてやってくれ、頼まれましたよって」

「頼まれたというと、諸井さんが直接、頼みに来たのではないのですか？」

「へえ、うちはそのお方とは、いちども会うてまへんのやけど」

「ほう、というと、どなたに頼まれたのですか？」

「六条さんのお嬢さんから頼まれました」

「ああ、六条さんの……」

浅見はとっさに知ったふりをした。

「えーと、六条さんのどのお嬢さんでしょうか？」

「…………」

原山トミは怪訝《けげん》そうに浅見を見上げた。

「あんさん、六条さんを知ってはりますのんか？」

「ええ、知ってますよ。たしか諸井さんに紹介されたんじゃなかったかな」

原山トミの顔が急に険しくなった。

「すんまへんけど、寝《やす》みますよって、帰っていただきまひょか」

浅見は（しまった――）と思ったが、原山トミの顔にも強い後悔の色が浮かんでいた。見知らぬ客に少し喋りすぎたことを悔やんでいるにちがいない。

「ではこれで失礼します。お大事に」と挨拶して引き上げたが、手掛かりの糸がプツンと切れそうだ。知ったかぶりをしないで、むしろ素直に「六条さんというのは？」と訊いたほうがよかったのかもしれない。しかし、そう訊けば訊いたで、とどのつまりは警戒されることになったとも考えられるのだが。

　六条という人物が諸井寧子とどういう関係なのか、それが新たな謎になった。「お嬢さん」というからには、寧子と似たような年齢と考えられる。学校時代の仲間か、それとも祇園での同僚か、あるいは高瀬舟のときの知り合いか。

　浅見はホテルに戻ると、まず鳥取県庁の高橋知英子に電話してみた。

「六条さんですか？　そんな貴族みたいな名前の人はクラスにはいませんよ」

　高橋知英子は電話の向こうで笑いながら言った。そういえば、『源氏物語』の六条御息所みたいな名前ではある。六条御息所は、秋好《あきこのむ》中宮の母という、まさにやんごとない女性だが、光源氏の愛をひとり占めにしたいあまり、正妻の「葵《あおい》の上」を生霊となってとり殺し、死後もなお死霊となって「紫の上」「女三の宮」を苦しめた——という恐ろしい人物だ。時が時だけに、浅見は背筋を比叡おろしが吹き抜けたような気分になった。

　珍しい名にはちがいないが、京都にふさわしい名前ともいえる。フロントで電話帳を借りて、「六条」を引いてみた。

　意外にも、京都市内に「六条」という人名はなかった。その代わり、六条の地名を社名か店名にした例はいくつかあった。京都の地理にあまり詳しくない浅見は、いったい六条とはどの辺りなのか、地図の上で探した。

京都は碁盤目様の区画になっているから、分かりやすいというけれど、決してそんなことはない。なまじ「条」などという単位みたいなものを使っているのがかえってわずらわしい。早い話、京都に詳しくない人は、東西に走る幹線道路が北から一条通、二条通……ときて九条通まであるのだろう——と考えそうだ。たしかに、四条通、五条通、七条通、九条通などは幅員もある堂々たる幹線道路だが、「一条通」「二条通」などは幹線道路どころか、すぐに行き止まりになる、ちょっとした路地のようなものだ。条と条との間隔もまちまちで、その間を「丸太町通」「御池通」などの幹線道路が通っているし、平行して何十とも知れぬ「通」の名が錯綜《さくそう》している。これが外来者の地理感覚を混乱させる原因でもある。「六条通」にいたっては、五条通と七条通に挟まれ、しかも中途半端にプツンと切れた路地にすぎないのであった。

京都の童唄に次のようなものがある。

丸 竹 夷 二 押 御池
姉 三 六角 蛸 錦
四 綾 仏 高 松 万 五条
雪駄 ちゃらちゃら 魚の棚

六条　三哲　とおりすぎ
七条こえれば　八　九条
十条東寺で　とどめさす

これはいずれも通りの名称を歌い込んだものである。「丸太町（通）」から始まって「竹屋町」「夷川」「二条」「押小路」といった具合だ。これさえ覚えれば京都の地理は分かりやすいというが、それはいわば、京都人のひとりよがりというものだろう。

それはともかくとして、原山トミの言った「六条さん」が社名や店名とも思えない。となると、どうしても知ろうとするなら、日本中で「六条さん」探しをやらなければならないことになる。諸井寧子に下宿先の世話をしただけの人物に、何もそう執着して調べる必要はなさそうだが、浅見は何によらず、こだわってみないと気のすまない性格だ。それに、少なくともその「六条さん」が寧子の行く先を知っている可能性があることは事実なのだ。

いずれにしても、ひとまず東京へ引き上げることにして、浅見はその足で京都駅へ向かった。

電話で「明日にでも」と言ったのだが、牧原は「何時になってもいいからお待ちしている」ということであった。日生会の事務局に入ったのは午後八時を過ぎていたが、牧原は一人で待っていた。浅見の労をねぎらい、お茶まで淹《い》れてくれた。

浅見は、牧原を訪ねて依頼を受けたその晩の夜霧での出来事に始まって、鳥取での「聞き込み」と京都での調査の一部始終を報告した。

岩田祥子を追って鳥取へ飛び、さらに諸井寧子の消息を求めて京都に行き、最後に原山トミを病院に訪ね、「六条さん」という名前を聞いたところまで話すと、それまで淡々と浅見の話に耳を傾けていた牧原が、はじめて「ん？」と顔を上げた。

「六条？……」

「ええ、珍しい名前でしょう。昔の貴族みたいな名前なので、京都市の電話帳を調べたのですが、人名には六条の名はありませんでした。鳥取の諸井寧子の友人も、心当たりがないそうです。まるで六条御息所みたいな名ですが、実際に、そんな名前があるものですかねえ？」

「ありますよ」

牧原が断言した。

「えっ、あるのですか。じゃあ、牧原さんはご存じなのですか？」

「うん、聞いたことがあります。ずっと昔ですがね」

牧原は感慨無量な面持ちになった。

「ほら、先日、浅見さんに京都駅まで送っていただいたときに、岐阜県の荘川で昔、女性に会った話をしかけたでしょうが」

「ああ、ラブロマンスですね。そのつづきをぜひお聞きしたかったのです」

「ははは、ロマンスはともかく、その女性の名前が六条でした。六条という名は珍しいので、はっきり憶えていますよ」

「というと、岐阜県の人ですか」

「いや、それは違うでしょうな。言葉が標準語だったし、岐阜の地理にあまり詳しくない様子だった」

「だとすると、東京の人の可能性もありますね。調べてみましょうか」

浅見は壁際にある電話帳に歩み寄った。

「それにしても、ずいぶん古いことなのに、はっきり記憶されているのですから、よほど強烈な出来事だったのでしょうね？」

電話帳のインデックスに視線を向けながら、浅見は後ろに質問を投げかけた。

「まあ、そういうことですなあ」

牧原は照れたように答え、それから、一つ一つの情景を記憶の小箱から取り出すように話しはじめた。

4

「妙な体験でした。嵐の夜の、夢のような出来事と言っていい。もう四十年近い昔になりますか。私は岐阜県の御母衣ダムの建設現場で、保安係のようなことをしていました」

「そのダムと荘川桜のお話は、土浦の真鍋小学校のときにお聞きしました」

「そうそう、そうでしたな。そのダムが完成する四、五年前でしたか、現在、荘川桜が植わっている辺りに山小屋みたいな監視用の小屋があったのです。私がそこで一人で当直をしている日に台風が来ましてね。小屋ごと吹き飛ばされるのではないかと思うほどの、猛烈なやつでした。そこに風と一緒に飛び込んできた女がいたのだが、その女が『六条』と名乗ったのですよ。浅見さんが言ったように、その女性も自分で『六条御息所に似てるでしょう』などと言っていましたが、たしかにそういう、なんていうか、エキセントリックな雰囲気のある女性でしたなあ」

話しているうちに、記憶がしだいに鮮明になってくるのだろうか、浅見がチラッと振り返って見ると、牧原は目を輝かせ、表情はいきいきとしていた。

「まだ二十歳《はたち》か、せいぜい二十二、三歳ぐらいの若い娘でしたよ。なんでも、意に添わない結婚を押しつけられていて、逃げて来たのだとか言っておりましたがね。どうも、半分は自暴自棄みたいな状態だったのでしょうなあ。あの時代にマイカーに乗っているくらいだから、かなり上流家庭の娘だったのでしょうがね」

（おやおや——）と、浅見はひそかに苦笑した。あえて訊かなくても、どうやらその女性と牧原とが、その嵐の夜、ただならぬ関係になったらしき気配は伝わってくる。

東京都の電話加入者は膨大な数にのぼるにちがいない。新宿区の五十音別だけでも三分冊ある。しかし、「六条」の名前は収録されていなかった。浅見は思いついて、１０４に電話して訊いてみた。

「東京に住んでいる人で、六条という苗字《みょうじ》だけしか分からないのですが、それで番号を調べていただけますか？」

ものの二十秒で回答があった。

「六条さんというお名前では二軒登録されています。一軒は台東区、もう一軒は千代田区ですが、どちらをご案内しましょうか」

コンピューターがやっているのだから、当たり前と言ってしまえばそれまでだが、それにしてもあざやかなものである。浅見は両方の「六条さん」の番号を教えてもらった。

「そこ、電話するのですか？」

牧原が心配そうに、番号の数字を覗き込んで、訊いた。

「ええ、試しに『お嬢さん』がいるかどうか、訊いてみようかと思いますが」

「なるほど……しかし、はたしてその六条家が諸井寧子という女性の知り合いかどうかは分からないでしょう」

「ええ、それは分かりませんが、試してみるだけです」

浅見はまず、千代田区内の「六条家」に電話してみた。「はい、六条でございますが」と、明らかに初老以上の年配らしい声の女性が出た。言葉遣いの感じからいって、上品な家風が想像できる。

「夜分に恐縮ですが、お嬢さんはいらっしゃいますでしょうか？」

「は？　お嬢さんとおっしゃいますと……あの、どちらにおかけでしょうか？」

「あ、六条さんでは？」

「はい、六条でございますが、たくは年寄りばかりで、娘はおりませんのですが……もしかして、息子のほうとお間違えになっておいでではございません？」

「えっ、息子さんとおっしゃいますと、台東区のほうの？」

「ええ、さいざます、息子のところには娘がおりますので」

「失礼いたしました、間違えました、申し訳ありません」

浅見は電話を切って、考えた。息子の家に「お嬢さん」がいるとしても、あの声の調子からいって、いまの女性は七十歳程度――息子はまだせいぜい四十歳程度か。だとすると、その娘は二十歳に満たない年齢だ。原山トミに諸井寧子を紹介して、下宿の世話をしそうな感じはしないが、ともかく、だめでもともとのつもりで電話してみた。

「はい、六条です」

前の六条家の女性よりは、ずっと若やいだ女性の声だが、やはり四十歳前後といったところだろう。浅見は同じように「夜分、恐縮ですが、お嬢さんはいらっしゃいますか？」と言った。

「あの、どちらさまでしょうか？」

「学校の宮下《みやした》という者ですが」

「あ、宮下先生でいらっしゃいますか。いつもカオルがお世話になっております。少々お待ちくださいませ、いまお勉強をいたしておりまして、すぐに呼びますので」

「エリーゼのために」のオルゴールが流れ出した。浅見はそっと受話器を置いた。まさか「宮下先生」が実在するとは思わなかったが、とにかく、中学か高校はともかく、「お嬢さん」が就学年齢の娘であることだけははっきりした。

「どうやら違うみたいですね」

浅見は牧原に言った。

「そう、違いましたか」

牧原の様子は、どことなく、ほっとしたように見えないこともない。

「さっきの先生のお話のつづきですが」

浅見は、牧原のせっかくの懐旧談を聞いてあげようという、いくぶんお付き合いのつもりで、言った。

「その夜の六条という女性とは、その後、どうなったのですか？」

「ん？　はははは、それっきりですよ。朝になって目を覚ましてみたら、女は消えていましたな。ことによると、狐狸《こり》妖怪のいたずらではないか——などと思ったほどです」

「しかし、現実だったのでしょう？」

「ああ、現実でしたよ。現実どころか、現在の私があるのは、じつはその女性のひと言がきっかけのようになっておりましてね」

「えっ、このあいだのお話では、荘川桜のエピソードが開眼のきっかけだったのではありませんでしたか？」

「そう、それもありますがね、しかし、事実はその女性の言った言葉のほうが、はるかに影響力が大きかった。まさか、小学校の講演で、そんな色っぽい話はできないので、そっちのほうを強調しましたがね」

牧原は婉曲《えんきょく》な言い方だが、その夜の女性との「出来事」を語っている。

「彼女は何て言ったのですか？」

「大したことではない。私の活けた野の花を見て、批評をしただけですよ」

牧原は大いに照れている。

「いいじゃないですか、何て言ったのか、おっしゃってください」

「女はこう言ったのです。『でも、すてき』とね。ははは、どうも、聞いてみると、つまらない話でしょう」

まったくつまらない話だ——と、浅見は内心、辟易《へきえき》した。しかしそれは、まぎれもなく牧原良毅の青春時代のひとコマであったことは事実なのだ。花を見て「でも、すてき」という、その女性にしてみれば、たぶん気まぐれなひと言だったのだろうけれど、その言葉が青年牧原良毅の人生を変えたのかもしれない。そうしてみると、一人の人間の取るに足らないと思えるような言動が、他人や世の中に、大きな影響を与えることを、厳粛に考えなければいけない。

「いいお話ではありませんか」

浅見は半分お世辞、半分本音で言った。

「しかし、その女性をそれっきり追いかけなかったというのは、もったいない気がしますけどねえ」

「そうかねえ、いや、そうかもしれない。と言っても浅見さん、どうやって追いかければいいのか、当時の私にはそんな才覚も根性もありませんでしたよ。いまだって、浅見さんが電話で問い合わせて、六条家がどこにあるかを調べ当てたのに、感心しているくらいですからなあ」

それはそうだろう。電話もコンピューターも発達していなかった当時のことである。消えてしまった女性をどうやって追跡すればいいのか——など、考えつかなくて当然だ。

「もしかすると、さっきの六条家に関係のある人だったかもしれませんよ。確かめてごらんになったらいかがですか？」

「えっ、確かめる？　この私が？　とんでもない。もはや遠い過去の話です。人間、そういうカビの生えたような思い出の一つや二つぐらい、胸に抱いたままあの世に行っても、家内に許してもらえるでしょう。その程度の話ですよ」

浅見は軽く頭を下げた。牧原良毅という人物は、じつにいい人なのだ——と思った。そういう人物が、鬼才と言ってもいい豊かな才能を持ちながら、必ずしも陽の当たる場所にいるとはいえない華道界のありように、義憤のようなものを感じた。それは死んだ中瀬も同じ思いだったのだろう。

日本という国は、権威主義が幅をきかせている社会である。民主主義とはいいながら、やはり天皇を頂点とした階級意識は厳然として存在する。天皇や皇族に近い順に上流意識がピラミッド型に形成されている。叙勲制度などもその一つの顕れといっていい。

不偏不党、公平無比であるべきはずのマスコミにしたって、権威主義に汚染されていることに変わりはない。マスコミ自体、メディア自体が自らを権威づけしようとしているのである。牧原の芸術のような、自由清新な気風がつねに疎外されやすい土壌が現実にあることは否めない。

ピラミッド型はあらゆる社会に個別に形成されている。企業はもちろんだが、教育界、宗教界もまたしかり。そしてそのもっとも典型的な例が家元制度だ。

もっとも、浅見は家元制度の弊害にばかり目が行きがちだが、日本古来の文化を伝統的に保存し、発展させるために、家元制度が果たした役割の大きさも否定できない。集金システムがどうだの、封建的だのという批判はありながら、家元制度が変わることなく隆盛を極めているのには、それなりの理由がある。その最大のものは、日本人の気質に合っているという点だろう。権威主義という、きわめて特異な気質を含めて、それがわが日本の「文化」であることを認識しなければ、到底、理解できるものではない。

牧原良毅の芸術は「斬新《ざんしん》」であるけれど、権威主義の伝統文化の側から見ると、きわめて危険な「異端」として捉《とら》えられる。これを真っ当に評価してしまうと、これまで営々として築き上げてきた伝統的華道の、さまざまな法則が、根底から覆されるおそれがあるのだ。だからこそ、ガードを固め、バリアーを巡らせて、「異端」の侵入を疎外しようとするのである。

牧原も中瀬も、その旧弊に立ち向かおうとしていた。中瀬はあるいは急ぎすぎたのかもしれない。正攻法では通じない相手にダメージを与えるために、スキャンダルを武器にしようとしたとしか考えられない。そこに、あるいは金銭も絡んでいたのだろうか。いずれにしても愚かな行為ではあった。

午後十時を回って、浅見は牧原の事務所を辞去した。帰宅は十一時になっていた。「きょう、帰る」と電話しておいたので、須美子《すみこ》が玄関に出迎えた。

「坊っちゃま、ずいぶん疲れたお顔をしてらっしゃいますよ」

顔を見るなり、心配そうに言った。

「そうだね、さすがに疲れたよ。それはいいけど須美ちゃん、その坊……」

浅見は「その坊っちゃまというのは、そろそろやめてくれないか」と言いかけて、（はっ——）と思いついた。

ふつうの人間は、「坊っちゃま」という語感からは、たぶん五、六歳からせいぜい十二、三歳の少年を想像するにちがいない。よもや三十三歳にもなるオジンをつかまえて、「坊っちゃま」と呼ぶとは思わないのではないだろうか。

「お嬢さん」も同じだ。お嬢さんの限界がどのくらいまでなのか、考えてみたこともないけれど、世間の常識では、まあせいぜい二十代がいいところだろう。しかし、もしこのままいくと、須美子は浅見を生涯「坊っちゃま」と呼びかねない。それと同様、原山トミの感覚では「お嬢さん」と呼ぶのに抵抗はなくても、世間一般では、とっくに「お嬢さん」とは認めにくい年齢の女性であることだって考えられるのではないか。

原山トミは八十歳前後。彼女が昔、六条家のお手伝いか、ばあやさんを務めていたとして、その当時「お嬢さん」と呼び慣れた相手となると、かなりの年配になっていておかしくはない。原山トミが三十歳か四十歳のころからの付き合いなら、当時の「お嬢さん」は十代から二十代程度だったかもしれない。だとすると、現在、五十代から六十代ぐらいになっているはずだ。

まさに、牧原が御母衣ダムの建設現場で会った「六条御息所」の女性に当てはまる年代ではないか。

（もしかすると――）と、浅見は閃くものがあった。閃くと同時に、これまで頭の中に詰め込まれてきたさまざまなデータが、開いた蛇口から迸《ほとばし》る水のように、一気に噴き出してきた。

データはたちまちまとまって、一つの仮説を形づくった。

第六章　女たちの反逆

1

四月十七日の夕刻から、嵐山の「吉兆亭」で開かれた丹野家の親族会議は、そのまま家元後継問題に関する丹野忠慶の意志表明の場であった。この席には丹野家の全員はもちろん、姻戚関係の近い者、丹正流幹部に加え、照蓮院門跡大野《おおの》覚栄《かくえい》、京都商工会議所会頭西口《にしぐち》朝雄《あさお》が顧問として陪席している。

会の冒頭、丹野忠慶は次期家元を女婿の丹野博之と定め、四月二十九日付をもって自分は隠居すると発表した。かねて予想されていたことだけに、それほどの動揺も混乱もなかったが、大野と西口は形式的に慰留の言葉を述べた。また、丹野博之は「いまだ未熟にて、その任に堪えず」という趣旨のことを言った。しかし、いずれも儀礼的なものであって、忠慶の引退、博之の継承はこの時点で最終決定を見たことになる。忠慶は「まだ非公式だが」と前置きして、博之に「今後は四十四代丹野忠博を名乗るように」と告げた。

セレモニーが終わると、すでに設けられている宴席の場に移る。料理長が特別に工夫したという、この夜の吉兆亭の料理は格別のものがあった。アルコールが入り、参会者は打ち解けて、大野門跡などは忠慶とは祇園に出没するほどの、遠慮のない間柄だけに、かなりきわどい発言も飛び出した。

「わしはてっきり、博之はんは棚上げにされて、貴子はんか、それともひょっとしてお孫さんが跡を継ぎはるんやないかと、ちょっと心配しとったがな」

「ははは……」

忠慶は笑ったが、席に連なる人々は、内心どきりとした者が多かった。そういう噂がかなりの確度で伝わっていたことは事実だ。

「そのようなことはありえません。博之は立派な後継者です。わしとしては、博之がまだ若いうちより今日のことを予想して、実子同様に育てて参ったつもりです」

忠慶がそう言い切ったのには理由がある。家元の後継は原則的には家元の嫡子、またはそれと同等の器量および技量を有する血縁者に限られている。一般の弟子との相違は、幼時から家元の身近にいて、家元手ずからの薫陶——口伝——によって、技術的、精神的なことを教授されるという点だ。その間に、丹正流一門を率いる者にふさわしい、「帝王学」ともいうべき教育がなされる。つまり、家元の子女には一般の門弟たちが学ぶような職階とは別枠の教科課程があり、生まれながらに家元あるいはその補佐役への道を歩むということだ。丹野奈緒が十五歳にして、早くも丹正学園の教授資格を保有できるのも、それによっている。

博之の母親の松浦登喜枝《まつうらときえ》は、職階の最高職の一つである「華府」の地位をすでに二十年前に允許《いんきょ》され、博之がまだ幼いころから生け花を仕込んだ。その熱心さは異常ともいえるもので、岐阜から足しげく上洛しては、博之の手を引いて家元の丹野家を訪れた。博之もその母親の気質をそっくり受け継いだらしく、才能は姉をはるかに凌駕《りょうが》した。幼時からほかの遊びごとには目もくれず、生け花に没頭し、大学に入ってからは、ほとんど丹野家の書生同然に入り浸っていた。忠慶が語ったように、その点、家元の子とほとんど変わらない程度の資格保持者と考えられないこともない。

いまにして思えば、母親の登喜枝の執念が実ったことになるのだが、博之が貴子と結婚して家元の養子になったときには、幹部の多くが、トンビに油揚げをさらわれたような気分だったにちがいない。「家元はあの登喜枝という女に籠絡《ろうらく》された」と陰口を叩いたものである。

「とにかく、これでお家元の後継者問題がすっきりしたのやさかい、わしらは何も言うことはおへん。とりわけ、奥さんのお墨付きが出たいうのはめでたいことです」

門跡はわざわざ席を立って、家元夫人の真実子に献杯して、真実子の耳元に口を寄せるように、「いやあ、ご立派ご立派、よう決心されましたなあ」と囁《ささや》いた。

「何をおっしゃいますやら。わたくしはただ、家元のお考えに従っただけでございます」

真実子は杯をおし戴いてから、窘《たしな》めるような目をして、囁き返した。

宴の終わり近く、ちょっと席を外した真実子を登喜枝が廊下に追ってきて、真実子の着物の袖に縋《すが》るようにして「ありがとうございました、奥様のお蔭です」と礼を言った。涙ぐんで、伏し拝まんばかりだ。

「わたくしなど、何のお役にも立っていませんわよ。何もかも、あなたの執念と、それに博之さん自身の精進の賜物でしょうに」

真実子は少し皮肉を交えて、笑いながら言った。

「いいえ、本当に奥様のご寛大なお気持ちがあればこそです。これでもう、わたくしは思い残すことはございません」

「何をおっしゃるの、登喜枝さんはこれからじゃありませんか」

松浦登喜枝は真実子より年長だが、ことしたしか七十歳になったばかりのはずである。

「博之さんの将来のために、あなたにはまだまだ元気で頑張っていただかなければね」

「ありがとうございます。そうおっしゃっていただきますと、なんてお礼を申し上げればよいのやら……」

登喜枝はますます恐懼《きょうく》して、身を縮めるようにお辞儀を繰り返した。

「でも、あなたも大変でしたことねえ。こんないいお母さんに恵まれて、博之さんは大感謝しなければいけませんよ」

「本当にご迷惑ばかりおかけいたしまして、申し訳ございません」

「ご迷惑はおたがいさま。これからも仲良くしていきましょうね」

「仲良くなどと、とんでもございません。そんなもったいないことをおっしゃられますと、身の縮む思いがするばかりです」

「ほほほ、そんな大げさな……さ、人が来ますよ。お席に戻りなさい」

真実子は氷の女王のような冷たい笑顔で、すっと肩をそびやかすと、頭を下げる登喜枝に背を向けて廊下を去って行った。

この夜の宴をもっとも喜んだのは登喜枝・博之母子の次には奈緒だったかもしれない。大野門跡が冗談めかして言ったように、奈緒が父親の博之を飛び越して、第四十四代家元を継承する可能性は、単なる噂の域を出ていたのだ。博之本人にも一抹の不安や、家元に対する疑心があったことも知っていたし、一門の中にその空気のあることも折にふれて感じ、奈緒は心を痛めていた。

（よかった――）

父親や、父方の祖母である登喜枝の喜ぶ様子を眺めて、奈緒は久しぶりに気持ちの安らぐのを覚えた。ただひとつ気掛かりなのは、祖母の真実子の冷やかな笑顔だ。さり気なく振舞ってはいるけれど、祖母のあの笑いは決して本心からのものではない。博之が次期家元になることを、真実子があまり望んでいないのを、奈緒は知っている。

「わたくしが男の子を生んでさえいれば、苦労することはないのだけれど」と、祖母がしみじみ述懐するのを、奈緒は聞いたことがある。家元の名跡を継ぐのは男子——というのは不文律だが、それを破ることはよほど難しいらしい。あの剛直そのもののような真実子にしても、ついに博之の後継を認めないわけにいかなかったどころか、門跡の話によると、今度の継承問題は真実子の了解を得たことで決定したというのだから。

しかし、たとえうわべではお墨付きを与えたにしても、祖母の笑顔の裏側には、無念の想いが隠されている——と奈緒は思った。祖母の偉さや怖さしか知らなかった奈緒は、そういう真実子の一面をかいま見て、祖母をはじめて一人の人間として実感できたような気がした。

吉兆亭を出ると、家元をはじめ男どもは、祇園の鷹の家で二次会だ——と勇んで繰り出して行った。こういう話になると決まって、大野門跡がもっともはしゃぐのだから、本当にお坊さんは遊び好きだと、奈緒は呆れてしまう。

女たちはマイカーやタクシーで思い思いに引き上げた。丹野家の三人は秘書の運転するべンツに乗った。後部シートには真実子と奈緒が、助手席には貴子が坐った。貴子が参会者にお別れの挨拶をしている隙《すき》に、奈緒は真実子に「お祖母ちゃま、ありがとう」と囁いた。真実子はびっくりして、「ん？」という目を奈緒に向けた。

「パパのこと」

「ああ、何を言うかと思えば」

真実子はのけ反るようにして笑った。

「でも、無理したのでしょう？　お祖母ちゃまは」

「そんなこと、奈緒が気にしなくてもいいのよ、おばかさんだわねえ」

真実子は奈緒の肩に腕を回して、ギュッと抱きしめた。大きな手で、力も強く、奈緒は一瞬、息がつまるかと思うほどだった。

「いい子だねえ、奈緒は……」

振り仰ぐと、祖母の目に光るものがあったので、奈緒は慌てて視線を窓の外に向けた。祖母がそれほどまでに奈緒の父親の家元継承を嫌っていたことに、驚かされた。

（でも、なぜ？――）と思った。

その（なぜ？――）は、逆に、なぜそれなら、家元継承を認めたのだろうか？――という疑問でもあった。きっと、祖母には私などの窺《うかが》い知ることのできない、いろいろな悩みや心の葛藤があるにちがいない——と思うしかなかった。

その夜遅く、酔って帰った博之が、奈緒の部屋に入ったのを、奈緒は知らない。翌朝、目覚めると、枕元にあるはずの『牧原良毅の花』の本が消えていた。不吉な予感が奈緒の頭を掠《かす》めた。

いつものようにパジャマのまま、リビングルームに出て行くと、はたして、険悪なムードが漂っていた。テーブルの上の『牧原良毅の花』を挟んで、父と母が難しい顔をして、じっと動かない。

「奈緒、そこに坐りなさい」

博之が、これまで見せたことのない険しい顔で言った。

「この本はどうしたんだ?」

「買いました」

「買った?　こんな高い本をどうやって買えたんだ?」

「お小遣い、貯めてあったから」

「嘘をつくんじゃない。ママに聞いたが、奈緒がそんな大金を持っているはずはないそうじゃないか」

「…………」

「黙っていないで、答えなさい」

「借りたんです」

「借りた？　誰に？」

「…………」

「お祖母様にか？」

「…………」

「そうなんだな？　お祖母様にお借りしたんだな？」

「…………」

「なぜママに言わなかったんだ？　それは、ママに言えない事情があったからだな？　悪いことだと分かっていたのだろう？」

何を言われても、奈緒は口をへの字に結んで、答えるのを拒否することにした。

「だいたいなんだこの本は。こんなやつの本に、大金を出して、それも、親に隠れてお金を借りてまで買うなんて、いったいどういうつもりなんだ？　それが丹正流家元の娘のやることか？　この牧原というやつがどんなことをしたか、おまえは知らないのか？　ことあるごとに私の作品を中傷して、丹正流に楯突いている。自分はこんな気色の悪い、薄汚いものを創《つく》っていながら……」

「それは違うわ」

思わず、奈緒は口走っていた。

「違う？　何が違う？」

「薄汚くなんかありません。それは、常識からはみ出しているけど、作品の迫力や美しさはすごいと思います。丹正流の生け花にはない魅力がありますよ」

「何をあほなことを……それが丹野家の人間の口にすることか。だいたい、お祖母様もお祖母様だ。こんなやつの本を買うために金を貸すなんて……」

博之の顔面は血の気が引いて、唇が震えていた。長い歳月、忍従の日々を送ってきた、その鬱屈《うっくつ》したものが、家元継承の決定を見て、一気に噴き出したのかもしれない。

「そんなに牧原がいいのなら、さっさと牧原のところへ行ってしまうがいい」

「あなた、そこまでおっしゃっては……」

貴子が驚いて遮ろうとしたが、遅かった。いったん暴走に移った精神の迸《ほとばし》りは、もはや止めようがない。博之は『牧原良毅の花』の本の表紙をはぎ取ろうとしたが、頑丈な作りでそれが果たせず、苛立って、ページを何枚か引き裂いて、床に叩きつけた。バラの写真が血のように床に散った。

「何するのよ！」

奈緒は悲鳴を上げて床の上の本に飛びついた。これ以上、父親の暴虐を許すまいと、本に覆い被さるようにして、博之の顔を睨《にら》み上げた。

「こいつ、親に逆らう気か！」

博之は立ち上がり、拳を振り上げた。貴子がその腕にしがみつき、「奈緒、早く行きなさい」と叫んだ。奈緒は自分の部屋に逃げ帰った。無残に引き裂かれたページの花の写真を、元の部分に戻そうとして、その惨めさに涙が出て止まらなかった。「おおう、おおう」という、けものの吠えるような嗚咽《おえつ》を洩《も》らしながら、身支度を整えた。鞄の中身を出して、牧原の本と当座の身の回りの物を詰めた。

（お金――）

はたと困った。博之が言ったとおり、奈緒には必要以上の小遣いはない。必要があれば、いつでも親に言えばすむことだった。親に言えない金を必要としたのは、牧原の本が最初だったのだ。

ドアをノックして、「奈緒、ごはんにしなさい」と貴子が呼んだ。

「いいの、食べたくない」

「そんなことを言うんじゃないの。学校はどうするの？」

学校――で思いついた。

「ごはんは食べないけど、学校は行きます。きょうは部活のお金、持って行かなければならないから」

「部活って、この前も持って行ったのじゃないの？」

「あれは文化部、こんどテニス部に入ることにしたの」

ドアを開けて、掌《てのひら》を突き出した。涙の痕《あと》は残っているけれど、奈緒は自分でも驚くほど平常心を装っている。いつもの制服姿と鞄を見て、貴子はほっとした顔になった。

「テニス部って、いくらなの？」

「二万円」

「ずいぶん取るのねえ、しようがないわ」

文句を言いながら、財布を取ってきて、二万円と、それに一万円を追加してくれた。さっきの博之の所業に対する、罪滅ぼしのつもりなのかもしれない。

「パパはあんなに怒ってみせたけど、奈緒のことが心配だからなのよ」

玄関までついてきて、取りなすように言っている。

（かわいそうなママ——）と奈緒は思った。ママは何も知らないのね。パパは鷹の家の女将《おかみ》さんと、もしかすると何かがあって、美鈴が生まれたのかもしれないのに——と気の毒でならなかった。

離家の前を通るとき、チラッと真実子のことを思ったが、奈緒は会わずに行くことにした。会えばまた泣きそうな気がした。

2

明け方近くまでかかって、「旅と歴史」の原稿の最後の部分を書き上げた。国際生花シンポジウムを取材した成果であるはずなのだが、実際には大した取材をしているわけではない。それでもまあ、牧原良毅という人物と知り合ったことで、華道界の事情にもある程度通じたし、とくに牧原の「異端」にスポットを当てることによって、対照的に家元制度や保守的な生け花の世界を浮き彫りにすることには成功した。

いささか牧原良毅の紹介や礼賛にページ数を費やした憾《うら》みはあるけれど、作品の写真を添えれば、かなり迫力もあり説得力もある記事内容になったと、浅見は思った。

ファックスで送稿して昼近くまで眠って、ドアをノックする音と須美子の声で目が覚めた。須美子は「坊っちゃま、お電話ですよ」と呼んでいる。寝ぼけ眼で出て行って、受話器を耳に当てると、思いがけず丹野奈緒であった。

「いま、東京駅にいます。相談したいことがあるのですけど」

おそろしく早口で喋《しゃべ》った。小銭かテレホンカードの切れるのを心配しているらしい。

「東京駅って、一人なの？」

「ええ、一人です。家を出てきました」

浅見は一瞬、絶句した。

「それじゃ、すぐ行くから、新幹線の改札口で待っていなさい。三十分、いや、二十五分で行くからね。動くんじゃないよ」

負けずに早口で言って電話を切った。

「須美ちゃん、駅まで送ってくれ。電車で東京駅へ急がなくちゃならないんだ」

「えっ、でも、お昼の支度が……」

「いいから、緊急事態だ、昼飯なんか遅れたって、餓死するわけじゃないだろう」

須美子は「ほんとに勝手なことばっかりおっしゃって。それに、坊っちゃまのソアラを運転するのは、怖くていやなんですけどねえ……」などと愚痴っていたが、それでも、浅見より先に車に乗ってエンジンをかけて待機していた。

五分で支度して、五分で上中里の駅まで行って、上中里から東京駅まではほぼ二十分——。

奈緒に約束したとおりにはいかなくて、新幹線の改札口に辿り着くには三十五分かかった。

浅見の顔を見たとき、奈緒は泣き笑いのような表情で走ってきた。よほど心細かったにちがいない。いや、下手な対応をすれば、本当に泣き出しかねない。

「ははは、それじゃまるで家出ルックだ」

浅見は奈緒の制服姿を指さして、おかしそうに言って、「さ、行こう行こう」と奈緒の手から鞄をひったくるようにして持ってやった。

もっとも、「行こう」とは言ったものの、どこへ行けばいいのか決めかねていた。

「ご飯、まだでしょう？」

「ええ」

「僕もまだだ。朝飯も食べていない」

「私もです。でも、食欲、ありません」

「そうか、そいつは困ったな……じゃあ、団子を食べない？　旨いお団子を食べさせる店を知っているから」

「ええ、そのくらいなら」

ちょうど昼飯どきだから、この界隈、どこへ行っても満員だろう。いっそ平塚亭の団子を食ったほうがいいかもしれない。

京浜東北線の電車の窓から、奈緒は珍しそうに東京の風景を眺めていた。その横顔を見ているかぎり、この少女が重い悩みを背負って、家出してきたとは思えない。

上中里の駅を出て、平塚神社の横の坂道を登りながら、頭上に覆いかぶさるように広がるケヤキやシイの木を仰いで、「東京って、想像していたのより、ずいぶん緑が多いんですね」と感心した。

「京都ほどじゃないけどね。しかし、大阪に較べれば緑地は多いな。とくにこの辺りはバブルのときにも開発されなかったから、古い街がそのまま残っているんだよ。それより、ずっと不思議に思っているんだけど、きみの言葉はぜんぜん京都風じゃないね」

「ええ、うちは祖母が標準語で喋るようにって、うるさいんです」

「だけど、丹野家はもともと京都の人でしょう?」

「そうです。祖父はしっかり京都弁です。でも、祖母の主義で母から下は標準語。私は学校では友だちと京都弁で喋りますけど」

「たしか、お祖母さんのご実家の六条家というのは、もともと京都のお公家さんの出じゃなかったかな?」

「えっ? 浅見さんて、そんなことまでご存じなんですか?」

「それはね、ルポライターっていうやつは、何でも知っていないと務まらない仕事なんですよ」

「ええ、たしかにもとはそうみたいです。六条家は、村上源氏の子孫で、貧乏公家だったという話です。明治維新で天皇様が東京に遷都されたときに、ほかのお公家さんたちと一緒に東京に出て、華族に列せられて、少しは暮らし向きがよくなったけれど、日本が戦争に負けて、また貧乏暮らしに逆戻りしたって、祖母がよく話してくれました」

浅見はさり気ない様子を装ってはいるけれど、胸の内はワクワクするものがあった。須美子の「坊っちゃま」からヒントを得た〝仮説〟のとおり、「六条御息所」の女性はおそらく丹野真実子に間違いない。

「じゃあ、いまでも東京にお祖母さんのご実家があるんじゃないの」

「ええ、あります。祖母のお兄さんがいるんですけど、いまはぜんぜん付き合っていません。祖母自身がいやなんだそうです。昔、お金のことや何か、不愉快なことがあったのではないでしょうか」

ずいぶんしっかりした子だ――と浅見は感心した。きちんとした話し方は、祖母の指導の賜物なのだろうけれど、さすがに丹正流家元の子だけのことはある。

平塚亭のおばさんは、時ならぬ珍客に目を丸くしていた。

「お団子、四本。いや、六本にしてもらおうかな。それと、おはぎを二皿ください。二人とも朝から何も食べてないんです」

「あら、でしたらお赤飯も少し差し上げましょうか？」

おばさんは気がきく。

「そうだな、お願いします」

団子が運ばれてくると、奈緒は珍しがって、眺め回してからおいしそうに食べた。江戸の下町の食べ物は、奈緒にとってはこれがはじめてにちがいない。

「可愛いお嬢さんですけど、ご親戚でいらっしゃいますの？」

「まあ、そんなところです」

浅見はあいまいに答えておいた。空腹で、食べるほうに専念したかった。食欲がないと言っていた奈緒も、若さなのだろう、ちゃんと自分の分ぐらいは平らげそうな勢いだ。

お茶を飲みながら、テーブルの端にある花瓶の花を見て、奈緒は「これ、おばさんが活けたのですか？」と訊《き》いた。

「ええ、我流で下手くそですけどね」

「ちょっといじってもいいでしょうか？」

「どうぞどうぞ、構いませんとも」

胴の丸い広口の、あまり変哲のない陶器の花瓶に、ツツジとコデマリとヤマブキがごっちゃに活けてある。浅見の目から見ても、たしかに「我流」と言うだけのことはある、無茶苦茶な活け方であった。

奈緒は花材をいったん全部、テーブルの上に取り出した。おばさんに花鋏《はなばさみ》を借りて、手際よく長短をつけて花瓶に戻していく。やや丈の高いツツジを立てて、コデマリを中央にまとめ、ヤマブキの柔らかい枝を左に長く、右に短く延ばした。それでも、すでにおばさんが剪《き》ってしまってあるので、いまひとつ高さが出ない。どうするのかと思っていたら、何かの包みに使ったのか、竹の子の皮がうち捨ててあるのを拾って、クルクルッと縦に細長く巻いて、根元のほうをホチキスで止め、ストンと花瓶に挿し立てた。スウッと天を指すいきおいの先の、細くなった辺りが、頼りなく揺れて、また風情がある。

「まあ、すてき……」

おばさんが少女のごとき声を発した。

「同じお花なのに、まるっきり違っちゃうのねえ。ほんとにお上手だわ。生け花のお稽古なさってらっしゃるのね。きっと、いい先生についていてらっしゃるんだわ。ね、そうなのでしょう？」

「まあ、そういうことですね」

黙っている奈緒に代わって、浅見がニヤニヤ笑いながら答えた。

平塚亭を出て、神社の境内を少し歩いた。大きな木々の梢から木漏れ日が落ちて、そよ風が吹いて、眠気を誘うような午後だ。

「やっぱり、何も訊かないんですね」

奈緒が言った。

「訊かないと、失礼かな？」

「そうじゃありませんけど……でも、つまらない」

「ははは、じゃあ訊いて上げようかな。どうしても、お父さんを許せなかったの？」

「えっ……」

奈緒は立ち止まった。

「浅見さん、母に電話したんですか？」

「いや、そんなことはしなくても、僕ぐらいの苦労人になると、分かるのです」

「でも……だったら、そのほかに何を知っているんですか？」

「そうだなあ、言ってもいいけれど、きみがまだ知らないことまで言うと、かえって傷つけることになりかねない。たとえば、鷹の家のことなんか、どうかな？」

奈緒の顔に驚愕《きょうがく》が走った。信じられない生き物を見る目になっている。ひょっとすると、飛び掛かって首を絞めるんじゃないか――と思えるほどだ。やはりこの少女は、かなりのことを知っているにちがいない――と、浅見は奈緒が哀れだった。

「それって、鷹の家の、あの、何を知っているんですか？」

「これ以上のことを言うのはやめようね」

「いえ、やめないでください。鷹の家の何を知っているのか、教えてください」

「僕が教えなくても、きみは知っているのじゃないかな」

「ええ、そうかもしれませんけど、それが本当かどうか、確かめたいんです」

「確かめて、それでどうするつもりなの？　どうなると思っているの？」

「どうするか、分かりません。分からないから家出をしたんです」

「つまり、逃げたんだ」

「…………」

「逃げても、現実は何も変わらないよ。よくなるどころか、かえって悪いほうへどんどん進んでしまう」

「悪くなったって、そんなの、私のせいじゃありません」

「それだよ」

浅見は力強く言った。

「それって？」

「きみがいま『私のせい』と言った、その『せい』が大切なんじゃないかな。これからはきみの『せい』で何かが動くようになる。きみの『せい』で物事を変えてゆくことができるようになる。『せい』という言葉は責任と権利の代名詞だ。丹野奈緒の『せい』で、きみの周囲が、それに丹正流のすべてが大きく変わるかもしれない。そのことを考えてみたら？」

十五歳の少女には、少し重すぎる命題かな――と思いながら、浅見は奈緒の目を見つめて喋った。真っ直ぐに見返す奈緒の目に、意志の光が宿ったり、スッと遠のいたり、彼女の内面の葛藤が窺えるようだ。

「さて、僕の家に案内しますか。おふくろさんの生け花を批評してやってくれるとありがたいのだけれど」

「批評なんか……」

首を振ったが、浅見が歩きだすと、奈緒は素直についてきた。

坊っちゃまが美少女を連れて帰ってきたので、須美子は玄関でほとんど硬直状態になった。奈緒を応接間に通しておいて、浅見は雪江の部屋に行った。丹正流の家元のお孫さんが来ている――と言ったら、雪江は「何をばかなこと、言っているの？」とエイリアンでも見るような目で、次男坊を睨んだ。

「いや、突然で信じられないかもしれないけど、京都で知り合って、東京に来たついでに訪ねてくれたんですよ」

「えっ？　じゃあ、それ、ほんとなの？」

雪江は白いものの混じった髪を撫でつけながら、慌てて部屋を出た。アイドル歌手のおっかけをやっている、若い女の子の心理と、あまり変わらないようだ。

雪江はグラビア写真で丹野家の顔ぶれは見知っていたらしい。ひと目で（本物の）丹野奈緒であることが分かったようだ。

「まあ、ほんとにほんとですのねえ。ようこそ、こんなところにいらしていただいて、まあ、どうしましょう」

槍が降っても死体が降っても、身じろぎひとつしそうにない母親が、手の舞い足の踏むところを知らないようなうろたえぶりを見せるのには、浅見は呆れてしまった。あらためて、家元制度の何たるかを目のあたりにしたような気分だ。

「母さんの生け花を見てもらいませんか」

「えっ、わたくしの？　ほほほ、だめ、だめ、だめですわよ。光彦、余計なことを言ってないで、お茶でも運んで来なさい」

追い出されたのを幸いに、浅見はリビングルームの電話に向かった。

丹野家ではお手伝いらしい女性が電話に出た。奈緒の両親は不在だった。考えてみると、それぞれ仕事場へ行っている時間だ。浅見は家元夫人を呼んでもらった。「どのようなご用件で？」と訊かれた。N女学院の者で、奈緒さんのことでご相談がある、と言うと、間もなく落ち着いた初老の女性の声で「祖母でございますが」と言った。

「突然お電話して恐縮です。僕は浅見という者ですが、じつは、奈緒さんのことでお話ししたいことがあります」

「はい、N女学院の先生でいらっしゃいますね。いつも孫がお世話になっております」

「いいえ、それが違うのです。驚かないで静かにお聞きください。じつはですね、まだおそらくご存じではないと思いますが、奈緒さんはけさ、家出をされたのです」

「えっ？……」

電話の向こうで、家元夫人は絶句した。

「といってもご心配になることはありません。奈緒さんはお元気で、いまは僕の母親と話をしています。ご説明が長くなりますが、僕は先日の国際生花シンポジウムの取材で京都を訪れた人間です。そのとき奈緒さんと知り合いまして、その縁で頼って来られたのだと思います。あ、まだ申し上げていませんでしたが、ここは東京です」

「東京……」

彼女にとっては、二重三重の驚きにちがいない。

「それでですね、たぶんご両親もまだ気づいていらっしゃらないと思いますので、できれば、ことを穏便にすませたほうがいいのではないかと思うのですが、いかがでしょう」

「それはまあ、そのほうが……でも、どうすればよろしいのかしら？」

「とにかく、これから、僕が奈緒さんをお連れします。京都に着くのは、早くても六時ごろになるかもしれません。そこで、お祖母様には四時ごろ、お宅を出ていただいて、奈緒さんとどこかで待ち合わせして、映画か何かを観るということにでもしていただければ、遅く帰ったとしても、怪しまれないですむと考えたのですが」

「あ、それがよろしいですわね」

「それから、学校のほうから無断欠席を心配して電話でもされるといけませんから、お祖母様から、いまのうちに病欠のご連絡をしておいたほうがいいでしょう」

「まあ、何から何までお気遣いいただいて、ありがとうございます。お目にかかったときに、あらためてご挨拶申し上げますけれど、どうぞ、よしなにお願いいたします」

孫の身を案じる家元夫人の、平身低頭ぶりが目に見えるようだ。浅見は京都駅での待ち合わせ場所を決めて、電話を切った。

応接間に戻ると、雪江と奈緒のあいだで、話が盛り上がっていた。半世紀以上も歳の差のある二人だが、生け花という共通の話題を挟むと、ほとんど同じ土俵の上で意見を戦わせることができるようだ。

奈緒は、自分の考えを説明するために、鞄から『牧原良毅の花』の本を取り出して、テーブルの上に置いた。父親のひどい仕打ちの痕が、表紙にも中身にも無惨に残るのが悲しい。

「この作品集を見て、ショックを受けたんです。私がやっている生け花って、いったい何なのかしらっていう」

「なるほどねえ、たしかにショッキングな作品ばかりですものねえ」

雪江はページを繰りながら、何度も頷《うなず》いた。

「でも、この方の作品は、次の世代の人たちや、一般大衆に伝授することはできませんわよ。それはもちろん、創作に立ち向かう姿勢とかいった、精神的なことは伝えられますけど、この方の作品はこの方一代のもの。誰も真似することはできませんし、真似すればもう、芸術的ないのちは尽きるというものでしょう。生け花はもともと、野に咲く花を、いかに活け替えるかという、素朴な気持ちから生まれたものだと思うのです。それは決して特殊な行為ではありませんわね。生け花芸術がほかの芸術と異なる点はそこではないのかしら。難しい言葉で言えば、普遍性ということになるのでしょう。子どもからお年寄りまで、誰でもがその気になりさえすれば、それぞれの技量に応じた生け花を楽しめる。その手助けをして差し上げるのが、生け花を指導なさる方々なのだし、その先導をなさりながら、なお道を究められる方が、お家元さんなのだと、私は思っております。ですから、お家元は、牧原さんのように大衆とかけ離れてしまうことは許されない。そういう宿命を背負っておられるのですよ、きっと」

なるほど——と、浅見は脇で聞いていて感心した。亀の甲より歳の功とはよく言ったものである。

雪江の偉いのは、牧原良毅の「芸術」を認めていながら、しかし対角にある古典的なものの価値や家元の役割、苦衷にまで思いをいたしているその公平さにある。門外漢の浅見ですら感服するのだから、奈緒にはより強く感じるものがあったにちがいない。

奈緒はしばらくじっと考えていたが、やがて静かに牧原の本を閉じた。

それから、物憂げに浅見を振り返り、「私、帰らないと……」と呟《つぶや》いた。

3

丹野真実子は浅見との打合せどおり、午後四時に自宅を出ている。お手伝いの秋子には「奈緒と映画を観る約束したの。お夕食は外ですませて来ますから」と告げた。

浅見と奈緒は午後六時前に京都駅に着いた。喫茶店で落ち合うとすぐ、真実子は「何があったの？」と訊いた。

「原因はこれです」

浅見は奈緒に、鞄の中の牧原の本を出させて、それが父親の逆鱗《げきりん》に触れた経緯を話した。

真実子は『牧原良毅の花』の分厚く重い本を両手で支えるようにして、ゆっくりページを繰った。

「これはこのあいだ、奈緒が欲しいって言っていた本ではありませんか。わたくしがお金を貸して上げたのだけれど、これの何が博之の逆鱗に触れたのかしら？」

無表情を装っているが、波打つような心の動揺は、かすかな指の震えに見て取れる。

「丹正流にとって、牧原良毅氏は天敵だとお考えなのではないでしょうか」

「ばかげたことです。もし博之がそう考えているとしたら、とても滑稽《こっけい》ですよ。牧原さんはともに切磋《せっさ》琢磨《たくま》すべきライバルではあるけれど、天敵などであるはずがありません。奈緒はどう思うの？」

質問の矛先を向けられ、奈緒はしばらく考えてから言った。

「私も牧原さんのことを、もしかすると、パパと同じように、どっちかが相手を叩きのめさなければ、戦いをやめることのできない、仇同士かと思っていたんですけど、いまは考えが変わりました」

「ふーん、変わったって、どう変わったのかしら？」

「浅見さんのお母様から、家元というものの意義を教えていただいたんです。牧原さんとはぜんぜん立場が違うっていうことを。牧原さんの芸術は認めるとしても、丹正流の家元の芸術とどちらが上か下かなんてことは、なんて言えばいいのか……つまらないっていうか……」

「次元が低いって言いたいの？」

「あ、そうです。次元が低いことですよね。立場や方法のぜんぜん違う芸術を、いっしょくたにして順番をつけるなんて、できるはずがないんですもの。そのことに気づかせていただいたとたん、悩みは消えたの」

「では、パパを許すのね？」

「ええ、そのことに関しては私のほうも悪かったから、五分五分です」

「おや、その言い方だと、それ以外に許せないことがありそうに聞こえるわね」

「ええ」

奈緒は俯《うつむ》いた。

「何なの、それは？」

「言えません」

「ふーん、このわたくしにも言えないようなことなの？」

「ええ」

「浅見さんにもお話ししてないの？」

「してません。でも、浅見さんは知っていらっしゃるみたい」

「浅見さんがご存じって、それ、どういうことなの？　どうして、何をご存じなんですか、浅見さん？」

　質問を浅見に振り向けた。

「それはたぶん、あなたもご存じのはずだと思いますが」

「わたくしが知っているはずって……博之のことについて、ですか？」

「はい」

「博之の何を、わたくしが知っているとおっしゃるのかしら？」

「さあ……」

「さあって、あなた……」

「このことは、またあらためてお話をしたほうがよさそうです。非常にデリケートな問題でありますし、それに、諸井寧子さんのことについても、いちど、お話をお聞きしたいと思っています」

「…………」

　浅見の予想どおり、諸井寧子の名は、きわめて効果的だったらしい。真実子は沈黙した。

あれほど毅然《きぜん》としていた祖母が、ふっと黙りこくってしまったので、奈緒は不思議に思ったにちがいない。しかし、その意味は奈緒には推測しようもないことだ。

「奈緒さんは疲れているでしょう。そろそろお帰りになったほうがいいと思います。僕はエリアホテルに泊まりますから、何かありましたらご連絡ください」

真実子に何も言う間を与えずに、浅見は席を立ち、挨拶を残してレジに向かった。奈緒が追いかけてきて、「また会ってくださるんでしょう?」と訊いた。

「もちろん。この次は丹野奈緒独立屍の取材に行くことになるかもしれない」

「そんな遠いことじゃなくて」

「ははは、たぶん、そんなに遠いことではないですよ、先生」

「いじわる……」

奈緒は笑ったが、彼女の背後に、真実子の不安そうな視線があるのに気づいて、浅見は微笑んでお辞儀をして、喫茶店を出た。

ホテルにチェックインして、レストランでハンバーグライスを食べているところに、平山刑事がやって来た。「やっぱしここやったか」と、犯人を追い詰めたように、意気揚々とした顔である。ボーイが来てメニューを出したが、手を振って追い払った。

「東京のあんたのとこへ電話したら、京都へ行ったいうから、たぶんここやないか思ったが」

「さすが平山さんですね」

「あほらしい。そんなべんちゃら言うても騙《だま》されまへんで。浅見さん、あんた鳥取の岩田祥子のとこへ行ったんやそうですな」

「ええ、行きました。じゃあ平山さんも行かれたのですか」

「ケロッとして、よォ言うわ。自分は行っておらんです。残念ながら、警察にはそんな予算がないよってな。しかし岩田祥子に電話で聞いたところによれば、浅見いう人が来て、高瀬舟の女・諸井寧子のことをいろいろ調べとったいう。しかも、あんたはその後、高橋知英子いう女性のところにまで、確認に出掛けたそうやねえ」

「ええ、諸井寧子さんはなんといっても、高田哲郎が殺された事件の鍵を握っていると考えられる人物ですからね。いや、ひょっとすると、事件そのものに関わっているのではないかと思ったのです。しかし、それは見当違いのようでした」

「ははは、諸井寧子にはアリバイがあったいうことやね。事件いうのは、そんな単純なもんやないですよ。けど浅見さん、諸井寧子はどこに行ったんです？」

「知りません」

「またまた、とぼけてからに。あんたが二ノ瀬の諸井の家に行ったことは、ちゃんと調べ済みなんやから」

「ええ、行きましたよ。行きましたが、留守で、近所の人に訊いても、ぜんぜん要領を得なかったのです」

「ほんまかいな？……」

平山は例の刑事の目で、浅見を疑わしそうに睨んだ。

「本当ですよ。平山さんだって、諸井さんの隣近所の聞き込みに行ったのでしょう？　あそこのおばあさんでさえ、諸井さんのことは何も知らないと言っていたはずですが」

「ああ、それはたしかにそうやったが」

「そうでしょう。むしろ、そんなことより、僕のほうとしては、警察の捜査がどこまで進んでいるのかお聞きしたいですね」

「そんなことはノーコメントに決まっとるやないですか」

「そう言わないで、話してくださいよ。たとえば、鷹の家の女将には、すでに事情聴取はしたのでしょう？」

「ま、一応は、ですな」

「というところを見ると、収穫はあまりなさそうですね」

「そのとおり。この前も言うたように、京都いうところは独特のしがらみみたいなもんがあるんです。府警の上のほうでさえ、あまり触りたがらんのやから、自分らみたいな下っぱが行ったところで、大したことはでけへんのです」

「さしずめ、祇園にそんな無粋な話を聞きに来たら、笑われますよ——ぐらいのことを言われたのではありませんか？」

「ふん、見たようなこと言いよる。けど、正直言うて、当たらずといえども遠からじ、いうところやね。浮気やの不倫やので脅されて、いちいちビビッとったら、祇園の女将が務まりまっかと言われた。浮気は男はんの勲章どすえ——ときたもんな。うちの女房に聞かせたいくらいや」

「ほんとですか？　なんなら奥さんには僕がお伝えしましょうか」

「あはは、あほ言うたらあかんがな」

笑いながら、平山はかなり真剣そうであった。

「となると、事情聴取のもう一方の相手——つまり、男のほうはどうなのかということになりますが」

「男のほう言うたら、丹正流の若先生やないですか。そんなもん、ますますあかん。上のほうにちょこっと話してみたら、あほ言うなと怒鳴られましたよ。それでも、自分だけで、ひそかに調べてみたのやが、高田が殺された四月四日の晩には、丹野さんにはちゃんとアリバイがあったんです」

「えっ、そこまで調べたのですか」

「ははは、浅見さん、警察を甘く見てもろたら困りまっせ。ほかはどうでも、自分はやるべきことはやる。もっとも、上に内緒でやらなならんので苦労はしたけど、まあ、その結果、あんたの狙うたセンはシロいうことになったわけですな」

「そのアリバイは、確実なのでしょうね」

「もちろん確実です。それがどういったもんかいうことは、なんぼあんたでも、いや、浅見さんやから、なおのこと言えまへんけどな。しかし間違いない」

平山が得意そうなのは気に入らないが、ただのサラリーマン刑事ならいざ知らず、彼がそこまで断言するのだから、事実と考えるしかないのだろう。

「だとすると、諸井寧子さんも事件には関係がないということになりますか」

「そうとも言えるけど、しかし自分はそうは短絡的には考えんことにしているんです。もし関係がないのやったら、なんで身を隠すような真似をせなならんのか分からん。少なくとも高田に追いかけられて、逃げ回っておったことだけは確かやね。自分は、諸井寧子の背後には、マル暴関係があるのやないかと睨んでおります。高田はあまりしつこく追いかけすぎて、竜の髭に触ってしもたんやないですかなあ」

逆鱗と同様、竜の髭も天子の怒りを意味するたとえだ。千年の都、京都にふさわしいかもしれないが、ヤクザの怒りを天子のそれになぞらえるのは僭越《せんえつ》だ。第一、なんでも暴力団のせいにしてしまうのは、それこそ短絡的ではないか——と、浅見はひそかに思った。

「それにしても、諸井さんはどこへ行ってしまったのですかねえ？」

「そやそや、それやがな。浅見さん、あんたほんまに知らんのですか？」

「知りませんよ、ほんとに。しかし、警察が調べても分からないということは、ちょっと心配な気がしてきました」

「心配いうと、また殺しですか？」

平山はぐっと声のトーンを落とした。

「ええ、暴力団の仕業だとすると、何をやらかすか分かりません」

「うーん、近頃のヤクザは仁義もへったくれもないよってなあ」

平山がため息をついたとき、ボーイが「お客様で、浅見さんはいらっしゃいますか？」と呼んだ。レジの電話に出ると、丹野真実子からであった。

「さきほどは、本当にありがとうございました。お蔭さまで、無事に帰りました」

「それはよかったですね。ご両親のほうも、うまくいったのですね？」

「はい、奈緒ともどうにか和解したようでございます。それで、大変恐縮でございますが、もしお差し支えなければ、明日、お目にかかって、あらためてお礼を申し上げたいのですけれど、ご都合はいかがでございましょう？」

「もちろん、僕のほうは差し支えありません。どちらへ伺えばいいですか？」

「では、正午に、大京都ホテル地下の『桃李』という中華のお店でいかがでしょうか」

「あ、中華料理は歓迎です」

それでは明日――ということで、電話を切った。席に戻ると、平山が胡散《うさん》臭そうな顔をして訊いた。

「どこからです？」

「ははは、そんなことは言えません。企業秘密ですからね」

「それはそうやな、訊くほうがあほやった。けど浅見さん、自分は心配やから言うてるんですよ。本事件はとにかく殺人事件なのですからな。しかもどうやら、ヤクザがらみの事件である可能性が強い。東京はどうか知らんが、関西のヤーさんは、やることがえげつないさかいにな、気ィつけてもらわんとあかん。冗談やないですよ」

「大丈夫ですよ。僕は臆病ですから、対岸の火事は面白がって見るけれど、火を消しに駆けつけようとしない、だめ人間です」

「ほんまかいな。どうも、あんたを見てると、そうは思えんのやが……それに、あんたの本業はルポライター言うとったやないですか。それがまるっきり私立探偵みたいなことをしてるように見えるんやけどねえ」

浅見は内心ドキリとした。今回のことでは、牧原から三十万円という、「取材費」としては法外な経費を預かっている。しかも、すでにもう半分ぐらいを使ってしまった。これはもはや取材活動とは言いがたいかもしれない。しかし浅見は、白々しく「ご心配なく」と言った。

「危ないところには近づきません。事実、僕が会っているのは、すべて女性ばかりで、男は平山さんだけです」

「なるほど、そういえばそうやねえ。けど浅見さん、女は恐ろしおまっせ。昔から犯罪の陰に女あり言うてな。そうでのうても女は恐ろしい。女は理屈ではない、子宮で物を考えるよって。うちの女房を見たかて、分かりまっしゃろが」

平山は冗談を言っているつもりだが、浅見は笑えなかった。「犯罪の陰に」どころか、最近は女性による犯罪——それも凶悪犯罪が珍しくない。もともと、心理学的には女性のほうが思い込みや信じ込みがきついという説もあるくらいだ。おまけに、防衛本能にいたっては男など足元にも及ばないのだから、ひとたび安寧を脅かすような者が現れたなら、その存在を抹殺する決断は、男よりもはっきりしているのかもしれない。

そう思いながら、浅見の脳裏には丹野真実子の顔が浮かんでいた。

4

少し早めに行ったつもりだが、丹野真実子はすでに来ていた。桃李の入口で「浅見」の名を告げると、黒い服を着たマネージャーらしき男が先導して、奥まった個室に案内してくれた。ドアを開けると、真実子は椅子から立って、浅見を迎えた。

着物姿の真実子はグレイ地の小紋の一越縮緬《ひとこしちりめん》に品のいい染の名古屋帯を締めている。見るからに重厚なドアや、紫檀《したん》の柱には、螺鈿《らでん》の装飾が施されている。正面の壁にはおそらく、中国の名のある書家か文人の書いたものなのだろう、浅見には読めそうにない難しい七言絶句が掛けてある。

「いやあ、立派なところですね」

浅見は正直に目を丸くして感想を言った。ゆったりしたスペースからいっても、たぶん賓客のための特別室にちがいない。その部屋の七、八人は坐れそうなテーブルを、二人だけで占拠するのは、浅見のような気の弱い人間は気がひける。

「お気に召していただければいいのですけれど、こちらでよろしかったかどうか、気にしておりましたのよ。でも、こういうお店のほうがオープンな感じがして、気兼ねなくお会いできますでしょう」

なるほど——と、浅見は納得した。家元夫人ともなると、たえず他人の目を気にしていなければならないというわけか。その点、中華料理ならば、どちらかというと陽性の雰囲気があって、憂鬱《ゆううつ》な想像を抱かれずにすむかもしれない。

「お料理は適当に、お任せで注文しておきましたけれど、よろしかったかしら」

「ええ、僕は悪食ですから……あ、失礼、何でもおいしくいただくという意味です」

「ほほほ、面白いことをおっしゃる」

真実子は明らかに、昨日とはうって変わって、言うこともポーズも、打ち解けた様子で振る舞っている。たぶん浅見の倍ほどの年齢だろう。年の功でも貫禄でも、とうてい、太刀打ちできそうにない相手だ。

マネージャーが「お飲み物は？」と訊きに来た。浅見は「お茶で結構です」と言い、真実子もそれに合わせた。

次々に運ばれてくる料理は、浅見にはあまりなじみのないものばかりであった。もちろん、どれも旨い。中にはどうやって食べればいいのか戸惑うようなものまであって、そのつど、真実子が「こうなさいませ」と、調味料の使い方まで教えてくれた。

料理の消化のスピードが停滞してきたころを見計らって、真実子はウエイターに「呼ぶまで遠慮してらっしゃい」と命じた。これもまた驚きだった。浅見はどう逆立ちしたって、店の人間に、そういう高飛車な物言いをすることなどできっこない。

「昨日、浅見さんがおっしゃっていたことですけれど」

真実子は口許《くちもと》にナプキンを当ててから、言いだした。

「奈緒が言わなかったデリケートな問題というのは何のことなのか、それから、諸井寧子さんとおっしゃる方はどういう方なのか、そのお話を聞かせていただけますかしら」

「ほう……」

浅見は思わず口をすぼめて、真実子の顔をまじまじと見つめた。

「諸井さんをご存じないのですか？」

「ええ、知りませんけれど」

「しかし、原山トミさんは、あなたから、諸井さんに家を貸して上げるように言われたと言ってましたが」

「トミが……」

真実子は眉をひそめて、絶句した。原山トミが喋ったことが誤算だったのか、それとも、浅見がトミに到達したスピードが誤算だったのか、いずれにしても、彼女が予想していたより事態が悪化していることは、認めざるをえなかったにちがいない。

それでもまだ、さらにとぼけ通すつもりかと思ったが、真実子は観念したように、首をゆっくり振った。

「諸井さんとおっしゃる方を存じ上げないというのは、決して嘘ではありませんのよ。ただお名前だけは存じております。その方が住まいを探しておいでとお聞きしたので、それならばトミのところがいいでしょうと、ご紹介して差し上げただけ」

「諸井さんの住まい探しを、誰に頼まれたのですか？」

「それは……」

丹野真実子は少し躊躇《ためら》ってから、

「その前に、奈緒の知っているという、デリケートな問題とは何か、聞かせていただきましょうかしらね」

「博之さんと鷹の家の女将とのことは、ご存じありませんか？」

「知っております」

真実子は嘆かわしそうに言った。

「困ったことですわね。でも、こんなことを申してはなんですけど、その程度の不倫は昨今、珍しくはございませんよ。奈緒もそんな幼稚な子どもではありませんしね。それはたしかに、父親の不倫はショックかもしれませんけれど、家出するほどの理由にはなりませんでしょう」

「ただの不倫程度ならそうかもしれません。しかし、鷹の家のお嬢さんのことは許せなかったのではありませんか」

「えっ？　鷹の家のお嬢さんというと、美鈴さんのこと？　あの子が何か？」

「そのお嬢さんが、博之さんのお子さんではないかと、奈緒さんは思ったのでしょう」

「そんなばかな……」

真実子は驚いたが、しかし、すぐに思い当たるものがあったらしい。

「そういえば、奈緒は美鈴さんの血液型のことで、わたくしに心配事を打ち明けたとき、何か奥歯に物の挟まったような口ぶりでしたわね。あのとき、そのことが気にかかっていたのかしら。でも、そんなに思い詰めていたなんて……」

「思い詰めたのは、奈緒さんだけではなかったのかもしれません」

「は？　それはどういう意味ですの？」

「四月四日に殺された高田という人物も、その不倫事件を嗅《か》ぎつけて、恐喝のネタにしようと思い詰めたらしいのです」

「…………」

家元夫人はついに言葉を失ったような顔になった。この男はいったい、どこまで事実を知っているのか——と、推し量るような目で、じっと浅見を見つめた。

「浅見さん、あなたはその高田という人と、どういう関係なんですの？」

「無関係です」

浅見は即座に答えた。

「でも、なぜ？……」

「なぜそんなことを知っているのかとお尋ねですか？　それは調べたからです」

「ですから、なぜお調べになったのかとお訊きしているのです」

「牧原さんに頼まれました」

「牧原……さん？……」

「ええ、牧原良毅さんです」

「やっぱりそうでしたのね」

真実子の唇が、薄く、冷酷そのもののように閉じられた。

「やっぱりとおっしゃいますと、そのことをお察しでしたか？」

「いいえ、あなたのことは、昨日はじめて存じ上げたばかりです。けれど、その高田とかいう人を使って、脅しめいたことをなさったのは、ひょっとすると牧原さんではないかと思っておりました」

「それは違います」

「よろしいのよ、いまさら否定なさっても無駄ですわね。あの方が丹正流を目の仇にするのは、いまに始まったことではありませんもの。それにしても執念深い、卑劣なこと」

「それは誤解ですよ」

「誤解ではございません。牧原さんが過去にどれだけ博之をはじめ、丹正流の者の作品を攻撃なさったか、それは厳然とした事実ですのよ」

「いや、僕が誤解と言ったのは、そのことではなく、牧原さんが昔のあなたとのことを根に持ってそうしているとお思いなら、それは誤解ですと言っているのです」

「そうでしょうかしら？　わたくしにはそうは思えませんわね。牧原さんの丹正流攻撃が始まったのは、ちょうど、わたくしの写真が雑誌のグラビアに載った時期の、ほとんど直後からですもの。それは単なる偶然とは思えません」

「いいえ、もしそういうことがあったとしても、それは単なる偶然ですよ。なぜなら、牧原さんは、あなたがかつて御母衣ダムの小屋で一夜を過ごした『六条』さんであることを知らないのですからね」

「嘘おっしゃい！」

真実子は叫んだ。六条御息所が本性を現したような、いまにも角が生え、口が耳まで裂けそうな、居丈高な形相であった。

ドアがノックされて、ウエイターが「お呼びでしょうか?」と顔を覗《のぞ》かせた。

「ええ、もうお料理はけっこうですから、デザートをお出ししてちょうだい」

あざやかな変身ぶりであった。能の前シテと後シテの早変わりも、こうはいかない。真実子はみごとに、丹正流家元夫人の威厳と寛大さを、鷹揚《おうよう》な微笑の中に湛《たた》えていた。

しばらくは、ウエイトレスとウエイターが入って、テーブルの上の整理に時間を要した。デザートのお菓子と新しいお茶が出て、また静かになった。

「あの方がわたくしのことに気づいていないなどと、そのようなこと、信じられるとお思いですの?」

真実子は話のつづきを言った。

「それどころか、そのことを高田という男に洩らして、丹野家のことを探らせたに決まっています。あなたも牧原さんの手先のお一人ではありませんの?」

「そんなことはまったくありません」

浅見は悲しそうに苦笑して言った。

「あなたがお信じになるかどうかはともかく、僕は事実を言っているだけです。牧原さんは六条さんの行方を調べもしなかったし、いまだに、あの女性があなたと同一人物であることを知りません。東京の六条家のことを探し当てたのは、この僕なのですから」

「あなたが？　でも、それは牧原さんの依頼でそうなさったのでしょう？」

「違いますよ。さっき言った、原山トミさんが『六条さんのお嬢さんに頼まれた』と言ったきり、六条さんがどこの誰なのか教えてくれないので、こっちで勝手に調べさせてもらったのです。その結果、東京に千代田区と台東区と、二軒の六条家があることを突き止めました。その千代田区のご本家のお嬢様が、四十年ほど前、京都の丹野家にお嫁入りしたことも。それに、その当時、六条家のお手伝いさんをしていた女性の名前がトミさんだったことも分かりました。トミさんが六条家からおひまを取って、生まれ故郷の二ノ瀬に帰ったのは、十数年前でした」

「…………」

「ついでに申し上げておきますが、牧原さんにはまだ、このことは教えていません。したがって、あの先生はいまだに、丹正流家元夫人がかつての六条さんだとは知りませんし、ただひたすら、四十年近い昔の出来事を、夢物語のように大切にしているだけです。あなたはもうお忘れでしょうが、その夜、あなたは牧原さんの活けた野の花を見て、こうおっしゃったのだそうですね、『でも、すてき』と。牧原さんは、そのひと言で、いちど断念した生け花の道に生涯を捧げる決意が固まったと述懐しておられました」

「何がお望み？」

ふいに、真実子は言った。冷たく乾いた声であった。

「は？」

「何がお望みか訊いているのです。あなたがどなたの差しがねでいらしたのか、それともご自分の才覚でそうなさっているのか存じませんけれど、何をご所望なのかおっしゃいましな。どうぞ、ご遠慮なく」

「遠慮はしませんが、べつに何も所望するつもりはありませんよ」

「ほほほ、それはわたくしごとき小物を相手にしても始まらないということ？　もっと大きな相手――たとえば丹正流そのものを相手にして、大きな望みをつきつけたいということでしょうかしら？」

「大きいも小さいも、僕はこの話をネタに恐喝を働く意志は毛頭ありません。そういう無用の勘繰りはやめてください。あなたがそんなことをおっしゃるのを聞くと、悲しくなりますよ」

浅見は本当に顔を歪《ゆが》めた。美の探求が目的である華道を先導する丹正流家元の女帝が、いやしい憶測をたくましゅうするのは、地べたで氷雨に叩かれている花びらを見るような、うそ寒い気分だ。

　さすがに真実子もそれを感じたにちがいない。浅見を睨みつけている視線を一瞬、はずした。しかし、彼女の危惧《きぐ》と邪推は抑制しようがないもののようだ。

「でも、それではいったい、あなたの目的は何だとおっしゃるの？　浅見さん」

「一つは言うまでもなく、事件の真相を解明することです。高田氏と、それからその後につづいて殺された中瀬氏の事件の真相と犯人をはっきりさせたいのです」

「そんなことは警察のお仕事でしょう」

「もちろんそのとおりです。しかし、警察は必ずしも完全ではありませんからね。現に、警察はずっと僕の後から遅れてやって来ていますし、いまだに博之さんと鷹の家の女将の不倫の真相をキャッチしていません。ただのありふれた浮気程度にしか受け止めていないのです」

「そうおっしゃるのは、つまり、美鈴さんが博之の子だという意味ですの？」

「そうです」

「そのようなこと、調べもせず、証拠がありもしないで、軽々しくおっしゃるものではありませんわよ」

「残念ながら、証拠はあるのです。証拠があるということを、しっかり認識していただかないと、この話は前に進みません。証拠があるからこそ、高田氏は恐喝まがいのことをして、そして殺されたのです」

「その恐喝は、誰に向けたものだったとおっしゃるの？」

「もちろん、不倫の当事者でしょう」

「では、犯人はまるで、博之か鷹の家の女将さんのようではありませんか」

「ええ、常識からいえばそうなりますね。警察も不倫のことまではキャッチしていますから、一応、お二人のことを疑って、調査はしたようですよ。しかし、お二人とも、事件当夜のアリバイがはっきりしていることが分かって、警察も胸をなで下ろしたといったところでしょう。そしてそれ以上の追及はしないつもりです。お家元の安泰を願うのは、いかにも京都の警察らしいと思いました」

「それならば、もはや何も心配することはないではありませんか」

「警察はそれですませてしまうかもしれませんが、僕はあいにく風来坊ですから、京都にもお家元にも義理はありません。そう簡単に引き下がるつもりはないのです。それに、僕の目には、すでにまったく別の犯人像が見えていますからね」

「別の犯人とは、誰のことですの？」

「それは、あなたです」

少し芝居がかった仕種《しぐさ》で、浅見は人差し指を真実子の顔に向けた。

「ほほほ……」

丹野真実子はおかしそうに笑った。それは笑ってごまかそうという類《たぐい》のものではなく、よほどの自信のあることが分かるような笑いであった。何か間違っているのか——と、浅見は急に自信を喪失した。

「そうなのね、それがあなたの結論だったのねえ。けっこうよ、そう思っていらっしゃればいいわ。それで、その結論を警察におっしゃるのかしら？」

「いずれはそうなると思います」

浅見は不安に襲われながら、そう答えるしかなかった。

「そう、そういうことだったの。それが牧原さんの復讐だったのね」

「そうではないと申し上げたでしょう」

「そうね、あなたはそう信じてらっしゃるのかもしれないわね。でもね浅見さん、牧原さんがわたくしのことを気づいていなかったなどと、そんなことは不自然だとはお思いになりませんの？　わたくしはあなたが牧原さんに騙されているとしか考えられませんわね。そういう視点で見れば、牧原さんが丹正流華道への挑戦に名を借りて、わたくし個人の破滅を画策していることが明らかになってくるのではありませんか？」

（なぜだろう？——）

浅見はこれほどまでに真実子が懐疑的になる理由が分からなかった。たった一夜の、それも四十年近い昔の出来事を根に持って、牧原が執拗《しつよう》に「破滅」を画策してくることなど、ふつうの感覚からいえば考えられない。それを、いくら浅見が否定しても否定しても、真実子はほとんど病的とも思えるこだわりで疑りつづけるつもりのようだ。

牧原が真実、「六条御息所」の正体を知らなかったのは、彼の様子を現実に目のあたりにしている浅見には確信できることだ。それだけに余計、真実子の異常な猜疑《さいぎ》心にはそら恐ろしいものを感じた。これはもはや理屈や道理の範疇《はんちゅう》を超えた、情念による判断力というべきものだ。平山刑事が「女は子宮で物を考える」と言っていたことが、浅見の脳裏にまざまざと蘇《よみがえ》った。

（そうか——）

浅見の脳裏で連想が奔《はし》った。

こうまで丹野真実子を突き動かしているのは、「子宮」にインプットされた情報のせいではないのか——。

（そうか——）と、またしても思った。そういえば、牧原が奈緒の顔を見て、「どこかで会ったような」と、しきりに気にしていた。いま、真実子を見て、あらためて奈緒の面差しとどことなく似ていることに気がついた。祖母と孫の関係なのだから、当たり前——としか思わなかったのだが、祖母を知らない牧原が奈緒を見たときに受けたであろう、奇妙な感覚はこれが原因だったのかもしれない。むしろ、貴子が母親にも娘にもあまり似ていないのは不思議だが、それは隔世遺伝というものにちがいない。

そうして、その戯れのような連想の行き着く先で、浅見は愕然《がくぜん》と気がついた。

「あっ……」

思わず小さく声を発した。

「どうかなさいましたの？」

真実子は浅見の混乱を楽しむような目で、嫣然《えんぜん》と微笑んでいる。

「いや……」と、浅見はかぶりを振って、椅子を立った。いま浮かんだ着想のショックから脱出したいような気分だった。

「僕はこれで失礼します」

言うと、頭を下げて部屋を出た。背後から真実子が「浅見さん」と呼ぶのに、振り返りもしなかった。レジを通過するとき、浅見は用意しておいた封筒を置いた。

「これ、僕の分です。丹野さんには割り勘でとお伝えください」

「あ、お客様、そんなことをしていただいては困ります」

マネージャーは慌てたが、浅見は無視して店を出た。

封筒の中身は三万円である。足りるかどうか自信はなかったが、これがいまの浅見には精一杯の金額だ。それでも乏しくなってきた「経費」を考えると痛いが、(渇しても盗泉の水は飲まないのだ――)と思った。

マネージャーが追って来る気配を感じて、浅見は地下のショッピングプロムナードを走って逃げた。

第七章　嵐山吉兆亭

1

山科警察署は山科区のちょうど中央付近、総合庁舎の一角にある。この辺りは、かつては東海道線と京阪京津線の山科駅が北のはずれにあるだけの、のどかな田園地帯だったのだが、その真ん中を新幹線の高架が突っ切り、さらに南を名神高速道が東西に走って、環境は一変した。現在は、東山山麓ぎりぎりまで新興住宅地が広がり、商店や小工場も多く、雑駁《ざっぱく》な感じの風景だ。その昔、大石内蔵助が閑居していたところとは、とても想像できない。

電話でアポイントメントを取っておいたので、平山は玄関先で待機していてくれた。というよりも、浅見が署内に入るのを嫌ったためかもしれない。その証拠に、浅見の顔を見ると、大股に歩きだして、百メートルばかり、後ろも振り返らずにせかせかと歩いて、街角にある喫茶店に入った。

「あんたと付き合《お》うてるところを、あまり署の連中に見られたくないもんで」

平山は鼻の頭に皺《しわ》を寄せるような笑い方をして、そう言った。

「あれ？　僕は何か、平山さんにとって、都合の悪いことをしましたか？」

「いや、そういうわけやないけど、どうも、上が神経質になっとるもんでね」

「というと、捜査は必ずしもうまくいってはいませんね」

「必ずしもどころか、さっぱりですわ」

警察の捜査は遅々として進まない状況であった。高田哲郎および中瀬信夫の殺害事件は関連ありと見て、山科署と中立売署の捜査本部は相互に連絡を取りあって、おそらく近いうちに合同捜査本部が山科署に設置されることになると思われるのだが、それは捜査本部の拡充というより、どちらかといえば縮小統合のニュアンスが強い。

「このところ、京都府警管内では、どこの署も暴力団がらみの事犯の頻発に手を焼いておって、自分の頭の火の粉を払うのだけで手いっぱいなんや」

「しかし、山科署はかなり大型の警察署じゃないですか。刑事さんだけで四十人ぐらいはいるのじゃありませんか？」

「ふーん、あんたは何でもよう知っとるな。そのとおり、刑事は四十人、署員は二百七十名、京都府警管内では三番目の大型警察署ですよ。けど、現在、本事件の捜査の専従は、うちの署からは十二人だけや。あとは府警の一課から主任さん含めて七名」

「えっ、たったそれっぽっちの捜査陣なんですか？」

「それかて、どんどん縮小されるやろな。捜査本部が設置された当座は、府警本部や隣接署からの応援が詰めかけて、連日、百人近い捜査員が聞き込み捜査に当たっとったんやけど、聞き込みがひととおり終わってしまうと、情報がさっぱり取れなくなってしもた。ただ歩き回るか、パチンコで暇つぶしばっかししとるわけにもいかんし、そうなったら、刑事自身がノイローゼになるな。人員整理はやむをえんいうことやな」

「それにしても、わずか十九名では、大変でしょう」

「大変なんていうもんやないね。主任とデスクが本部に残ると、動ける刑事は十六、七人。原則として二人一組で動くことになるさかい、八組の捜査員が広い京都の街をうろつくわけや。おまけに、その人数で東京へ行ったりせなならんのやさかい、全員バテバテやな。捜査費用をケチるさかい、鳥取へ行ったりする時間も金もない。すべて電話でことを済ませるっていうわけや」

　平山はジロリと鋭い目になった。

「そや、浅見さん、あんた、鳥取へ行ったりする費用は、どこから出とるんかね？」

「もちろん取材費ですよ」

「ふーん、雑誌社いうのは、そんなに景気がええもんやろか。鳥取へ行ったり、京都に何度も来て泊まったり、相当な経費がかかっとるはずやけどなあ」

「ははは、心配してくださるのはありがたいけれど、いまはそんなことに気を遣っている場合ではないでしょう」

「うん、それはまあそうやね。で、きょうは何の用です？」

「平山さんに教えていただきたいことが二つあるのですが」

「何です？」

「諸井寧子さんが祇園の芸妓を辞めた理由は何なのか、ということです」

「ん？　そんなん、知らんですよ」

「えっ、知らないのですか？」

これは正直、浅見には意外だった。

「知りまへんなあ。たしか四年ばかし前に辞めて、それから高瀬舟に勤めたいうことは聞いとったけど。しかし、それが何か重要な意味でもあるんですか？」

「分かりませんが。鳥取で岩田祥子さんに聞いた話だと、諸井さんは舞妓になりたくて鳥取を出たのだそうです。憧れの舞妓になり、芸妓になったというのに、なぜ辞めてしまったのか、不思議ではありませんか？」

「ふーん、不思議ねえ、そやろかなあ。芸妓なんて、つらい商売とちがうんやないか、思うとったが……けど、それが何か問題になるんかね？」

「分かりません」

「なんや、分かっとらんのですか」

「ええ、しかし、辞めた理由ぐらいは知っておきたいと思います。かといって、僕のような余所《よそ》者が祇園へ行って訊《き》いて回っても、誰も相手にしてくれませんから」

「それはそうやろなあ、祇園は口の堅いとこや。分かりました、そのくらいのことなら調べてみましょ。で、もう一つの頼みいうのは何です？」

「丹野博之氏と鷹の家の女将《おかみ》のアリバイですが、どこで何をしていたのですか？」

「ああ、それですか……そうやね、ま、教えてもかまわんかな。花見ですよ花見」

「花見？　夜中にですか？」

「夜中いうても、犯行時刻は午後九時から十時ごろでしょう。まだ宵の口いうところですな。場所は嵐山の吉兆亭」

「吉兆亭で花見ですか？」

「そう、豪勢なもんですなあ。われわれは、夜桜見物いうても、せいぜい地べたにシートを敷いて、安酒を飲むくらいなもんやけど、丹正流の家元さんともなれば、吉兆亭で舞妓やら芸妓やらを揚げてドンチャン騒ぎ——かどうか知らんが、とにかく四月四日の夜は丹野家は一族集って、夜桜見物をしてから吉兆亭に入って、午後十時ごろまで、全員がそこにおったことが分かっております」

「えっ？……」

浅見はショックだった。

「全員、というと、家元夫妻もですか？」

「もちろんですがな。女子高に入ったばかりのお嬢ちゃんもいてはったそうですよ。あ、それと、そこには鷹の家の女将も、舞妓らを引き連れて顔を出しとったそうです。そのへんのことは、すべてウラは取れてます」

「じゃあ、犯行は不可能ですか……」

「犯行いうと、高田殺害のことを言うとるんですか？　決まってますがな。当然、そういうことになります。あるとしたら、第三者、たとえばマル暴関係の人間に頼むいうことが考えられんでもないが、しかし、それはせんでしょうな。そないなことをすれば、かえって連中に付きまとわれて、結局は身の破滅になるのは、分かりきったことやしね」

浅見は丹野真実子のことを考えて言ったのだが、平山は丹野博之と鷹取冬江のこととして受け取っている。

（そうか――）と、浅見は、桃季での真実子の、異常とも見えた自信たっぷりの様子が納得できた。それと同時に、その真実子に向けて、芝居気たっぷりに指を突きつけたことを思い出して、頭にカーッと血が昇った。

「どないかしたんですか？　顔が真っ赤でっせ」

平山が驚いて顔を突き出した。

「いやべつに……コーヒーが胃にしみたんですよ」

「コーヒーが？　そら浅見さん、胃潰瘍とちがいまっか。気ィつけたほうがええなあ。だいたいあんたは働きすぎやね。いまどき、刑事かてそないには働きまへんで」

そうかもしれない――と浅見は思った。たしかに疲れているにちがいない。そうでもなければ、短絡的に丹野真実子を犯人と決めつけるようなことはなかっただろう。しかし、そう思う一方で、何かアリバイづくりの方法があったのではないか――と、推理小説なみの憶測をめぐらそうとする自分にも気づいていた。

「話は違いますが」

浅見は気を取り直して言った。

「諸井寧子さんの行方について、警察にはまだ情報は入っていませんか？」

「ああ、まだ何も。あれっきり寧子は留守で、杳《よう》として行方が摑《つか》めへんのです」

「何か方法はないのですか？」

「そうやねえ。容疑者でもない諸井寧子を指名手配するわけにもいかへんしな。しかし、警察としては、鳥取の諸井家に家出人捜索願を提出させることになる、思いますよ。暴力団がらみの事件に巻き込まれる危険性があるし、一刻も早く身柄を保護したいため——いうのがその理由やが、いや、これは嘘も方便いうだけやのうて、浅見さんも言うとったように、ほんまにその可能性があるんです」

「ええ、それがいちばん心配な点です。警察は事件が起きたり死体が発見されないと、本気で動こうとしませんからねえ」

「ははは、それは自分も否定しませんよ。しかし、それにしても浅見さん、なんであんたは、そないに熱中しよるんかいな？」

平山は、例の刑事の目になって、浅見を見つめた。

「ただの取材目的いうには、ちょっと熱心すぎまっせ。これがあんたでなかったら、いや、たとえあんたでもそうかもしれへんが、ひょっとすると、恐喝目的でプライバシーを調べとるんやないか、思うところやな」

「そうですね、そう思われても仕方がないかもしれません。しかし、僕は純粋に取材が目的ですよ。ただ、それ以外に好奇心と、それから、少しばかりの正義感があるのかもしれません」

「ふーん、正義感なあ……ずいぶん長いこと聞かへんかった言葉みたいやが」

「ええ、口にするほうも照れくさいです」

「いや、そんなことはあらへん。言葉に出せるいうのは大したもんですがな。署長室の壁には、『正義と真実』いう書が掛けてあるけど、色褪《いろあ》せてしもて、そんなもん、誰も真剣に考えもせんようになっとる。それがほんまやったら、自分はあんたをあらためて見直さんとあきまへんな」

平山は口をへの字に結んで、ひとり頷《うなず》いている。ずいぶんくだけているように見えるけれど、根は真面目な警察官なんだな――と、浅見は好ましく思い、その平山を、なかば騙《だま》しているような状況に、少なからず罪悪感を抱いた。

＊

その夜遅くに、平山刑事はホテルにやって来た。

「諸井寧子の件で、ちょっとおもろい話を聞き込みました」

ロビーの椅子に坐るやいなや、呼吸も整わないうちに言いだした。

「浅見さんが言うたとおり、祇園の連中は口が堅かったが、なんとか訊き出しました。諸井寧子はなんと、鷹の家の亭主とでけとったいう話です。それが女将にバレて、祇園におられんようになったんやね。鷹の家は祇園でも二番目か三番目に大きい店やさかい、女将が怒ったら、ただではすまんらしい」

「何年前のことですか？」

「そやから四年前でんな。それで結局、芸妓を辞めさせられて、花見小路の高瀬舟に勤めたいうことです」

「ご亭主のほうはどうなったのですか？」

「二年前に死によりました」

「えっ、亡くなった？　死因は？」

「ははは、浅見さん、あんたはいま、殺されたんやないかと思うたんでっしゃろ。残念ながら病死です。ガンやったそうでんな」

「ガン……」

「肝臓ガンやないかいう話でした。かなり早かったそうやが、それでも三月ほど入院しとったいうから、事件性はないと考えてよろしやろな。ま、そういうわけやからして、鷹の家の不倫はどっちもどっち。脅されて困るようなことやなかったと考えてええでしょうな」

（それは違う――）と浅見は思った。単なる浮気や不倫ではなく、子どもまで生《な》していたとなると、事情は違ってくる。あの録音テープを聞いていれば、平山だって自ずから考え方が変わるだろう。その意味で、浅見は捜査に協力しきれていない憾《うら》みを感じないわけにいかない。

もっとも、だからといって、丹野博之と鷹の家の女将、それに丹野真実子のアリバイが動かしがたいことに変わりはないのだ。

(負けた——)

丹野真実子が高田とそれに中瀬を殺害する動機は、もちろん、丹正流家元である丹野家を恐喝者から守るためだと浅見は考えた。高田・中瀬と真実子とのあいだにどのような接点があったのかは分からないが、「恐喝」を察知することは、それほど難しくはなかっただろう。あるいは、博之あたりが泣きついたのかもしれないし、ことによると、高田が真実子に直接、脅しをかけた可能性だってありうる。

また、二ノ瀬の原山家に諸井寧子を隠した点や、寧子が事件当日、鳥取に帰っていたことも、きわめて作為的で、高田殺害の罠を仕掛けたのではないか——と疑うに足るものがある。たとえば、あの家に高田を招き入れ、毒入りのコーヒーを飲ませて殺害し、車で東山ドライブウェイに運んで捨てた——という犯行は、十分、成立する。

そう考えたから、浅見は真実子を犯人とする仮説を立てたのだが、肝心の真実子にアリバイがあっては、仮説は根底から崩れてしまう。

何か逃げ道があるのではないか――と、浅見は平山の顔を見ながら思案した。

「さて、引き上げるとしまひょか」

平山が立ち上がって、玄関まで行くのを見送りながら、その間ずっと、浅見はアリバイ崩しの方策を思いつづけていた。

部屋に戻ったとたん、電話が鳴って、浅見の妄想を吹き飛ばした。電話は牧原良毅からだった。「いやあ、やっと捕まった」と、くたびれたような声を出した。

「じつはですな浅見さん、思いがけない人物から電話をもらったのですよ」

「はあ、誰でしょうか？」

「それが驚くなかれ、なんと丹野真実子女史、丹正流家元夫人です」

「えっ……」

驚きながら、浅見はどこかで（そういうこともありうるか――）という気がしないでもなかった。

「驚いたでしょう。私も驚きましたよ。不倶戴天の相手からの電話ですからな。それも、ぜひお会いしたいと言ってきた。どういうことでしょうなあ？」

「丹野さんは用件のことは言ってなかったのですか？」

「ああ、お目にかかったときにお話しすると言ってました」

「それ以外に、何か言いませんでしたか」

「それ以外というと？」

浅見は迷った。牧原にあのこと、、、を伝えるべきか、それとも知らないままで真実子に会ったほうがいいのか――。

「浅見さんは丹野女史に会ったのじゃないですかな？」

牧原は怪しんだ口調で、訊いた。

「ええ、会いました。じつは妙なめぐり合わせで、丹野さんの孫娘――例の、展示会場で先生の作品を称賛していた彼女ですが、あの子が僕を頼って東京に家出してきたのです。それを送り届けて京都に来て、丹野夫人に会いました」

「ほう、そんなことがあったのですか」

「それでですね、丹野夫人は僕が牧原先生の手先のように誤解しているのです。それどころか、中瀬氏はもちろん、高田氏までが、牧原先生の意向を受けて、丹正流攻撃か恐喝を仕掛けたのではないかと疑っています」

「そんなばかな……いったい何を考えているんだ」

「その点ははっきり否定しておきましたが、あのひとは思い込みのきつい性格なのか、なかなか疑いを解きません。先生に会って、不愉快なことを言わないといいのですが」

「うーん……そういうことであれば、会うのはやめておきますか」

「いえ、それはお会いになったほうがいいと思います」

「それはまた、どうして？」

「僕がいま申し上げなくても、お会いになれば分かることです」

「なんだか、丹野女史と同じようなことを言うが、どういう意味ですかな？」

「とにかくお会いになることをお勧めします。それで、いつと言っているのですか？」

「明日、東京へ出て来るそうです。芝増上寺前の『K』で正午に会うことにしました」

Kは高級フランス料理の店として有名だ。浅見はもちろん行ったことはない。しかし、まさかその店で「惨劇」が行なわれることはないだろう。

2

N女学院の通学路は、えんえんと帯のようにつづく茶色の制服姿で埋まっていた。

浅見はその列の先頭が通過しはじめるころから坂の入口付近に佇《たたず》んでいる。中学から高校までの女生徒ばかりだから、浅見の年齢から見ると妹どころか、下手をすると親子に近い歳の差だが、小さいながらも女性は女性である。通り過ぎる彼女たちの好奇の視線に晒《さら》されるのは、かなりしんどい。「お嬢さん学校」と言われるだけあって、躾《しつけ》のいい上品な子が多いけれど、中にはひょうきん者もいるらしく、浅見に向けて「かっこいい」などと、冷やかすような声がかかることもある。

どれも似たようなタイプばかりで、見分けがつくかどうか不安だったが、丹野奈緒のほうから見つけて、声をかけてくれた。

「浅見さーん、こんなところで何しているんですか？」

「やあ、おはよう」

奈緒の隣に鷹の家の娘がいるのを見て、浅見はとりあえずほっとした。奈緒の心から、美鈴に対するこだわりが完全に抜けたはずはないが、それを抑制する理性が勝ったということなのだろう。賢い子だ——と思った。

「ちょっときみに訊きたいことがあってね、学校まで一緒に歩いていいかな」

「ええ、もちろん」

三人は肩を並べて坂を登った。

「このあいだは、どうもありがとうございました」

奈緒はペコリと頭を下げた。一昨日のことを「このあいだ」とぼかしているのは、美鈴を意識しているのである。美鈴はたぶん、奈緒と二人で東京へ行きかけた日のことだと思ったのだろう。奈緒を真似て「ありがとうございました」とお辞儀をした。

「訊きたいことって、何ですか？」

「いつかの国際生花シンポジウムのときだけど、二日目の晩のお別れパーティにも、きみが来るのかと思ったのだが、たしか来てなかったね？」

「ええ、一日目のレセプションは正式なものだから出席しましたけど、二日目は出なくてもいいって、お許しがあったんです」

「お許しって、お家元の？」

「ええ、祖父もですけど、父もそう言っていました」

「じゃあ、ご出席はどなたが？」

「祖父と両親は行きました。私と祖母がお留守番」

「そうだったのか、それで会えなかったというわけですか」

浅見はいかにも残念そうに言ったが、別の意味で、残念なのは本心であった。

「奈緒さんは、どっちかというと、お祖母さん子なんじゃないかな」

「ええ、祖母といちばん気が合うみたい」

言って、奈緒は怪訝《けげん》そうに訊いた。

「あの、浅見さんはそんなことを訊きたくて、わざわざここで待っていらっしゃったんですか？」

「ははは、いや、きみに会う口実を探していたんですよ。これで僕は東京へ帰りますからね。今度いつ会えるか分からないから、さよならを言いたかった」

浅見は足を停《と》めた。もう目の前に校門があった。

「じゃあ」

「さようなら、また京都にいらっしゃったら、きっと声をかけてくださいね」

奈緒は心残りを振り切るように、身を翻して校門の中に消えた。

＊

レストランKは、ヨーロッパの古い町にでもありそうな、古風な館を思わせる造りの建物である。大理石の柱に囲まれた玄関ホールからして、どことなく秘密めいた雰囲気が漂っている。金ぴかの壁と赤い絨毯《じゆうたん》の小さなエレベーターで三階まで行き、ドアボーイに「牧原」と名乗ると、廊下の奥の小部屋に案内された。中央にほぼ正方形のテーブルと、椅子が四脚あるだけだ。

ボーイは奥の椅子を引いて、「丹野様から、しばらくお待ちいただくようにとのご伝言でございます」と、慇懃《いんぎん》な口調で言った。

しかし、それほどの時間は待たされなかった。ほどなくドアがノックされ、ボーイの開けたドアから女性が入ってきた。牧原は立ち上がって彼女を迎えた。

「お待たせいたしまして、申し訳ございません。丹野真実子でございます」

春らしいスモーキーグリーンのスーツに、ほとんど白に近い淡いオレンジのブラウス。襟元に慎ましやかなダイヤのネックレスが光っている。痩《や》せているわけではないが、スマートな感じのする、バランスのいい体型である。髪の毛は染めているのか、わずかに栗色がかった黒髪で顔の皺もさほどではない。丹正流家元夫人は、たしか六十歳をいくつか超えているはずだと思っていた牧原の目には、驚くほど若々しく映った。

「はじめまして、牧原です」

いくぶん緊張ぎみに、牧原は挨拶し名刺を出した。

「ほほほ」と家元夫人は、名刺を受け取りながら笑った。

「おはじめてではございませんでしょう」

「は？　そうでしたかな、これは失礼。どうも歳のせいか、お顔を憶えておりませんが、すると、国際生花シンポジウムのときに、お見えでしたか」

「いいえ、あれには参っておりません。もっと昔のことでございます」

「はあ、昔といいますと……そういえば、どこかでお目にかかったような気がしますな。いや、しかしそんなはずは……」

牧原は首を傾《かし》げた。たしかに言われてみると、家元夫人の面差しに遠い記憶があるような気がしないでもないが、いまにも喉元まで出かかっていそうでありながら、どうしても思い出せない。

「六条でございますよ」

「六条、さんですか。えっ……」

牧原は「あっ」と口を押さえた。

「まさか、あの、荘川の……」

「さようでございます、荘川のあのときの六条でございます」

あの嵐の夜の、奇妙で蠱惑《こわく》的な出来事が、牧原の脳裏に爆発するように蘇《よみがえ》った。

「なんと……」

ウエイターが入ってきて、丹野真実子が何か注文しているのも、牧原はまったく耳に入らないほど仰天していた。ワイングラスに赤い液体が注がれ、真実子に「牧原さん」と呼ばれて気がつくと、ソムリエがうやうやしく味見を待っている。

形式的に味わって「結構です」と言ったが、何もかも上の空であった。

「驚きましたなあ……」

ようやく言葉が出た。

「そうおっしゃられて、たしかに昔の面影を思い出しました」

「すっかり変わってしまって、お驚きになったでしょう」

「いや、変わってはおいでだが、あのときの面影はそっくり残っています」

「嘘ばっかり。思い出されるまで、ずいぶん時間がかかりましてよ」

「それは、あまりにも意外でしたからなあ。しかし、あなたが丹野さんの奥さんとは、なんとも不思議なご縁というか……」

驚きが収まる後から、大きな感慨が押し寄せてきた。

「そうしますと、あのとき、たしか気にそまない結婚を迫られているとおっしゃっていたが、それがまさか丹野さんでは？」

「そのまさかですのよ。そのころのわたくしは、跳ねっ返りのお転婆でしたから、生け花のお家元なんて、辛気臭くて、いやでいやでしようがありませんでしたもの。それに、丹野とわたくしとでは歳の差もずいぶんございましたしね」

オードブルからスープへと、料理が進んでいくにつれ、牧原の気持ちもようやく落ち着きを取り戻した。

「そうでしたか……なるほど、彼が、お会いすれば何もかも分かると言っていたのは、このことでしたか」

「彼とは、浅見さんのことですの？」

「そうです、あの男も人が悪い。何も教えてくれないのだから」

（そうか――）と、牧原は浅見の言った意味の、さらに先にあるものに気がついた。真実子は遠い過去へのこだわりというスクリーンを通して、今度の事件を見ているのかもしれない。だとすると、牧原から見れば愚かしい邪推としか思えないような認識を抱いていても不思議ではなかった。

「あなたと浅見さんとは、すでにかなりお話しされたそうですな。お嬢さん――いや、お孫さんになりますか。あの子が家出なさったとか聞きました。奈緒さんとおっしゃったか、いいお子さんですなあ。私の作品を褒めてくれましたよ」

「そうですの。奈緒はあなたのファンですのよ。今度の家出もあなたの作品集を親に内緒で買ったことが原因です」

「えっ、そうですか。それはまた、どういうことか分かりませんが、ともかくご迷惑をおかけしました」

「とんでもございません。奈緒がよいと思うものは、よいと思えばよろしいのです。たとえ他流のものであろうと、たとえ邪悪なものであろうと」

「ははは、邪悪はひどいですな」

「でも、心正しくなければ、作品も邪悪ではございませんかしら」

冗談かと思って聞き流すつもりだったが、真実子の目は笑っているようでいて、その奥に冷たい鋭いものがあった。

「これは聞き捨てなりませんな。そのおっしゃりようだと、私の作品も精神も、邪悪であるかのごとく聞こえますが」

「ええ、そのつもりで申しましたの」

真実子の使うナイフとフォークが、牧原のほうに向けられているような気がした。

「というと、やはり浅見さんが言っていたように、私が高田氏や中瀬をそそのかしたとお考えですか？」

「ええ、そう信じています」

「それはあれですか、荘川での出来事があったことを前提にお考えかな？」

「ええ、これまではそうでした。でも、いまお目にかかって、どうやら、浅見さんがおっしゃっていたとおり、あなたがわたくしの正体にお気づきではなかったらしいことは、信じてよさそうですわね」

「そのとおりです。私はまったく知りませんでしたよ」

「それはそれとして、あのお二方があなたのご意向を受けて動いていたことは、間違いのない事実だと思いますけど」

「いや、それは違う、違います。もちろん、中瀬は私の秘書ですから、責任逃れを言うつもりはないが、私の意志とはまったく無縁で行動していたことは、嘘偽りのない事実ですよ。ちょっと、その前にお訊きしたいのだが、いったい彼らはあなたに何をしたのですかな？」

真実子は眉をひそめ、そこまでとぼけるのか——というように首を振った。

「恐喝ですわ、明らかな」

「恐喝の材料は、やはり博之さんの不倫問題ですか」

「そうです。ほら、やっぱりご存じじゃありませんか」

「いや、知ったのは事件があった後のことです。しかし、かりに恐喝であるならば、当事者である博之さんのほうにいきそうなものですが、なぜあなたに？」

「博之では埒《らち》があかないと考えたのではありませんの？　あの子は養子の身分ですから、経済的にも、そうそう自由がきくわけでもありませんものね。その点、わたくしは母親で甘いし、たぶん、丹正流の金庫番だとでもお思いだったのじゃないかしら」

「というと、彼らは金銭的な要求を突きつけたのでしょうか？」

「それもございましたわ。でも、金銭で片がつくことならまだしも、途方もない要求をして参りましたのね。家元制度の廃止へ動けといったような」

「ほう、そんなことを……」

「ことに、中瀬という人は、国際生花シンポジウムの期間中に、家元からその意向を内外に示すようにとの要求でした。聞くところによりますと、あなたが会議の席上、ご立派なご意見を述べられたそうですけれど、それに合わせてそういう発言を引き出したかったのでしょうね。このことだけでも、ただの恐喝ではなく、後ろであなたが糸を引いていらっしゃると憶測するのが当然ではございませんか？」

「なるほど……それが事実であるなら、たしかにあなたの疑いも根拠のあるところですな。しかし、何度も申し上げるが、私はまったく関与しておりません」

「いくらあなたがそうおっしゃっても、わたくしは、はいそうですかと納得するわけには参りませんわね」

「それも理解できます。しかし丹野さん、あなたはそれで、あの二人を殺害してしまったのですか？」

牧原は声をひそめて言ったのだが、真実子はその配慮を虚《むな》しくするように、声を荒らげて言った。

「なんということをおっしゃるの。今度はそのことでもって、わたくしを脅すおつもりなのかしら？」

「とんでもない、私がそんなことはするはずがないでしょう」

牧原は肩をすくめ、目を閉じた。手がつけられない――と思った。

「しかし丹野さん、いま聞いたような事情があるとなると、警察は当然、あなたや、それに博之さんを疑ってかかるのではありませんか？」

「ええ、わたくしが恐喝されたことは警察は知りませんから、わたくしのところには参りませんでしたけれど、博之たちのところには刑事が来て、事情聴取をして行ったそうですわ。もちろん、いまのところマスコミにも誰にも知られてはおりませんけれど、今後も刑事の出入りがつづくようですと、マスコミが嗅《か》ぎつけないともかぎりません。本当に困ったことです」

「それで、みなさんの疑いは晴れたのですか？」

「当然ですわよ。第一、わたくしどもには、ちゃんとしたアリバイがございましたもの。警察もそのことを申しておりました」

「そうですか、それはよかった」

そうは言ったものの、牧原は真実子の言うことを、丸々信用できるとは思っていない。推理小説にはあまり関心はないが、アリバイづくりというものがある。警察が認めたアリバイにしたって、何か巧妙に仕組まれたものであるのかもしれない。

「本当によかったとお思いですの？」

牧原の心を見透かしたように、皮肉な目である。

「もちろんです」

「でも、これで何もなく終わってしまったのでは、あなたにとっては不本意ではございませんの？」

「不本意とは、中瀬の不幸だけが残るという意味では、おっしゃるとおりだが」

「そうではなく、丹正流に何の打撃を与えることもなしに、幕を閉じることを申し上げているのです」

「そのことを、なぜ私が不本意に思わなければならないのです？」

「あなたの狙いは、あの二人とはまた別のところにもあったのではございませんの？」

「ん？　別のところとは？」

「博之の失脚です」

「博之さんの失脚？　それはどういう意味ですか？」

「あの子は間もなく、丹正流家元の名跡を継ぐことになっておりますの。それを妨げようというのが、あなたの本当の目的ではございませんの？」

「なんという……驚きましたなあ、どこをどう考えれば、そのような突拍子もないことを思いつかれるのでしょうか」

「それはあなたご自身が、胸に手をお当てになればお分かりでございましょう」

「私が？　どうしてです？　私に何を思いつけと言われるのかな？」

「お忘れになったとは言わせませんわよ」

「忘れたとは、何をです？」

「ほほほ、白々しいことを……」

真実子の目が妖しく、気のせいか、艶《なま》めかしくさえ見えるように光った。

「あの嵐の夜に何があったか、よもやお忘れではございませんでしょう？」

「それは、もちろん、忘れるどころか、私にとっては生涯の重大事件でしたからな。いわば、私の命運を左右するような出来事だったと言ってよろしい。あなたが私の活けた花を評して、『すてき』と言われたあの言葉が、私を華道に引き戻したのは事実です。そのことはいままでも感謝しておりますよ」

牧原はごく自然に頭を下げたが、真実子は冷やかに「そんなことはよろしいのです」と言った。

「わたくしがあなたに何を申したかは、忘れました。けれども、あなたがわたくしになさったことは、忘れようのないことでございましたわ」

「ああ、そのことをおっしゃっていたのですか」

牧原は年甲斐もなく照れて、苦笑した。

「いや、私だって忘れてはおりませんよ。あなたに不愉快な思いをさせたのなら、申し訳ないことだが、私にとっては、夢のような不思議な体験でした。当時のすさんだ生活を思えば、信じられないような至福の時でありました」

「あなたにとっては至福でも、わたくしにとっては終生、重荷を負わされる結果でございましたわ」

「ですから、そのことは申し訳ないと」

「いいえ、そうではなく……」

真美子は焦《じ》れったそうに身を揉《も》んだ。

「わたくしは結果と申し上げたでしょう」

「結果？……」

「そうやっておとぼけになる。卑怯《ひきょう》でございますわよ」

「卑怯？　なんということを……」

「そうではございませんか。奈緒の顔を見て、あなたははっきり、そのことにお気づきになったのでしょう。何度も、どこかで見た、どこかで会ったとおっしゃったそうではありませんか。そうやってあの子を手懐《てなず》けて、ご自分の目的を達しようとなさっておいでなのでしょう。それもまた卑怯でなくて何でございましょう」

「?………」

牧原は頭の中が混乱した。真実子の言っている意味がさっぱり分からない。

(何を言っているのだろう？　孫のことを言われて、何を怒っているのだろう？　手懐けるだと?――)

いくつもの（?）が浮かんで、やがて牧原は愕然《がくぜん》と気づいた。

「えっ、それでは、まさか?……」

信じられないことだが、ぜったいにありえないことでもなかった。あの「出来事」があった直後に、六条真実子は丹野家に嫁いでいるのだ。

(そういえば――)と思い当たった。丹野奈緒の双眸《そうぼう》に、どこかで見たような記憶があったのは、鏡の中の自分のそれだったのだ。面差しは祖母の真実子に似たところがあるけれど、眸《め》は牧原自身の遺伝子を受け継いだのかもしれない。

瞬間、なぜか牧原は、ついに子を生《な》さぬまま逝《い》った亡き妻のことを思った。

「ようやくお認めになったようですわね」

真実子は勝ち誇ったように頭を反らせて、言った。

「それは、しかし、事実なのですか？」

「ええ、残念ながら、事実でございます。もちろん丹野は、いまにいたるも知りませんけれど、わたくしには分かりました。それは女でございますもの」

「では、お嬢さん、貴子さんも？」

「とんでもない、貴子があなたの子であるなどと、どうして申せましょう。すべて、わたくし一人、胸に秘めて参りました。あなたが野望をお持ちになられるまではね」

「私には野望など、毛頭ありませんよ」

「そうは思えませんわね。あなたは博之を失脚させて、奈緒に丹正流家元を継がせようと思い立たれたにちがいありませんわ」

「そんなことは妄想に近い……」

牧原はため息をついた。

「それでは、いったい、どうすれば信じてもらえるのですか？」

「今後、わたくしどもに近づくことはおやめいただくこと。それと、あの録音テープをぜひお渡しくださいませ」

憎悪に燃えた目が、牧原を睨《にら》んでいた。

3

四谷の日生会事務局に浅見を迎えた牧原の顔には、老人斑《はん》のようなどす黒い疲労の色が浮かんでいた。

「テープの存在を知っていて、しかも牧原先生が持っておられることを察知していたというのには驚きますねえ」

浅見は牧原の話を聞いて、何度も頷きながら言った。

「浅見さん、そんなふうに感心してばかりいては困りますなあ」

「すみません。それで、先生はテープがお手元にあるとおっしゃったのですか？」

「ああ、言いました。咄嗟《とっさ》のことで、うまく誘導訊問に引っ掛かったような気もしないではないのですが、気がついたときは、すでに遅かった」

「そうですか……それではますます、丹野女史は先生が事件の黒幕であることを確信したでしょうね」

「そうでしょうなあ。そこで浅見さん、テープはどうしたものですかな。渡したほうがよろしいのか」

「先生はお渡しすると約束されたのではありませんか？」

「じつはそうなのですがね。しかし、後で考えて、それでいいものかどうか、やはり浅見さんに相談してからにすればよかったと思いましてね」

「それはお渡しになったほうがいいでしょうね」

「そう、そう思いますか。いや、私もじつはそのほうがいいと思っていたところです。しかし、そうしてしまうと、こっちには何も武器が残らないことになるが」

「武器といいますと、どういう戦いのための武器ですか？」

「それはつまり……なるほど、戦う目的はありませんかな」

「ええ、あのテープを使うような戦いになれば、どちらも無傷ではいられません。いまは警察も表立って恐喝があったかどうかを発表していませんが、テープの存在を知れば、ただちに恐喝があったものとして、この事件を追及するでしょう。そうなれば、日生会も傷がつくし、いわんや丹正流家元には大きな汚点が残ります。失うものの比率からいえば、失礼ですが、日生会よりも丹正流のほうがはるかに大きいと言えますが」

「いや、やめましょう。争いを好むものではありません。それに、以前とは事情が変わった」

「そうですね。丹正流家元が、赤の他人ではなくなったのですから」

「ははは、妙なものですなあ。運命というやつは、皮肉ないたずらをする」

「いま気がついたのですが、これで、丹正流四十三代にして、丹野家五百年の血筋が絶えることになるのですね」

「えっ？　あっ、そうか……そうですな、博之氏は養子だったか……」

「表向きは、真実子夫人以外、誰もそのことを知らないわけですが、これはじつに重大にして厳粛な事実です」

「うーん……そうでしたか」

牧原は自分の罪を見つめる目になった。

「浅見さん、考えてみると、今回のことで、もっとも悪い人間は、この私かもしれませんな。見渡すかぎり死屍累々《ししるいるい》たる中に、独り勝ち誇っているようだ。こんなことでは、遠からず罰が当たりましょうな。しかし、どうもおぞましいことに、私はあの奈緒という子がいとおしくてなりません。なんという罪深い人間なのだろう」

ため息をついて、そのまま感傷の底に沈み込んでしまいそうだ。

「お忘れになってはいけませんよ、先生」

浅見は叱咤《しった》するように言った。

「まだ事件は終わったわけではないのです。高田さんと中瀬さんを殺した犯人は、特定すらされていないのですから」

「ああ、そのとおりですな。それで、警察の捜査はどうなっているのですか」

「警察はもっぱら暴力団関係者の犯行と断定して、情報の洗い出しに懸命です。実際そのとおりかもしれませんし、だとすると僕なんかの手にはまったく負えません」

「そうでない可能性はあるのですかな?」

牧原はまるで彼自身が犯人であるかのような、怯えた目で浅見の顔を窺《うかが》った。

「分かりません。もし丹野女史のアリバイが完璧なものであるとなると、正直言って自信はありません」

「彼女のアリバイには、何か不審な点があるのでしょうかな」

「それも分かりません。四月四日の犯行時刻には、嵐山の吉兆亭にいたそうですが、吉兆亭がどういうところで、犯行のチャンスがあるかどうか、調べてみないことには、なんとも結論が出せません」

「しかし、嵐山と東山とでは、京都の西と東ですよ。町中を突っ切って行くとなると、一時間近くかかるのじゃないですかな」

「いや、東山ドライブウェイはあくまでも死体遺棄現場であって、殺害現場ではありません。

たとえば、吉兆亭からひそかに抜け出すことが可能ならば、付近のどこかで高田さんを殺害して、死体を車に載せておいて、宴席に戻り、後に東山の現場まで運んだと考えることもできるのです」

「あ、なるほど、それはそうですな」

牧原はたちまち不安そうな顔になった。

「私は一度だけ吉兆亭でご馳走になったことがあります。どういう造りになっていたか、そんな気があって見たわけではないが、庭に面した部屋や廊下がいくつもあるから、たしかに、浅見さんが言われたように、外へ抜け出すことは容易かもしれません。だとすると、やはり丹野女史が犯人ですか」

「ははは、そんなに短絡的に決めないでください。周辺の状況や、殺害可能な現場がはたしてあるものかどうか、検証してみなければ何とも言えませんよ」

「それはそうでしょうが、しかし、もし彼女が犯人だとすると、これは悲惨なことになりますなあ。浅見さん、どうしても真犯人を追及しなければなりませんかね」

「やむをえないでしょう」

そう答えたが、浅見の胸の内も複雑だ。牧原に調査を依頼されたとき、日生会の名誉を守ることを第一に――という条件があった。その後、状況が変化するにつれて、奈緒や美鈴の幸福を侵害することは望ましくないと思うようになったし、いまはもう、関係者の誰をも傷つける結果にはしたくない気持ちが強くなっている。

「死んだお二人の無念を思えば、やはり正義を行なうほかに道はないと思いますが」

「正義と言うが、浅見さん、もともとは彼ら二人が博之氏たちのプライバシーを侵し、恐喝したことに端を発しているのですぞ。もしも二人が死んでなければ、彼らは加害者になるところだった。逆に恐喝を受けた側にしてみれば、結果として殺人者になってしまったことも含めて、被害者といっていいのではないですかな。誰も望んで人を殺したかったわけではないでしょう。それを罰するのが、はたして正義と言えますか」

「おっしゃることはよく分かりますが、しかし、殺してしまうことはなかったのではありませんか。明らかに過剰防衛ですよ」

「かと言って、ほかにどのような方法がありましたかな？　警察に通報すれば、恐喝そのものは防げたかもしれないが、秘密は明るみに出てしまう。そのことのほうが、博之氏や丹野家の人々にとっては重大ではなかったのでしょうか」

「待ってください。先生はあくまでも丹野女史が犯人であるという前提で、そうおっしゃっているのだと思いますが、そうでないかもしれないのですから」

「いや、私はその可能性が強いと思う。いま浅見さんの話を聞いていて、あなたの手にかかると、彼女のアリバイなど、簡単につき崩されてしまうのではないかという不安を感じるのです。まことに愚かしいことだが、それが私には恐ろしい」

なんという正直な、いい人なのだろう——と、浅見はまたしても思った。

「しかし、もしここで諦めてしまえば、亡くなったお二人のご家族はどうなりますか。無念はともかく、差し迫った問題として、生活のこともあるでしょうし」

「暮らし向きのことは私が面倒を見ますよ。中瀬の母親のことはむろんだが、高田さんの妻子のことも、なんとかなるようにしましょう」

「そんなことをおっしゃっても、先生のところだって、失礼ながらそんなに楽をしているようには思えませんが」

「そう言われると面目ないが、いや、しかし私も気張って働きます。いままでは、気にそまない、いやな仕事は断ってきたが、そういう贅沢《ぜいたく》も言っておれない。弟子も増やして、お金を稼ぐようにしてもいい」

「先生……」

浅見は言葉を失った。もはや決して若いとはいえない牧原が、そこまで節を屈しても、丹野家の名誉を守ろうとする気持ちには勝てないと思った。

しかし、そう思う浅見の胸の一方には、ふつふつと湧《わ》き出るような、やむにやまれぬ意志がある。猟犬が虎穴に飛び込むような、危険を冒してもなお、真相を突き止めずにはいられない本能がある。

「分かりました、先生のお気持ちは尊重します。これ以上、不幸な人間を出すようなことはしないとお約束します」

「そうですか、分かってくれますか」

「しかし、いったい何があったのかだけは追及させてください。それに、現実の問題として、諸井寧子という女性の安否が気掛かりでもあります」

「だが、浅見さん、あなた自身の身の危険ということも考えてもらわないと」

「それは大丈夫です。君子危うきに近寄らずが僕のモットーですから」

「そうは言ってもねえ……やはりまた京都へ行くことになるのでしょう？」

「ええ、敵は本能寺にありです」

「そういう冗談を言っている場合ではありませんぞ」

「ははは、空元気でもつけないと、なんだか僕までが尻込みしたくなるのですよ」

それは嘘ではない。いままで、ずいぶん多くの事件と遭遇してきたが、今回ほど気勢の上がらないケースは珍しい。事件を解決し真相を究明することが、あたかも罪悪であるかのようだ。

「ところで浅見さん、旅費のほうがそろそろ底をついてきたのではありませんかな？」

「いえ、ご心配なく。まだ京都へ行く費用ぐらいはなんとか大丈夫です」

「いやいや、そんな心細い状態では、満足のゆく調査はできますまい。些少《さしょう》だが、軍資金はご用意させていただきますよ。それと、吉兆亭へ行くには伝《つて》がないと具合が悪い。あそこはイチゲンの客はお断りですからな。その手配もしておきましょう。お出かけはいつですかな？」

「明日、行くつもりです」

「ほう、それはまた……分かりました、なんとかなるでしょう。手配がまとまったら、後ほど、お宅のほうにご連絡します」

牧原はデスクの中から、封筒に入ったものと、それから例の録音テープを取り出して、浅見に手渡した。

「では、よろしくお願いします」

「えっ、これを僕の手からお渡ししてもいいのですか？」

「そうしてください。あの人に会うのは、つらい」

吐息のような述懐であった。

浅見が帰宅して間もなく、牧原からの電話が入った。京都で吉兆亭に招待してくれる人物をセッティングできたという報告だ。

「私の弟子――というより後援者の一人で、参和《さんわ》衣料という会社の専務をしている吉村《よしむら》という人です。明日の午後七時に吉兆亭でお待ちするように段取りしてくれました」

「何から何まで、ありがとうございます」

「いや、礼を言うのはこちらです。なにぶんお気をつけて、よろしくお願いしますよ」

電話を切ってからしばらく、牧原の危惧《きぐ》が耳に残っているような気がした。

4

東京から京都まで、沿線風景から桜の色が完全に消えた。いまごろ桜前線は、東北の北の辺りを北上しているのだろうか。

京都周辺の山々は、新緑の色に染まりつつある。人為の愚かしさをわらうように、千年の古都は超然として、この春を終えようとしていた。

浅見は京都駅から山科署の平山刑事に電話してみた。出掛けているという。ひとまず京都エリアホテルにチェックインして、平山からの連絡を待った。

地元の新聞を開いても、どこにもあの事件関連の記事は出ていない。事件からやがて二十日を経過する。間もなくゴールデンウィークがやってくるとあって、京都の警察は警備態勢に入るころだろう。事件捜査はますます手薄になるにちがいない。

三時を過ぎて、平山から電話が入った。思ったとおり、捜査本部は縮小され、専従の捜査員はわずか七名。しかも平山は担当をはずれたそうだ。

「新しいヤマが発生しましてね、そっちに組み込まれました」

「では、その後、捜査のほうは進展していないのですね」

「まるっきり進展してまへん。まあ、まだおミヤ入りと言うには早すぎるが、自分の勘では、これはたぶんあきまへんな。大きな声では言えんけど、上のほうがぜんぜんその気がないんやから」

口ぶりから察すると、「上のほう」と何か軋轢《あつれき》でもあったような感じだ。

「諸井寧子さんはまだ現れませんか」

「ああ、まだとちがいますか。所轄署に頼んで、最寄りの派出所でときどき見てくれるように頼んであるが、いまだに連絡はなし。もっとも、ちゃんと巡回しているのかどうか、分かったもんやないですけどな」

平山は、完全に士気も意欲も喪失してしまったらしい。平山のような、いまどき珍しい古いタイプの刑事が、組織の中で特異性を維持しようとするのは、至難のわざになっているのかもしれない。そうして挫折感を味わい、しだいにやる気を失ってゆく。浅見は電話を切って、寂しい思いに捉《とら》われた。

まだ、日暮れまではたっぷり時間がある。浅見は、二ノ瀬の諸井寧子の家を訪ねてみることにした。午後の京都は汗ばむほどの陽気であったが、鞍馬の谷の入口である二ノ瀬まで来ると、はっきりと気温が下がった気配を感じる。

川沿いの道の突き当たりにある古びた家は、ひっそりとして、やはり人の気配はなさそうだ。例のおばあさんのいる家を訪ねて、様子を訊いてみた。

「トミさんとこの人やったら、帰ってはるんやないかしら」

おばあさんは、ゲートボールのスティックを磨きながら言った。

「昨日、あの女の人が歩いてはるのを見ましたけど」

「えっ、ほんとですか？」

「へえ、ほんまどすがな」

いったい、派出所は何をやっているのだろう。

「見たのは何時ごろですか？」

「何時やったかいなあ。いま時分とちがいますやろか」

「自宅に帰って行くところでしたか？」

「いいえ、おうちから出て来やはったところどす。大きな荷物を持って、駅のほうへ歩いて行かはりましたえ」

「その後は見ていませんか」

「見てしまへん」

「大きな荷物」とは、身の回りの物を取りに来たのだろうか。だとすると、またしても隠れ家を移動したのかもしれない。

ともあれ、諸井寧子が無事であることが分かっただけでも、浅見はほっとした。

「ところで、原山トミさんは、以前、東京のお屋敷にお勤めだったのだそうですね」

「そない聞いておりますけど、トミさんが十五、六のころかららしおす、わてらがお嫁に来る前の話やさかい、よォ知りまへんなあ。こちらに帰ってみえたんは、トミさんの弟はんが亡《の》うなって、そのお子たちが誰もこちらには戻らへんので、空き家になってたんが、ちょうどええあんばいや、いうことやったそうどす」

珍しく話し相手が舞い込んだのが嬉しいのか、しだいに饒舌《じょうぜつ》になってきた。

「トミさんの子ども時代の知り合いいうたら、もう、あらかた亡うなってしもて、浦島太郎さんみたいなもんや言うてはりました。お歳もお歳やし、わたしらや、区の人がときどき様子を見に寄せてもらうんやけど、ちょっと気位の高いところがあって、あまり近所付き合いはせんお人ですなあ」

おばあさんは少し頬を膨らませ、近所付き合いの象徴であるゲートボールのスティック磨きに、いっそう力をこめた。

浅見はもう一度、諸井寧子の家を訪れた。寧子はむろん帰宅してはいない。名刺の裏に「録音テープをお返ししたいと思います。ご連絡ください。今日と明日、京都エリアホテルにいます」と書いて、郵便受に投げ込んだ。

*

京都吉兆亭は嵐山の渡月橋より少し上流、保津川に面したところ、いうなれば嵐山の一等地にある。ちなみに、保津川は、保津川下りの終点である渡月橋までで、ここから下流は「桂川」と名が変わる。もう少し下ると東側から「有栖川《ありすがわ》」が合流する。皇女和宮の悲恋の相手、有栖川宮熾仁《たるひと》親王の家名はこの川の名に由来する。

嵐山周辺には天竜寺、鹿王院、車折神社、大覚寺、小倉山、化野《あだしの》といった名所旧跡が無数にあって、年間を通じて観光のメッカだ。桜の季節にはどこも予約で満パイの状態だが、それでも、ゴールデンウィークまでのほんの短い狭間《はざま》のようなこの時期は、わずかに喧騒《けんそう》が遠のく。

吉兆亭に行くと、門先にまで出ていた番頭のような男が、浅見の名を聞いて、万事心得顔に「お待ち申しておりました」と案内してくれた。玄関には若女将らしき、きれいな女性が出迎えて、「お連れさまの吉村様は、おいでになってます」と先導する。どうやら、牧原の紹介してくれた吉村という人物は、この店でも上客に属すらしい。そのことを訊くと、若女将は「へえ、それはもう、参和様にはいつもご贔屓《ひいき》にしていただいております」と大きく頷いた。

吉兆亭は平屋の木造建築で、嵐山——保津川に面した部屋の多い造りだ。その部屋部屋に通じる廊下を案内されながら、これなら、ひそかに外出するチャンスは多いかもしれない——と浅見は思った。

いちばん奥まった部屋の襖《ふすま》の手前で、中に「お越しになりました」と声をかけて、若女将は襖を開けた。

広い座敷の正面が床の間、左手が雪見障子になっている。中央のテーブルの左側——雪見障子を背に、中年の女性が居住まいを正して浅見を迎えた。その女性が参和衣料の専務取締役吉村薫《かおる》だった。

「失礼しました。専務さんはてっきり男性だとばかり思っていました」

名刺を受け取ると、浅見は顔を赤くして恐縮した。考えてみると、牧原良毅の生け花のお弟子なのだから、女性であって不思議はないのであった。それにしても、フェミニストの浅見にしてから、そういう先入観に囚われている日本は、やはり、まだまだ男社会の国なのである。

「たまたま主人が社長ですので、私が経理担当重役を務めているという、ただの家内企業ですのよ」

吉村薫は笑いながら言った。日頃は京都言葉を使っているのだろうけれど、標準語もふつうのイントネーションである。少し痩せ型だが、和服がよく似合う。年齢は四十歳前後か。目の動きなど、少しおきゃんな下町娘の印象もあるけれど、全体としては、東京でもなかなかお目にかかれない上品な奥様という感じだ。

浅見の席は雪見障子に面した位置に設《しつら》えられている。風景を楽しめるようにと、客をもてなす席である。

若女将があらためての挨拶をして引っ込むと、おしぼりを使ったりしながら、ひとしきり間があった。

「牧原先生から、ぜひ吉兆亭の体験をさせて差し上げてほしいとのお頼みでしたけれど、私みたいな無粋な女がお相手でよろしかったのでしょうか？」

「もちろんです。そんなことよりも、お忙しいのに勝手なお願いをして、申し訳ありません」

「いいえ、私もたまには吉兆亭のお料理をいただきたいと思っておりましたの」

「しかし、吉村さんはちょくちょくここをお使いになっておいでと聞きましたが」

「ええ、会社のほうでは、わりとよく使わせていただいております。お客様の接待がほとんどですわねえ。創立三十五周年記念のときは貸切りにしました。祇園の舞妓さん芸妓さんをぎょうさん呼んで、『手打ち』という、芸妓さんが十人ばかり並んで拍子木を打ちながら、おめでたい歌を歌う、京都でも珍しい演《だ》し物もございましたのよ。でも、個人的にはなかなかねえ。ことに女性はケチですから、滅多なことでは参りません。大きな声では言えませんけれど、祇園のお茶屋さんへ行ったほうが、一石二鳥で、お得ですものね」

最後のほうは、声をひそめて言った。

「では、祇園のほうにはよく行かれるのですね？」

浅見は興味を惹《ひ》かれた。

「ええ、祇園は本当によく行きますわねえ。主人がおもですけど、私もそれなりに、外国のお客様などをお連れしますので」

「鷹の家というのをご存じですか？」

「もちろん知ってますわ。祇園では二番目かしら。大きなお店ですもの」

「そこのご亭主が、芸妓さんと浮気をしたという話、お聞きになったことありますか」

「ええ、知ってます。あら、浅見さんもよう知ってはりますのね」

驚いた拍子に、つい京都言葉が出た。

「はあ、たまたまある人に聞きました。たしか、四年ぐらい前のことでしたか。芸妓さんが辞めさせられたそうですね」

「そうでした。祇園ではちょっとした騒ぎでしたわね。小さなお茶屋さんなら、ご亭主が浮気したぐらいでは、べつにどうということもないのでしょうけれど、鷹の家さんは大きなお店だし、女将さんは有名なきつい人ですからねえ。ただで済ますのは、プライドが許さなかったのでしょう」

襖の外で「失礼します」と声がして、最初の料理が運ばれてきた。

懐石料理など、浅見にはそれこそ滅多にお目にかかれない代物だが、出てくる料理すべてに感心させられた。

「吉兆亭は大阪が本店で、東京にも二軒支店がありますけど、私は嵐山が最高だと思っています。第一、ほかよりずっとお安いし、景色がよろしいですものねえ」

安いと言われても、比較対象とすべき知識が浅見には欠けているから困る。とにかく、何を食べても「旨い」としか表現のしようがなかった。

「じつは、僕の知人がその芸妓さんと知り合いで、ずいぶん鷹の家の女将さんを恨んでいたと言うのですが」

仲居がいなくなった隙《すき》に、浅見はまたその話を持ち出した。

「そうかもしれませんけど、でも、それは仕方のないことでしょう。ご贔屓先のおかあさんの顔をつぶしたのですものね。それよりも、鷹の家のご主人がつらかったのじゃないかしら。ご自分のせいで芸妓さんの人生を狂わせてしまったという責任感はあったでしょうからね。ご病気になったのも、そのためだと言う人もおりました」

「一家の主人のわりには、おとなしい人だったのですね」

「それはあなた、祇園では男の人は役立たずですもの。どこのお茶屋さんでも、女将さんが天下ですわ」

「しかし、鷹の家の女将のほうも、丹正流の若先生と浮気していたとか聞きましたが」

「まあ、よくご存じですこと。おっしゃるとおり、もっぱらの噂ですけど、それでも女将さんには頭が上がりません。祇園とはそういうところですの」

「それじゃ、ご主人は死んでも死にきれなかったでしょうね」

「そうですわねえ、そうかもしれません」

一個の男子たる者が、死に臨んで、ただ無念の思いを抱くばかりで何もできないというのでは、それこそ、さぞかし無念だったことだろう。

「祇園へおいでになりたいときは、ぜひお声をかけてください。いつでもご案内させていただきます」

吉村薫は言ってくれたが、浅見にはたぶん生涯、祇園との関わりはできそうにない。

料理のあと、浅見は「見学」と称して吉兆亭の中を見せてもらった。やはり抜け出る隙はいくらでもありそうだ。外に出てから、周辺を歩いてみると、少し離れさえすれば、駐車場もあるし、人目につかない暗がりもいくらでもある。ただし、どうやって毒入りコーヒーを飲ませるかが難しいところだ。

ホテルに戻ると、フロント係が「お留守のあいだにお電話がございました」と教えてくれた。

「女の方で、お名前もご用件もおっしゃりませんでした」

無表情だが、名前を言えないような女性の素性を怪しんでいるにちがいない。浅見はすぐに（諸井寧子――）と思った。

「あとで電話するとか、そういうことも言ってなかった？」

「はい、おっしゃってませんでした」

単に、こっちの存在を確認するための電話だったのかもしれない。時計を見ると九時半を回っていた。いまから行くとなると、帰りの電車に間に合うかどうか心配だったが、浅見は躊躇《ちゅうちょ》なく、二ノ瀬へ向かった。

第八章　鬼の棲家《すみか》

1

霧が出たのか、月も星もない漆黒の夜である。背後に鞍馬山系の急峻《きゅうしゅん》な杉山があるだけに、いっそう闇が深く、濃い。その中に、原山トミの家の窓明かりがぼんやりと霧に滲《にじ》んでいる。かすかに輪郭が見える古い農家風の建物は、人懐かしさよりもむしろ、かえって不気味な圧力を感じさせる。あの明かりの下で、白髪を振り乱した鬼婆《おにばば》が、山刀でも研いでいそうな想像さえ駆り立てる。

しばらくじっと耳をすませてみたが、人の話し声もテレビやラジオの音も聞こえない。浅見は呼び鈴を鳴らすのを遠慮して、ドアを小さく叩いた。ノックするというより、叩くという言い方のほうが、この雰囲気にはぴったりだ。

応答はないが、かすかに人の気配がした。ドアの向こうに、息をつめてこちらの様子を窺《うかが》う者がいるにちがいない。

「浅見といいます。夜分、申し訳ありませんが、テープをお持ちしました」

中の空気が動いた。あるいは感情の動きだったかもしれない。相手が戸惑い、逡巡《しゅんじゅん》する気持ちのぶれが、テレパシーのように伝わってくる。

ずいぶん時間が経ったような気もしたが、ほんの数分だったのだろう。ロックが外される音がして、ドアがゆっくり開いた。背後の明かりと壁の反射光に照らし出されて、シルエットのように諸井寧子の顔があった。黒いセーターにジーパンという姿である。

「どうぞ」

身を避けて、浅見を通し、後ろ手にドアを閉めた。

建物の内部は、昔の農家の面影をかなりの部分、残したような造りである。広い土間があって、靴脱ぎの向こうにいきなり障子の嵌《は》まった座敷がある。座敷に囲炉裏《いろり》が仕切ってないのが、むしろ不釣り合いなくらいだ。

「どうぞ」と、また寧子は言った。お上がりください——という意味なのだろうけれど、さすがに、深夜の女性の独り住まいに、上がり込むわけにもいかない。

「ここで結構です」

浅見は靴脱ぎに足を置き、開けた障子の敷居に、斜めに浅く腰を下ろした。その姿勢はどことなく、借金の取り立てか地上げの交渉に来た恰好《かっこう》に似ていないこともない。

「そうどすか」

寧子は無理強いをする気も、お愛想を言う気もないらしい。黙って自分だけ座敷に上がり、少し距離を置いて正座した。十二畳の広さがあるが、古びた卓子と茶箪笥《ちゃだんす》のほかは、テレビもない殺風景な部屋である。天井が高く、手の届かない高さにある蛍光灯が、やけに暗い。

「テープを返していただけるそうどすな」

寧子はすぐに言った。十五、六年も勤めて、祇園言葉がまだ抜けないのか、それとも大事にしているのだろうか。

「ええ、そのつもりです。最初は丹野真実子さんにお渡ししようと思ったのですが、元を正せば、高田さんがあなたにお借りしたテープですから、あなたに直接お返ししたほうがいいと思いました。それでいいのでしょうか？」

「はい、それで結構どす」

寧子はいまにも手を出しそうな気配だ。

「ただし、お返しするについては、二、三お訊《き》きしなければならないことがあります」

「何どすやろ？」

警戒の色が、寧子の表情に現れた。

「まず、このテープを手に入れた状況から聞かせてください」

「……………」

「いや、それでお答えにくければ、鷹の家のご主人が盗聴テープを仕掛けたところから聞かせてくださってもけっこうです」

「えっ……」

引きつった顔になった。

「どうしてそれを？……」

「なるほど、そのことは高田さんにも話してなかったのですね」

「ええ、けど、誰がそれを？……」

「想像です」

「想像？」

「ええ、僕が勝手に想像しました。もし僕が鷹の家のご主人だったらどうするだろう。無念な気持ちをどうすれば、少しでも癒《いや》すことができるだろうと」

「無念な気持ち……」

「ご主人はきっと、冬江さんと丹野博之さんのことにも、それからお嬢さんの美鈴さんが自分の血を引いていないことにも、ずいぶん前から気づいていたのでしょう。しかし、死ぬまで何も言えなかった。クレームをつけることもできなかった。そのあげく、ご自分がないがしろにされたばかりでなく、あなたにまで、祇園を追い出すというひどい仕打ちをされて、その無念さは耐えがたいものがあったでしょうね。死を予感したとき、ご主人は最後の抵抗を試みたのでしょう。このテープを仕掛けた気持ちも、亡くなる直前に、テープをあなたに遺した気持ちも、僕には痛いほどよく分かります」

「………」

「しかし、あなたにはこのテープを使って恐喝を働こうとか、恨みを晴らそうとかいう気持ちはなかったのではありませんか?」

「もちろんどす。そんな気持ちみたいなもん、ちっともあらしまへんどした」

寧子は駄々っ子のように首をはげしく振った。

「けど、岩田祥子さんが京都に来やはって、私の家に泊まらはったとき、酔うた勢いで、ポロッとそのこと、喋《しゃべ》ってしもたんどす。そしたら、それから間もなく、お店に高田さんが見えはって、はじめは逃げてたんどすけど、うまいこと言いくるめられたいうか、いちどテープを聞かせてくれ言わはって、聞かせるくらいのことやったらかまへんかしら思うたんどす。そしたら、テープレコーダーみたいなもん持って来やはって、ただ聞いてはるのかいな思うとったら、私の知らんうちに、プリントいうのどすか? あんじょ、したはったんどすな。

それをネタにして丹正流を叩いてやる言わはって……けど、恐喝みたいなことするとは、言うたはりませんどしたえ。むしろ、正義を行なうんだ、とか言うたはりました」

「正義、ですか」

高田にしろ中瀬にしろ、あるいは正義のつもりでいたのかもしれない。中瀬の場合はなおのこと、家元制度を打破する――という高邁《こうまい》な理想を掲げたつもりだったのだろう。しかし、正義とは、所詮《しょせん》、相対的なものだ。一方の正義は対立する側にとっては悪である。丹野博之や鷹の家の女将《おかみ》には、高田も中瀬も、薄汚い、ただの恐喝者にすぎなかったにちがいない。

「去年の秋ごろから、ぼちぼち、高田さんは鷹の家の女将さんやら若先生やらに会うてはるみたいどした。そしたら、暮れ近くに、お家元はんの奥様からお呼び出しがかかって、きつう叱られました。このことを、もしヤクザはんが嗅《か》ぎつけたらえらいことになる、あんたかて安心できひんて」

「それは、いのちが危ないという意味でしょうか」

「へえ、私はそう思いました。それでもって怖《こお》うなって、どないしたらよろしおすかとお訊きしたら、とにかくお店も辞めて、家も引っ越して、隠れてしまうのがええやろおっしゃって、この家を世話してくださったのどす。当座の役に立てなさい言うて、ぎょうさん、お金までおくれやした」

「ところが四月二日に、高田さんが現れたのですね」

「そうどす、ずいぶん探さはったみたいやけど、なんぼ隠れたかて、やっぱし分かりますんやなあ」

「それはそうです、僕でさえ半日で探し当てましたからね。それで、高田さんは何て言ったのですか？」

「いよいよ最終段階だ、攻撃が始まったら、あんたも協力して、必要があれば証言してくれ、言うてはりました。そんなん堪忍どす言うたんですけど、笑ってばかりで、もうどないすればええのか分からへんようになって、ほんまに恐ろしおした」

「それで、そのことを家元夫人に連絡したのですね？」

「へえ……そうどすけど、よう何でも知ってはりますなあ」

「知っているわけじゃありませんよ。すべて想像です」

「ほんまどすか？　そしたら、それからどうなったかも、あんじょう想像してはるんとちがいますの？」

「そうですね、家元夫人は、京都エリアホテルにいる高田さんに電話しなさいと命じたのではありませんか？」

「…………」

「明後日——四月四日の夜、この家に来るように、と」

「………………」

「そして、あなたには鳥取の実家に帰省しているようにと」

諸井寧子は恐ろしげに、目をいっぱいに開いて浅見を見つめた。言葉は出ない。

「その夜のことですが、高田さんには何時にここに来るように言ったのですか？」

「九時、どす……」

心細げな声を出した。時計はその九時をとっくに過ぎている。

「高田さんの死亡推定時刻は、午後九時から十時のあいだ——ということですが、それは知っていましたか？」

「へえ、新聞で見て、知ってます。そやさかいに、恐ろしゅうて……あの、この家でなんぞあったんどっしゃろか？」

浅見は「そうです、殺人が行なわれました」と言いたかったが、寧子の怯《おび》えた様子を見ると、そこまで彼女を追い詰めるのは気の毒な気がした。

「いや、よく分かりません。あなたが鳥取から戻ったとき、何か変わった様子はありませんでしたか？　たとえば、誰かが留守のあいだに家の中に入ったとか」

「それが、どこもいつもどおりみたいなもんどしたけど、ただ一カ所だけ、もしかしたら違うかな――いうところはおました」

「ほう、どこですか？」

「笑わはったらあきまへん。おトイレの紙どす」

「は？……」

「おトイレの紙を使うたあと、私は習慣で、無意識に、三角形に折っておくのどすけど、帰ってみたら、それがただ切ってあるだけやったんどす。それで、おかしいな思うたんやけど、うっかりしたのかもしれへんし、べつにそれほど気にしいしまへんどした。けど、いま、そないにおっしゃられてみると、やっぱし違うてたんやなあいう気がします」

「なるほど、それはすごい発見です」

浅見は感心してみせた。いや、お世辞ではなく、それは重大な事実といっていい。

「ところで、そのあと僕がお訪ねしたとき、高田さんが来たことがないなどと、嘘をつかれましたが、あれはすべて家元夫人の指示だったのですね」

「へえ、そうどす。ほんま、申し訳おへんどした」

「いや、それはいいんですが。じゃあ、それからまたここを逃げ出したのもそうだったのですか？」

「そうどす、しばらく留守にしておくように言われました」

「どこに隠れていたのですか？」

「それは……すぐ近くどす」

「近く、というと？」

「貴船どす」

「えっ、貴船にいたんですか」

浅見は呆れた。叡山電鉄の二ノ瀬の次が貴船口だ。貴船は京都の奥座敷のひとつ。貴船神社の参道沿いに無数の旅館、料理屋が軒を連ねる。鬱蒼《うっそう》と樹木が生い茂り、渓谷を流れる水は清冽《せいれつ》で、多くの料理屋が、夏のあいだ、谷川の上に床《しつら》を設えて客をもてなすことでよく知られている。

それにしても、二ノ瀬のすぐ隣といっていい貴船にいた諸井寧子を発見できないのだから、警察はいったい何をやっていたのかと言いたくなる。

「そのあなたがここに戻ったのも、やはり家元夫人の許可が出たからですか？」

「はい、そうどす。もう心配ないからとおっしゃいました」

「そうですか、もう心配はなくなったのですか。ということは、つまり、この僕が人畜無害であることが分かったからですかね」

「さあ、それはどうか分からしまへんけど」

寧子の顔にはじめて、かすかな笑みが浮かんだ。

浅見はポケットからテープを出して、畳の上をスーッと滑らせるようにして置いた。寧子はしばらく浅見の顔を見つめてから、おずおずと手を差し延べ、テープを取ると、素早く膝の上に載せて両方の掌《てのひら》で押さえつけた。

「おおきに、ほんま、おおきに」

二度、丁寧に頭を下げた。

「僕は不思議でならないのですが」

浅見は首を傾《かし》げて言った。

「祇園を追い出され、好きな人も亡くなり、あまりいいこともないのに、諸井さんはなぜ京都を出なかったのですか？　郷里の鳥取か、岩田祥子さんのいる東京へでも引っ越したほうがよさそうに思うのですが」

「そうどすなあ……」

寧子は膝の上のテープに視線を置きながら、ずいぶん長く考えた。

「それはきっと、京都が好きやからとちがいますやろか。祇園も好きやし、そやさかい、祇園のほん近くの花見小路にお勤めさせてもろたのどす」

「なるほど」

浅見は得心して、頭を下げた。

時計を見ると十一時十分前。二三時一二分発の電車には十分間に合う。

「じゃあ、これで失礼します」

立ち上がると、寧子は弾《はじ》かれたように腰を浮かせた。

「あ、あの、もうちょっとゆっくりしていっておくれやす。コーヒーをお淹《い》れしますさかいに」

「いや、最終電車に乗り遅れますから」

気持ちのどこかに、「毒入りコーヒー」のことがあったかもしれない。

ドアに向かう浅見を、諸井寧子は慌てて追ってきて、ノブに手をかけるのが偶然、一緒になった。浅見の手に触れて、ビクッと引っ込めかけた手を、寧子はもういちど戻して、浅見の手を覆うように握り締めた。

「あんたはんは、優しいお人どすなあ」

浅見の心臓はドキンと、一瞬、停《と》まった。全身の血が逆流して、すべて頭に昇ったのではないかと思えるほど、カーッとなった。このままでいると、魂を溶かされるか、吸い取られそうな恐怖を感じた。

「ははは、優しくなんかありません。男はみんなオオカミなのです」

まったくセンスのかけらもないジョークを言って、震える手でノブを回した。外は相変わらず霧が舞っていた。遠くの街灯が地面をかすかに照らしている。

「また来とうくれやす」

寧子の声を背中に聞いて、浅見はおぼつかない足取りで、川べりの道を急いだ。駅までの長い階段を、何かに突き動かされるように、一気に駆け登った。

2

タクシーの運転手に「丹正流家元のお宅」と言うとすぐに了解した。「お家元さんのお屋敷を見たいとおっしゃるお客さんが多いのです」ということだ。

浅見はいぜん京都の地理はさっぱり不案内だが、車はどんどん北の方角へ向かって走ってきたから、たぶん下鴨神社に近い辺りらしい。静かな住宅地の中の、白い塀を巡らせた広壮な邸宅であった。

「三十分ぐらいかかるかもしれない」

タクシーに待っていてもらって、門扉の脇にあるインターホンのボタンを押した。「浅見という者ですが」と名乗ると、すぐにお手伝いらしい女性が出てきて、右手のくぐり戸を開けてくれた。

門の内側には石畳の広い駐車スペースがあり、その奥には手入れのいい芝生の庭が広がっている。建物は大小二棟、南側の小さいほうへ案内された。大きいほうは和洋折衷の建物で、住居部分のほかに、仕事部屋や大勢の客のためのホールなどがありそうだ。

滑り止めなのか、細かい鑿《のみ》の刻みがある石畳の通路を行くと、格子戸の嵌《は》まった玄関に突き当たる。完全な純日本家屋で、おそらく総檜造《そうひのき》りなのだろう。

玄関に入ると、式台の正面奥の板壁を背景に、いかにも丹正流家元の家にふさわしい、格調の高い大型の立華が活けてある。

玄関先には別のお手伝いが待機していて、「どうぞ、お上がりくださいませ」と丁寧に挨拶し、スリッパを揃《そろ》え直してくれた。

カーペットを敷きつめた廊下を行き、二つ目のドアを入った。そこは洋間の応接室で、大きな窓のレースのカーテンを透かして、芝生や庭木の緑が見える。

待つ間もなく、丹野真実子が現れた。

今日は、高価そうな白い大島によく合う芥子《からし》色の帯を締めている。

お手伝いの開けたドアをすっと入って、「いらっしゃいませ」と軽く会釈し、浅見の向かい側の椅子に坐る前に、あらためて丁寧に挨拶した。それからお手伝いがお茶を出すまで、端然と坐ったまま、無言でいた。

「テープをお返しになったそうですわね」

お手伝いの足音が遠のくと、真実子は言った。

「ええ、お返ししました。こちらにというのが牧原先生のご意向でしたが、僕の一存で元の持ち主に直接お渡しすることにしました。ご不満でしたら謝ります」

「そのことはよろしいのよ。ただ、一つだけ確認しておきますけど、テープのコピーはお取りになっていないでしょうね」

「僕は取っていません。牧原先生もそういうことはまったく苦手の方ですから、たぶんないでしょう。あるとすれば高田さんと中瀬さんのどちらか、あるいは両方が取っていたかもしれませんが、それは僕の関知するところではありません。しかし、もしそういう物があったとしても、事情を知らない者にとっては意味不明の録音ですから、ご安心なさっていいでしょう」

「では、すべての事情をご存じなのは、あなただけということかしら」

「そうですね。次に抹殺されるとしたら、さしずめ僕でしょう」

「ほほほ、覚悟のいい方ですこと。でも、本当にお気をつけあそばせ」

家元夫人は笑った顔をすぐに引き締めて、鋭い目になった。

「それで、浅見さん、あなたはまだ事件の真相とやらを追いつづけるおつもりなの？」

「もちろんです」

「犯人がわたくしだとおっしゃったわね」

「ええ、しかし、あれからいろいろ調べて、あなたには両方の事件とも、アリバイのあることが分かりました。その意味では失礼なことを言ったと反省しています。ただし、だからといって、いまでもその考えは基本的には変わっていません。諸井寧子さんの隠れ家を世話したり、事件当夜、鳥取へ帰省しているよう命じたりしたことなどを見ても、あなたの事件に対する関与は明らかですからね」

「その理由でしたら、ちゃんとご説明できましてよ」

「ほう、それでは、諸井さんを一乗寺から二ノ瀬に移したのはなぜですか？」

「高田という男が、博之と鷹の家の冬江さんを脅しているということをわたくしが知ったのは、去年の晩秋でした。その発端は諸井さんが秘密を洩《も》らしたことにあるということも知りました。諸井さんに会って事実を確かめると、録音テープをコピーされたことなど、すべてを話して、泣きながら詫びましたよ。わたくしは、これはヤクザに付け込まれたな——と思いました。下手をすると、諸井さんのいのちが危ないとも。それでとりあえず、勤め先を辞めさせ、高田の手の届かないところに引っ越すように手配したのです。ところが、高田は執《しっ》拗《よう》に後を追って、とうとう二ノ瀬の家を突き止めてしまったのね。四月二日の夜に訪ねてきて、また二日後の夜に来るというの。諸井さんは電話で『どうすればいいでしょう』と、おろおろしていましたわ。それならいっそ、鳥取の実家に逃げていなさいと命じました。そうしたら高田がその夜、殺されてしまったのですから、運命というものは分かりませんわねえ」

流暢《りゅうちょう》に一気に喋った。話が出来すぎの感はあるが、ともかく理屈は通っている。

「しかし、あまりにもタイミングよく、高田さんが殺されましたね。あなたは吉兆亭にいるし、諸井さんは鳥取ですか。アリバイは万全です」

「おや、それでは、あなたは、アリバイ工作のようなものがあったとお考えなのね。まるで推理小説を地で行くようですこと」

また嫣然《えんぜん》と笑って、「そうそう」と思い出した。

「あなた、桃李でお会いしたとき、目的の一つは事件の真相を解明して犯人を突き止めることだとおっしゃったけど、ほかにも目的がおありということですの？」

「ええ、あります。じつはそのほうが事件を解明するより難しいので苦労しているのですが、牧原先生のたってのご依頼だし、いまは僕自身、その目的の比重のほうが大きくなったような気がしています」

「そう……それで、その目的とおっしゃるのは？」

「事件を解明した結果として、恐喝が明るみに出ることのないようにしたい――というのが、牧原先生のお気持ちでした。それは、当初は、恐喝という破廉恥行為が、日生会の名誉を傷つけることを恐れてのことであったのかもしれませんが、調査を進めるうちに、しだいに、その範囲が広がってきたのです」

「どのように？」

「一つは、言うまでもなく、丹正流家元の丹野家の問題です。名誉の問題はともかくとして、鷹の家の美鈴さんのことが明らかになれば、マスコミの恰好の餌食《えじき》になって、美鈴さんばかりでなく、奈緒さんの心もひどく傷つけられるでしょう」

「そう、それですよ」

家元夫人は大きく頷《うなず》いた。

「あなたもマスコミの一員ですから、こう言ってはなんですけど、あの方たちはハイエナですわね。他人の家庭のゴミを漁《あさ》っては食い物にしているのですよ」

「いや、それほどのことは……」

「いいえ、そうされる側の身になってお考えあそばせ。おためごかしに接近してきては、秘密を探り出して、なにがしかのおこぼれに与《あずか》ろうと……そうそう、昔、わたくしがこの家にお嫁に来るかどうかというときにも、しつこくつきまとう人がいましたのよ。丹野のスキャンダルを教えてくれたのはいいのだけれど、それを餌に、わたくしをどうにかしようとする底意が見え見え。とどのつまりはわたくしの車に乗り込んできたりして、あんまり腹が立ちましたから、ちょっと車を降りた隙《すき》に突き飛ばして逃げたら、それっきり現れなくなりましたけどね」

そのときの情景が思い浮かんだのか、真実子の目がキラキラと野獣のように輝いた。そういう表情や語り口は、とても六十歳を超えた女性とは思えない若さとエネルギーを感じさせる。

「お若いころから、ずいぶん強い方だったのですね」

浅見は尊敬と皮肉をないまぜて言った。

「おや、昔はいまほどではございませんでしたことよ。そのときはたまたま、丹野のいやな話を聞かされたこともあって、少し自棄《やけ》ぎみだったのかもしれませんわね。牧原さんとそういうことになったのも、その夜の出来事ですもの……あら、何のお話をしていたのかしら」

我に返って、余計な私事を話しすぎたことに気づいたらしい。真実子の頬にポッと赤みが差した。

「とにかく、恐喝だのスキャンダルだのが明るみに出ることは、望ましいことではないと申し上げたいのです」

浅見は堅い口調で、話題を本来の場に引き戻した。

「そのことによって受ける、丹正流華道に集う人々のショックも想像に難くありません。そんなふうに、誰も得をすることがなく、ただひたすら傷を負う者だけを増やすような作業は、僕はしたくなかったし、とくに牧原先生はそのお気持ちが強かったのです」

「そう、あの方もそうお考えでしたの」

「ええ、僕の口から言うのもなんですが、あの先生は本当にいい方ですよ」

「そのようですわね。それに引き換え、このわたくしは……」

真実子は片頬を歪《ゆが》めて笑った。

「でも、浅見さんのいまおっしゃったことと、事件の真相を解明することとは、相反する結果になりませんこと？」

「そのおそれが大きいことは事実ですが、そうならないですむ可能性も十分あります」

「どうしてですの？　そんな奇跡的なことがあるとは考えられませんけれど」

「僕は必ずしもそうは思いません」

「おやおや、ずいぶん強情ですこと。でもね浅見さん、あなたがおっしゃるように、たとえばわたくしが犯人だとすれば、それだけで丹正流は致命的な打撃をこうむることになるのではありませんの」

「そうとは限りません」

「そうとは限らないって、あなた……」

丹野真実子は、この分からず屋の若造め、と言わんばかりに、呆れと苛立ちを交えて、浅見の顔を睨《にら》みつけた。

浅見はその視線を穏やかに見つめ返した。浅見特有の鳶《とび》色の眸《め》が真実子の怒りを吸収して、代わりに無言の語りかけをする。

「なんということ……」

やがて、真実子は愕然《がくぜん》となって、呻くように呟《つぶや》いた。

「そう、あなたはそういう人だったのね」

ほとんど恐怖に近い嫌悪感を露骨に示して脇を向いた。

「浅見さんのお兄様は警察庁の刑事局長さんでしたわね」

「あ、お調べになりましたか」

仕方がない——と、浅見は観念した。

「ですからね、わたくしはあなたがお兄様のために働いていらっしゃるのかと、そうも思っておりましたのよ。ところが、警察とはそれほど連携していらっしゃらないようだし、これはどういうことか、不思議でなりませんでした。どうやらこれではっきりしましたわね。少なくとも、あなたには犯人を警察に突き出すつもりのないことが」

「そのとおりです。しかし、あなたがもし、そうお望みでしたら、最悪、それもやむをえませんが」

「そんなこと、わたくしが望むはずのないことを、あなたは承知の上でそうおっしゃるのでしょう」

浅見は黙って、ゆっくりと頷いた。

「そう、それがあなたの言う正義なのね」

「牧原先生は」と、浅見は真実子の言葉には答えずに、言った。

「殺人事件の被害者である高田さんと中瀬さんのご遺族の暮らし向きを支えるために、ご自分の財産を提供されるそうです」

「だからどうだとおっしゃるの？　わたくしにその肩代わりをしろとでも？」

「そうは言いません。僕の言いたいのは、そうして、殺された人も含めて、事件に関わった当事者それぞれが痛みを分かち合い、責務を負うのですから、犯人たる者もそれなりの罰を自分に科して当然ではないかということなのです。殺人者には殺人者の倫理があるべきでしょう」

「それはつまり、死ねということ？」

「あるいは」

「ほほほ、その言葉はまるで、わたくしに突きつけられたようですわね」

「あなたが犯人なら、そのとおりです」

丹野真実子の恫喝《どうかつ》するような、憎悪に満ちた視線に直面しながら、浅見は一歩も引くつもりはなかった。

「お生憎《あいにく》ですが、わたくしは犯人ではありませんし、したがって、死ぬ気もまったくありませんわ」

この自信はどこから来るのか——と、浅見は歯ぎしりする思いだ。しかし、現実に、目下のところ真実子のアリバイを崩す方策はまったくない。頼りになるべき警察は、とっくに諦めているどころか、竜の髭のように、触ることすら敬遠している。

「牧原さんとあなたの、遠い過去のロマンスを聞いて、僕はふと気がついたのですが」

浅見は取っておきの皮肉な話題を持ち出すことにした。

「ロマンス？　ほほほ、アクシデントとおっしゃいな」

真実子は動じる色もなく、笑った。そんな黴《かび》の生えたような話を持ち出して、どうするつもりなの——という笑いである。しかし、その笑いも、この話を聞けば凍りついてしまうはずだ――と、浅見も負けずに不敵な笑みを浮かべて言った。

「あなたのお嬢さんの貴子さんが、じつはそのアクシデントの結果として生まれた、牧原先生のお子さんだとすると、丹正流のお家元は、第四十三代にして血筋が絶えるわけですね。今後の丹正流家元に、実質的には牧原先生の血が流れて行くことになります。これは日本の文化史上、秘められたる重大異変というべき出来事でしょう」

「ほほほ……」

真実子はのけ反るようにして、哄笑《こうしょう》といっていい、野放図な笑い方をした。

「そんなにお笑いになっていい話ではないと思いますが」

なぜそんなに笑っていられるのか、不審な気持ちが胸を過《よぎ》った。

「それはご親切さまに、ありがとうございます。でも、世の中はそんなに簡単なものではございませんのよ。あなたは、なかなかお出来になる方かと思っておりましたけれど、まだまだお若いわねえ」

「どういう意味でしょうか？」

「あなたがおっしゃった、丹野家の血が、四十三代で終焉《しゅうえん》するということ、決してそうはなりませんの」

「は？　しかし、貴子さんは牧原先生のお子さんだと……」

「それは事実ですわよ。などと、大きな声で自慢できる話ではございませんけれど」

「だったら……」

「それでも、丹野の血は途切れたわけではありませんの。でも、その意味は、あなたにはお分かりになりませんわね、きっと」

浅見は顔に血の色がさすのが分かった。はっきりと「坊や」呼ばわりをされていることを感じた。

それにしても、なぜ彼女はここまで傲然《ごうぜん》と振る舞っていられるのだろう？――

「さあ、これでもう、あなたとお会いすることはございませんわね。どうぞお元気で、よいお仕事をなさってくださいましな」

真実子は立ち上がると、会釈を残して、部屋を出て行った。入れ代わりにお手伝いが顔を覗《のぞ》かせ、「お帰りでございますか」と、慇懃《いんぎん》に言った。

丹野家を出て、タクシーに乗って、行く先を告げるのを忘れるほど、浅見は茫然自失の状態であった。

エリアホテルに帰り、部屋に戻ると、ベッドに引っ繰り返った。「あなたにはお分かりになりませんわね、きっと」と言った真実子の声が、耳元にこびりついている。

丹野貴子が牧原と六条真実子のあいだに出来た子だとすれば、丹野家の血脈は完全に途絶えたはずではないか。かりに、丹野博之と鷹取冬江の子が美鈴であるように、丹野忠慶がどこかで子を生《な》していたとしても、丹野家の籍に入らないかぎり、家元における丹野の血脈は絶えたことになる。

そう考えてきて、浅見はふと曙光《しょこう》のようなものがチラッと見えたような気がした。

（まさか――）

ベッドの上に起き上がった。

（そうか、そうだったのか――）

異常な出来事ではあるけれど、浅見としたことが、なぜそんなことに気づかなかったのかが、不思議でもあった。

あらゆる謎が解けた――と思った。

3

松浦登喜枝の家のある岐阜市市橋は、静かな高級住宅街である。金華山《きんか》を借景にして、庭に樹木のある家も多い。

門柱に「丹正流華道岐阜支部」と墨書した大きな看板と、その脇にやや小ぶりの「丹正流華道教授松浦登喜枝」の看板が下がっている。門扉は開いていて、事務所風の、小さいなりに鉄筋コンクリート三階建ての建物がすぐ目の前にあった。背後のおそらく住居部分と思われる建物は和風だから、全体のバランスからいうと、その建物は、不似合いな、とって付けたような印象を与える。

浅見が門を入るのと入れ代わりに、玄関から女性ばかり五人連れの客が引き上げるところであった。誰もが正装して、奥の女性に向かって、「ほんとに、おめでとうございます」と、口々に祝辞を繰り返している。

戸口まで見送りに出た女性は七十歳ぐらいだろうか。その女性が松浦登喜枝であった。歳相応にやや小柄に見えるが、意志の強そうな顔立ちや、和服の下に隠されたがっしりした体型からは、わが子を次期家元にまで育て上げ、丹正流岐阜支部を支えてきた彼女の逞《たくま》しさが感じ取れる。

長々しい見送りのセレモニーがつづくあいだ、浅見は脇に控えていた。登喜枝は浅見の存在に気づいていて、挨拶や手を振るかたわら、チラチラと視線を送っていた。すでに何か不吉な予感を抱くのか、晴れやかだった表情に薄雲のような翳《かげ》りが広がった。

客たちが門から消えるのを待って、浅見は登喜枝に一歩近づいて、名刺を出した。「旅と歴史」の肩書のある名刺だ。

「こういう者ですが、このたびはご子息が丹正流家元の後継になられることが決まったそうで、おめでとうございます」

「ありがとうございます。でも、まだ正式にお家元になったわけではございません」

「しかし、みどりの日には正式発表になるそうではありませんか」

「はあ、そのように伺ってはおりますが、私の口から軽々しいことは申し上げるわけには参りません」

「そうですね、この先、何が起こるか分かりませんからね」

意味ありげな浅見の言葉に、登喜枝は一瞬、怯えた目を地面に伏せて、上目遣いになって訊いた。

「それで、ご用件は？」

「じつは、松浦さんに関して、妙な噂を聞いたものですから、そのことでお話を聞かせていただきたいのですが」

「あの、どのような？」

「ここではちょっと具合が悪いのではないでしょうか」

門の外に視線を送って、浅見は言った。近所の主婦らしい二人連れが、小さく会釈して通って行った。

「分かりました。それではどうぞお入りください」

棒読みのような冷めた口調で言って、浅見を建物の中に先導した。一階は事務所になっていて、若い女性が一人、デスクワークをしていた。新しい客を見て、立って来ようとするのを登喜枝は制した。

「ちょっと奥にいますから、お電話があったら取り次がないで、ご用件だけをお聞きしておいてください」

言ったそばから電話がかかった。お祝いの挨拶らしい。登喜枝は唇に指を立てて、静かに奥のドアへ向かった。

ドアの向こうが住居部分の玄関で、横に正式な入口がある。式台を上がり、廊下を少し行ったところの襖《ふすま》を開けると、純和風の客間であった。入った左右が壁、庭に面した側のガラス窓には、カーテンの代わりに障子を嵌めてある。二人は黒檀《こくたん》のテーブルを挟んで向かいあわせに坐った。

「お手伝いがおりませんので、お構いはできませんが」

「いえ、お気遣いは無用です」

「それで、お話とおっしゃるのは？」

「前置きは省かせていただいて、単刀直入に申し上げますが、松浦さんは、四月十一日の国際生花シンポジウムには出席されましたか？」

「いいえ、あの会は日本の、いえ、世界の錚々《そうそう》たるメンバーの方がご出席なさる集まりですから、私のような者は遠くで見ているだけですね」

「というと、やはり京都には行かれていたのですね」

「ええ、一応は」

「二日目のお別れパーティの前後は、どちらにおいででした？」

「京洛パークホテルに宿を取っておりましたので、ずっとそちらにおりましたけれど」

「大京都ホテルではなかったのですか？」

「ええ、あちらは国際生花シンポジウムのために満室でした」

「では、パーティの時間には、大京都ホテルにはいらしてないのですね？」

「え、ええ」

客が何を言いだそうとしているのか、警戒する表情になっている。小柄な体をいっそう小さく縮めたその様子を見ると、浅見は意気込んできた気持ちも萎《な》えそうだった。

「それはおかしいですねえ、ちょうどそのころ、あなたを大京都ホテルで見たという人がいるのですよ」

「そんなことはありません」

「いや、その人は絶対に間違いないと言っています。それも、ずいぶん妙な恰好をしておられたというのです」

「…………」

「ホテルの部屋係のユニホーム姿だったそうじゃありませんか」

「それは何かの間違いです。私がそんな恰好をするはずはないでしょう」

「そうですね、常識で考えればおっしゃるとおりです。ところがそれが事実だったとなると、いったいなぜそんな恰好をしなければならなかったかが問題になります」

「ですから、そのようなことはありませんと申し上げているのです」

「もう一つ、あなたは京洛パークホテルを出入りするところも目撃されているのですよ。午後三時ごろにはホテルを出るところを、午後七時前ごろには帰られたところを、です。ずっと京洛パークホテルにおいでだったわけではなかったようですね」

「それは、お買い物とお夕食に、ちょっと外出しておりました」

「しかし、さっきはずっとホテルにいたとおっしゃった。四時間も外出していたのにですよ。なぜそんな嘘を言わなければならないのでしょうか？」

「べつに嘘をついていたわけでは……ちょっと待ってください。それより、なぜ見ず知らずのあなたに、そんな詮索《せんさく》をされなければならないのですか？」

「それは」

浅見は唇の乾きを舐《な》めて、言った。

「丹正流華道のためです」

「丹正流の?……」

まったく思いがけない言葉だったにちがいない。松浦登喜枝の上半身が揺らめいた。

「それから、第四十四代丹正流家元のためです」

「…………」

「そして、何より、正義のためです」

「正義とは、どういう意味ですの?」

「殺された二人の無念……それに、その家族の無念を晴らすには、正義が行なわれなければならないでしょう」

登喜枝は震えた。

「私には、あなたのおっしゃっている意味が分かりません」

「では伺いますが、四月四日の夜、あなたはどこにいましたか?」

「そんなこと、急に言われても……たぶんこの家にいたと思いますけど」

「では、二ノ瀬の原山トミさんの家で、高田さんに毒入りコーヒーを飲ませたのは誰だったのでしょうか？　高田さんの死体を車のトランクに詰めて、東山の橋の下に捨てたのは誰だったのでしょうか？」

「それが……それがいったい、私とどういう関係があると言うのですか？　あなた、私を脅迫するつもりですか？　でしたら、警察を呼びますよ」

登喜枝は腰を浮かせた。

「どうぞ……と言いたいのですが、僕は警察を呼びたくないから、こうして危険を冒して一人でお邪魔しているのです。そのことを理解してください。その上でどうしても警察を呼びたいとおっしゃるのなら、仕方がありません。僕もすべてを諦め、警察の捜査に委《ゆだ》ねることにしましょう」

「あなたの……」

畳の上に、へたり込むように坐り直して、登喜枝は言った。

「あなたの目的は何なのですか？　お金ですか、それとも……」

「僕は恐喝に来たわけではありません。あなたに何かを要求する立場でもありません。本当のことを言うと、僕自身にも、どうすればいいのか、よく分からないのです。ただ、僕が思っているのは、丹野家の人々や鷹の家の母娘、それに丹正流華道を学ぶ人々が悲しむようなことにならなければいいということだけです」

「でも、そのこととあなたとは、どういう繋《つな》がりがあるのですか？」

「何もありません。どの人々も、僕にとっては所詮、赤の他人です。しかし、丹野さんのお嬢さん、奈緒さんや鷹の家の美鈴さん、それに貴子さん博之さん……みんな将来のある人たちです。もし、四十四代家元の母親が殺人鬼だという事実が公表されたら……」

「何をおっしゃるの！」

登喜枝の顔色は青ざめ、テーブルにしがみついて、ようやく身を支えている様子だ。声は震えを帯び、神経がいまにも切れてしまいそうに思えた。

「何を証拠に、そんなひどいことを……」

「証拠は、警察が捜査に入れば、証拠などいくらでも出てきます。二ノ瀬の原山家には高田さんの髪の毛や皮膚の断片が残っているでしょうし、土間をひきずったときに衣服に付着した埃《ほこり》や土など、現在の科学捜査技術は簡単に検出してしまいますよ。もちろん、あなたがいた形跡も同様に発見されるでしょう。それは大京都ホテル七〇八号室から採取された遺留品でも同じです。警察はたまたま照合する相手を特定できていないから、捜査が停滞しているにすぎません。あなたを対象に絞れば、結論はすぐに出ます」

「…………」

「そのことより、僕が何より恐れているのは、捜査が始まってしまうことです。いったん警察があなたに目をつけ、捜査に入ってしまえば、関係者はすべて捜査の対象になります。丹正流家元一家を巻き込んだ殺人事件ということになれば、マスコミは大騒ぎでしょうね。過去のスキャンダルも何もかもが暴露されて、丹正流華道は崩壊しかねません」

「そんなことが……どうすれば、そんなことにならないようにするには、どうすればいいのですか？」

登喜枝の声は掠《かす》れ、もつれた。

「失礼します」

浅見は立ち上がって、窓の障子を開けた。庭のレンギョウは盛りを過ぎ、ツツジが花をつけはじめている。花はとっくに散って、透き通るような若葉を繁らせた桜の梢の向こうに、金華山の黒っぽい緑に覆われた山頂が見える。

「春は終わろうとしていますね」

浅見は山頂のはるか遠くの雲を見ながら、言った。

「きのう読んだ生け花の本に、こんな歌が出ていました。『よしさらば　散るまでは見じ山桜　花の盛りをおもかげにして』というのですが、美しいものや楽しい夢を、その盛りのときに見切るのは、なかなか難しいことですね」

返事はなかった。ガラスにかすかに映る登喜枝は、ひっそりと坐って、何かを考え込んでいる。浅見もあえて返事を求めはしなかった。言うべきことを言い尽くしたとは思えないが、気持ちも意図も十分、伝わったことを信じた。

「お茶をお持ちしましょうね」

登喜枝は優しい声で言った。思わず振り返った浅見の視線に微笑み返して、静かに部屋を出て行った。

屋内には登喜枝のほかには誰もいないらしい。しんと静まり返った空気を、時折、カケスのザラついた鳴き声がかき乱す。

これでよかったのだろうか――と、浅見は静寂の中で思った。検事でも判事でもない自分が、人を裁くような真似をして、はたして許されるものだろうか――。

その一方で、判事もまた人ではないか――と反発する気持ちもあった。要は、法で裁くか、情で裁くかの違いだ。法で裁く者は自らは傷を負わない。むしろ神に代わって正義を行なった充足感があるかもしれない。だが、情で裁こうとすれば、相手を裁くのと同じストレスで自身をも裁くことになる。未来永劫《えいごう》、与えた罰と同じ重さの、罪の意識を背負って行かなければならないだろう。

浅見は逃げだしたい衝動に耐えた。丹野奈緒のひたむきな可憐な面影を、脳裏に思い浮かべた。あの人たちの人生を、警察の土足で蹂躙《じゅうりん》させてしまってはいけない――と、祈るように思いつづけた。

4

コーヒーの香りと一緒に、松浦登喜枝が戻ってきた。

「インスタントですけど」

テーブルの上に、褐色の液体の入ったカップと、カステラを二つずつ置いた。

「頂戴します」

浅見はためらわずに、ブラックのままコーヒーを啜《すす》った。二ノ瀬の原山家で「憤死」した高田のことを、一瞬、思わないでもなかったが、その素振りは見せなかった。ほろ苦い液体が胃の腑《ふ》にしみてゆくのを、これほど厳粛に味わったことはない。

「いずれ、こうなる日が来ることは分かっていました」

登喜枝はポツリと言った。

「お家元の奥様もそうおっしゃってました。抵抗しても無駄だろうと……ええ、あなたのことをです。近いうちにきっと、浅見さんという人が現れて、私を追い詰めるだろうとおっしゃいました」

「それで、あの人は、松浦さんにどうしろと言ったのですか？」

「いえ、何も……ただ、あなたと同じようなことをおっしゃってましたよ。ひとつの花の季節が終わったわね、と。本当にそう思いました。花は咲き代わってゆくもの、次の花に咲く場所を譲って、枯れてゆくもの」

窓の外には、盛りを過ぎて色褪《いろあ》せたレンギョウと、これから咲き誇ろうとするツツジが、心なく吹く春風に揺れている。

「お気の毒だとは思います」

浅見は視線を庭に向けたまま、言った。

「本当の加害者は被害者の二人だったのかもしれません」

「えっ、あの、あなたもそう思ってくださいますか？」

「ええ、少なくとも、高田氏が現れさえしなければ、何事も起こらなかったでしょうからね」

「そうなんです。そのことを思うと、とても悔しい。でも、いまとなっては言っても詮ないことです。それに、遡《さかのぼ》って考えると、博之も含めて、いろいろな人たちの罪がいくつも重なって、そういう結果に結びついたのかもしれません。いちばんの元を正せば、悲劇の種を蒔《ま》いたのは私なのですし」

「それは、丹野忠慶さんとのことをおっしゃっているのですか？」

「ええ……ほんと、あなたは何でもご存じなのですねえ。奥様がおっしゃったとおり」

「いや、そうとも言えません。じつは、謝らなければならないのですが、さっき、あなたが大京都ホテルで目撃されたことや、京洛パークホテルを出ていたということを言ったのは、すべて僕の憶測にすぎません」

「まあ……」

登喜枝は眉をひそめた。

「といっても、単純にでたらめを言ったわけではありませんが」

浅見は慌てて言った。

「いろいろな状況を突き合わせると、どうしてもあなたの犯行でなければならないことが分かってきたのです。ただし、その証拠を固めるとなると、さっきも言ったように、警察の手を借りなければならないでしょう。ですから、その作業を省いて、結論だけをあなたに申し上げたというわけです」

「いいのですよ。私はそのことを非難するつもりはありません。でも、どうして私が犯人だとお分かりになったのか、不思議でなりません」

「いや、むしろ長いあいだあなたのことに気がつかなかったほうが不思議です。それというのも、犯行がきわめて男性的な手口だったことがあるのでしょう。警察も最初から暴力団関係の事件と見ていましたしね。僕はそうは思いませんでしたが、それでも、丹野真実子さんのイメージがあまりにも強烈だったせいもあって、一途にあの人に照準を合わせていました。しかし、博之さんが恐喝に驚いて、最初に相談されたのは、あなただと考えるべきでした」

「おっしゃるとおりです。博之が泣きつく先は私しかありませんもの。親バカのせいだとおっしゃられると、何も申せませんが、あの子にも困ったものです。と言いましても、あの子や鷹の家の冬江さんを責める資格は私にはありませんわね。いくら若気のいたりとはいえ、あのころのお家元さんも同じ過ちをされたのですし、私だって、分際も弁《わきま》えずにああいうことになってしまって……」

「失礼ですが、そのころはご主人はご健在だったのですね？」

「ええ、もちろんです。まったく弁解の余地のない不倫ですよ、不倫」

登喜枝はほとんど露悪的に、吐き出すように言ってから、気を取り直して言葉をつづけた。

「その当時、お家元はまだ若先生のころでしたが、よく岐阜支部のほうに指導にお見えになりました。そのお身の回りをお世話するのが私の役目でしたから、そうなる危険性はいつもあったと言えますわね。そうして博之が生まれ、三年後に主人が亡くなりました。主人は亡くなるまで、博之が自分の子であると信じておりましたけれど、それと同じように、お家元もいまだに、博之が自分の血を受け継いだ子だとは気づいておいでになりませんの。ほんとに殿方はそういうことに鈍いものだと思います」

「なるほど、そうですね、そうかもしれませんね」

浅見も自分を省みてそう思った。またそうでもなければ、いくら浮世ばなれをした丹野忠慶家元にしても、自分の血を継いだ博之と貴子を近親結婚させるはずがない。

「えっ……」と、しかし浅見はそのときに気がついた。

「そうすると松浦さんは、貴子さんが家元の子でないことをご存じなのですね？」

「ええ、そのことは奥様からお聞きしました。お家元が博之を跡継ぎにしたい、ついては貴子の婿になってもらいたいとおっしゃったときは、私はまだそのことを知りませんでしたから、ずいぶんびっくりもし、困りはてたのです。お断りすると、家元はなぜなのかとお怒りになるし……そのときに奥様が私に、心配することはないとおっしゃって、じつは――とお話ししてくださいました」

「ふーん、女同士が同盟を結んだようなものですね」

「まあ、そういうことになるでしょうか。さらに驚いたことに、奥様はお家元と私の関係も博之のことも、私が申し上げる前にちゃんとご存じでしたよ。お家元と婚約話が持ち上がった際、お家元と私の関係を嗅ぎつけたルポライターのような男が、奥様――当時の六条家のお嬢様にご注進におよんだのだそうです」

「しかし、博之さんが家元のお子だということまで、どうして分かったのでしょう？」

「それはあなた、奥様は女性でいらっしゃいますからね」

松浦登喜枝は女っぽく細めた目を浅見に向けて、勝ち誇ったように言った。まるで勝利者は彼女のほうではないかと錯覚しそうだ。

「真実子夫人は、今度の事件にはどの程度関わっているのですか？」

「奥様には何の責任も罪もありません」

登喜枝はきっぱりと言い切った。

「ただ、高田……さんは、博之相手では埒《らち》があかないと思ったのか、奥様に直接、話を持ち込んだのですね。それで私のところに、どうなっているのかとお問い合わせになり、まず諸井寧子さんを隠れさせるようにお手配してくださいました。でも、四月二日に高田さんが諸井さんを探し当てたと聞いて、これはもうどうしようもないと私は思いました。むしろ、この機会に決着をつけることが私の役割だと考えたのです。それで、奥様にお願いして、諸井さんにはその夜、鳥取の実家に帰っていてもらうようにしました。そうでないと諸井さんが疑いをかけられる可能性がありますからね」

「では、真実子夫人はあなたの計画は知らなかったのですか？」

「ええ、まったくご存じありません」

はたしてそれが事実かどうか、浅見に疑惑がないわけではない。少なくとも、高田の死を知った時点では、何が行なわれたか、真実子には察しがついたはずだ。法的に言えば殺人幇《ほう》助《じょ》にあたる可能性は十分ある。しかし、浅見はそれにも目をつぶることにした。ただしそれは、目の前にいる松浦登喜枝の身の処し方次第ということになる。なんという寛大、なんという冷酷――。

「高田さんはいったい、具体的に何を要求してきたのでしょうか？」

「あの方ははっきりお金でしょう。口では丹正流家元の名誉などと言っておりましたが、所詮はお金欲しさの恐喝でした。二ノ瀬のあの家で、テープと引き換えに一千万円を渡しました。もっとも、そのあと、すぐに取り返しましたけれどね」

微かに笑った顔には、皺《しわ》が深く刻まれ、安達《あだち》ケ原の鬼婆のような凄味が感じられた。

「聞きにくいことですが、高田さんの死体は、あなた一人で車に載せたのですか？」

「ええ、浅見さんがおっしゃったように、引きずって行って、玄関前につけた車のトランクに載せました。こんなおばあさん一人でとお思いでしょうけれど、こう見えても力は若い人にも負けていませんよ」

「そうですか……なんと言っていいか、まさに鬼神のごとき働きだったのですね？」

思ったままの感想だった。

「それはお褒めの言葉と承っておきましょうか。でもね、それで何もかも終わったと思ったら、とんでもない、そのテープはじつはコピーのコピーだったのですから、ほんとに憎たらしい男ですよ。それから何日かして、中瀬という人が、テープを持っていると言ってきたと知って、あの男をもういちど、殺してやりたいくらいでした」

その時点では、登喜枝は完全に確信犯と化していたにちがいない。

「中瀬さんが接触して来たのも、やはり博之さんだったのですか？」

「ええ、博之のところに来ました。あの方は高田さんとは違って、本当に家元制度の矛盾を衝いていたそうです。お金ではなく、制度の改革と引き換えにテープを渡すというのですから、丹野家や丹正流にとっては、むしろ始末の悪い相手でした。それに、高田さんの事件のことも、うすうすは察していた様子で、もはや殺すしかないと思ったのです。でも、ずいぶん用心深い人のようで、高田さんのときのように二ノ瀬におびき出すのは、とても無理だと思いました。それで私は、あの日、博之が大京都ホテルに用意してあった部屋で着替えて、部屋係を装って中瀬さんの部屋を訪れたのです。中瀬さんはちょうどパーティに出るための着替えをしている最中で、無防備に背中を見せました。部屋係のおばあさんという安心感があったのかもしれません。掃除用具のように見せかけて隠していたバットで、後ろから頭を殴りつけると、中瀬さんはクシャッという感じで床に倒れました。なんだか、気が抜けるようなあっけなさでした。でも、それで死んだわけではなかったので、それから紐で首を絞めて……」

そのときの感触が残っているのか、登喜枝は両手をじっと見つめた。

「そのあと、あなたが部屋を出て廊下を歩いて行くところを、牧原さんが目撃しているのですが、知ってましたか」

「ええ気配で分かりました。でも、堂々と振る舞えば、絶対に見破られっこないという自信はありました。そして、同じフロアの博之の部屋に逃げ込んだのです」

まさに、登喜枝は堂々と振る舞っている。どう見ても、生身の人間を殺害した状況を説明する者の態度ではない。いったん覚悟を決めたとなると、人間はいくらでも強くなれるものなのだろうか。

陽が翳ったのか、部屋の中がスーッと暗くなった。気温も下がったらしい。

「これから、どうされるつもりですか?」

浅見は胸の闘志がまだ冷めやらぬうちに、訊いた。

「ゆく道は一つですけど……警察はいつごろまで待っていてくれるでしょうか」

「分かりませんが、一週間か、十日か……僕のあとを少し遅れて、しかし確実にやって来ることは間違いありません」

「そう、一週間ですか……山の桜はまだ咲いているかしら」

窓の向こうを眺めて言ったが、どこの山のことなのか浅見には分からない。ともかく死に場所は山と定めたのだろうか。

「松浦さんは、博之さんのほかに、お子さんはいらっしゃるのですか？」

「はい、博之の姉が名古屋に嫁いでおりまして、そこの孫娘が私の跡を継いでくれることになっております。この子はなかなか生け花の筋がよくて、来年の四月に大学を出ると、すぐにこの家に参りますが……ほんと、咲いた桜に散る桜ですわねえ」

何かの歌の一節のようなことを言って、顔を仰向けにして「ほほほ」と笑った。

エピローグ

四月二十九日――みどりの日――大京都ホテル「華の間」では「第四十四代丹正流宗家襲名披露」が行なわれた。この日を境に、家元は名実ともに四十三代丹野忠慶から女婿の丹野忠博に引き継がれることになる。

ホテル最大の広さを持つ「華の間」には、正午の開宴時刻より三十分も早く、ぞくぞくと参会者がつめかけた。文部大臣をはじめ与野党の大物政治家、各国大使、大企業の経営者、各種文化団体幹部、有名俳優、他流派家元、そして全国に百二十を数える丹正流華道支部長など、さしも広いホールも人いきれで息苦しいほどであった。

正午少し前、宮家夫妻の到着をきっかけに開宴が宣せられた。

祇園の芸妓衆による「手打ち」を皮切りにセレモニーが進む。丹野忠慶が家元として最後の挨拶と後継者を推薦する言葉を述べる。ついで内外貴顕の祝辞があって、いよいよ四十四代家元丹野忠博と妻の貴子が登壇した。紋付き羽織袴姿の忠博はことし四十四歳、恰幅《かっぷく》もあり、弁舌も爽やかで、押しも押されもせぬ堂々たる新家元ぶりであった。

丹正流顧問で京都商工会議所会頭の西口朝雄が乾杯の音頭を取り、各テーブルにいっせいにコンパニオンとウエイターが散って、宴会が始まる。立食形式だが、料理の内容は大京都ホテルとしても最高のメニューである。

歓談する人々のあいだを縫って、新旧家元夫妻が挨拶に回った。何もかも順調に進んでいるかのように見える中で、事情通の一人が忠博に「岐阜のお母さんはお見えではないのですか？」と訊《き》いた。

忠博は顔を曇らせ、「はあ、まだ参っておりませんようで」と答えた。

妙なことだ――と、事情通は感じた。新家元誕生の晴れの日に、実母が遅参するというのはおかしい。丹野家とのあいだ、とくに真実子夫人とのあいだに、何か確執でもあるのではないか――と、勘繰るむきもあった。もっとも、参会者のほとんどは、忠博が婿養子であることも知らないし、まして母親の登喜枝の顔を知っている者はごく少ない。

とはいえ、そのことだけが、唯一、この盛儀にばくぜんとながら、不吉な影を投げかけていたことは確かであった。

＊

休日のせいか、郡上八幡《ぐじょうはちまん》から白鳥にかけての越前街道は、観光バスやマイカーで渋滞していた。

「先生のご提案どおり、名古屋で一泊したのは正解でしたね」

浅見としては当初、早朝に東京を出て、荘川まで一気にドライブするつもりだったが、牧原が「それはしんどい」と、名古屋ヒルトンでの一泊を希望した。このホテルが出来たばかりのころ、まだ元気だった夫人を連れて泊まったことがあるのだそうだ。近くに近江牛のステーキを食わせる店があると、前夜、案内してくれた。車の中でも、ひとくさり夫人の思い出話を聞かされた。

「仲のいいご夫婦だったのですね」

「どうですかねえ、家内のほうは我慢していたのかもしれない」

牧原は照れくさそうに笑う。

そういう夫婦もあれば、丹野夫妻や松浦夫妻のような、複雑怪奇な夫婦もある。世の中はさまざまだ。自分はどうなるのだろう——と思うと、なかなか結婚に踏み切れない。

「浅見さんは結婚はどうなんですか？　そろそろそういう話があってもいいはずだが」

浅見の気持ちを見透かしたように、牧原が訊いた。

「いや、当分だめでしょうね。居候をして、やっと食えてるようなことでは、嫁の来手がありませんよ」

「そんなことはないでしょう。私の家内などは、ろくに収入のない時期でも、なんとか食わせてくれましたよ」

「それは、昔の女性は偉かったですから」

「うん、それは言えてるかもしれません。家内はよく出来た女でした」

結局は夫人の礼賛に話を持っていくのが微笑ましい。

白鳥へ行く道には浅見は思い出がある。菓子メーカーを脅した「怪人二十面相」の事件のときに、この道を往来した（『白鳥殺人事件』参照）。

白鳥を通過すると、越前街道は飛騨街道とも呼ばれる。二十五、六キロ行くと、急に登り坂にかかる。坂の途中で、後ろからパトカーが二台と鑑識車が追い越して行った。

「事故ですかな」

牧原は首を伸ばして、前方を透かし見ている。

「事件かもしれません」

松浦登喜枝が言っていた「山の桜」とは、ひょっとすると荘川桜のことだったのかもしれない――と浅見は思った。

荘川村に入って、坂を登りきり、御母衣湖岸を五分ほど走って、森陰を出ると、いきなり視野が開けて、大きな桜の木が視界いっぱいに圧倒する迫力で迎えてくれた。

「これですこれです、これが荘川桜。いやあ、まだ咲いていてくれましたなあ。ことしは暖冬だったから、心配していたのだが」

桜の木は二本、想像していたのよりはるかに巨大だ。満々と雪解け水を湛《たた》える湖面と青空をバックにいっぱいの花をつけ、淡いピンクの小山が二つあるような風景であった。

観光バスも何台か来ていて、かなり混雑する駐車場に車を入れた。外に出ると、牧原はほとんど興奮状態で桜に歩み寄った。

「この辺りに小屋が建っていましてね。そう、こんな向きに窓があって、あの山がよく見えていました」

しきりに喋《しゃべ》りまくるが、浅見の視線は少し離れたところで蠢《うごめ》いている、制服私服取り混ぜた、警察官たちの姿に向いている。野次馬も少し出はじめているらしい。

「やはり何かあったようですね」

「ああ、そのようですな」

牧原は関心が薄そうだ。

「ちょっと様子を見てきます」

浅見が小走りに行くと、仕方なさそうに牧原もついてきた。

警察官たちは湖岸の手すりに凭《もた》れるようにして、蒼い湖面を見下ろしている。

「何かあったのですか？」

浅見が野次馬の男に訊いた。

「湖に人が落ちたみたいですよ」

「女の人ですか？」

「ああ、そうみたいだけど……」

答えてから、（なぜ女の人だと分かるんだ——）という目を振り向けた。

「どうして落ちたりしたんだろう？」

「花でも摘もうとしたんじゃないですかね。ほら、あそこにカタクリみたいなのが咲いているでしょう」

手すりを越えて、十メートルほど下った断崖の上に、薄紫の花がかすかに見える。ちょうどそこに、手すりに結んだロープを垂らしているから、その辺りからレスキュー隊員でも下りて行くのだろう。

「かなり年配の人みたいだったし、いまは満水状態だから、ここから落ちたらまず助からないだろうな。それどころか、死体も上がらないんじゃないかな」

土地の人間らしいその男は言った。

「事故もめったにない、平穏な村なんだけどねえ」

警察官が、落ちた女性の連れがいないか、探して歩いている。かなり前から聞き回っているらしい。「一人で来ていたのかなあ」と言う声が聞こえた。

浅見は周囲に気づかれないように、胸元で両手を合わせて、祈った。落ちた女が松浦登喜枝かどうかは分からないが、浅見の中ではすべてが終焉《しゅうえん》した。

「そういえば、あのときも死人が出たな」

牧原は言った。

「ほら、例の、大昔の台風の日のことですけどね、一夜明けてみたら、男が転落死していたのです。さっき通ってきた坂の途中の、崖下なんだが、嵐の最中、なんでこんなところに来て落ちたのか分からないと騒いでいました。人間の行動は理屈だけではない、何か得体の知れぬものに突き動かされるようなことがあるのでしょうかなあ」

浅見はふと、真実子夫人の言った「突き飛ばして逃げた」という言葉を思い出した。それっきり現れなかった——というルポライターの運命を見届けたような気がした。

「写真、撮ってくれませんか」

照れ屋の牧原にしては珍しく、自分から言いだして、桜の下に行って佇《たたず》んだ。はにかみ笑いを浮かべながら、腰に手を当ててポーズなど作っている。黒く太い幹と枝に支えられ、大地を圧倒するほどの迫力で天を覆っている花の山である。その下で、牧原はいかにも小さく見えた。

シャッターを切った後も、牧原は花の天蓋《てんがい》を仰ぎ見る恰好《かっこう》で、しばらくは動かない。

やがて浅見を見て、「このままずっとこうしていたい気持ちですな」と言った。

「花の下にて、春死なむ……です」

白い歯を見せて、悲しげに笑った。

この作品の取材および方言チェックに、浅見光彦倶楽部会員の左記の方々に
ご協力いただきました。

高橋知英子、吉村薫、祇園栄見子（敬称略）

参考文献

「いけばな」伊藤敏子著（教育社）
「祇園よいばなし」早崎春勇（京都書院）
「京都のわらべ歌」高橋美智子（柳原書店）
「桜伝奇」牧野和春著（工作舎）
「中川幸夫の花」中川幸夫著（求龍堂）
「華日記」早坂暁著（新潮社）

歌詞引用（36頁）

作詞　西條八十

本作品はフィクションであり、文中に登場する人物、団体名等は、実在するものとまったく関係ありません。なお、風景や建造物等、現地の情況と多少異なっている点があることをご了承ください。

（著者）

自作解説

日本には、外部の人間が妄《みだ》りに入り込んだり、批判したり、まして侵害したりすることの許されない独特の世界がいくつもあります。たとえば戦前なら軍部のやることには抵抗なく服従しなければならなかったし、天皇家や皇族に関する話題など、噂を口にすることすら憚《はばか》られたものです。民主主義の世の中になって、いったんは、そういった既成概念はすべて払拭され、言論の自由は保証されたかのごとくに思えましたが、なかなかそう単純なわけにはいかなかった。現在、僕たち物書きにとって、いくつもの「タブー」のような対象が存在することは事実です。

暴力団や宗教を批判したり攻撃したりするには、相当な勇気と信念がなければできません。

映画監督の伊丹十三氏が暴力団に襲撃された事件は、われわれの記憶に新しい。ときには、警察庁長官が宗教関係者と思われる人物に狙撃されるといったようなこともあります。

僕などは軟弱で臆病な人間だから、伊丹氏のように堂々と「悪」を指弾するような立派なことはできませんが、それでも、僕なりに矛盾や疑惑を感じたりすれば、何か言わずにはいられなくなります。食料管理制度の欺瞞性を衝いた『沃野の伝説』（朝日新聞社、光文社カッパ・ノベルス）などはその代表的なものといっていいでしょう。驚いたことに『沃野の伝説』が刊行されて間もなく、食管制度は廃止されて、はからずも僕の指摘が裏打ちされた形になりました。

タブーの対象は必ずしも暴力団のような強面ばかりではありません。一見、優雅に思える日本古来の文化や芸術、芸能に関わる世界もまた、外部の人間が踏み込みにくいところで、物言えば唇が寒くなるような差し障りが生じかねません。

とりわけ、日本独特の「家元制度」なるものの複雑怪奇さは、門外漢にはなかなか理解しにくいものです。数百年にわたり伝統を守り伝えてきた功績は認めるにしても、ピラミッド型の組織を支配する「家元制度」の権威主義そのもののようなあり方が、敗戦、民主化という激動の時代を経て、なお脈々と受け継がれてきたことは、驚異的な奇跡といえます。これを見ると、江戸から明治、そして昭和、平成と時代は移っても、日本という国の本質は、それほど変わっていないように思えるのです。

茶道、華道、舞踊、歌舞伎、能謡、琴、三味線、小唄等々、数えきれないほどのジャンルにそれぞれ多くの流派や系統があって、それぞれが一家を成し、大小の差こそあれ、ピラミッドを構成しています。

その組織を成立させているのが、いわゆる家元を頂点とする「上納金」システムです。このシステムがじつに合理的に機能していることには、批判するよりも興味が先に立ちます。いったい、雲の上のようなあの世界で、何が行われているのか——好奇心旺盛な僕の頭の中には妄想が広がりました。そうして生まれたのが本書『華の下にて』です。

『華の下にて』は題名のとおり、華道家元を巡って起こる不可思議な事件の話です。舞台は京都で、京都には華道家元がいくつかあるけれど、もちろん、特定の家元をモデルにしたというわけではありません。こういうこともあるのだろうな——という「妄想」の産物だと思っていただきたい。

僕がむしろ興味を惹かれたのは、家元よりも、独立派とでもいうのか、孤高を保って独自の生け花芸術を創造している作家でした。作中では「牧原良毅」の名で登場させていますが、牧原とよく似た華道家が実在するのです。

〈白い壁面をバックに、白い布を敷いた床の上に、高さ六十センチ、直径三十センチほどのガラスの壺状の器が逆さまに置かれている。ガラス器は天の部分が人間の頭のように丸く、しかも中央に桃のようなくびれがある。中には何やら得体の知れぬ真っ赤なものがギュウギュウ詰めに詰まっている。原形をとどめたものはほとんどないが、よく見ると、詰め物は花びらである。作品の題名は「花想」、花材は「カーネーション」とある。どうやらカーネーションの花びらがつぶれるほどに詰め込まれているらしい。使われた花びらは、花の数にしておそらく一千は超えるだろう。

それにしても、花びらの色は異常に赤い。どんな種類のカーネーションにしても、これほどまで毒々しく真紅なものはない。解説によると、これはカーネーションの花びらが発酵状態にあるということだ。ちょうど、藍玉《あいだま》が発酵して、鮮やかな青を発色するようなものである。

たしかに、容器の中には発酵を示す泡が発生し、たえず微妙に動いている。発酵によって花弁が溶けるのか、真っ赤な液体が底の広口の縁から流れ出し、床に敷かれた純白の布を血潮のように広がり染めて、それが異様なまでに鮮烈な印象を与える。

——中略——

たしかに、生け花としては尋常なものではない。異端というより破壊的だ。花を使って、より美しいものを創造することが生け花の定義だとしたら、美の捉《とら》え方がまったくふつうでないとしか思えない。しかし、創造という意味では、これほど創造的な作品はまたとないかもしれない。」

これは「牧原良毅」の作品を描いた部分ですが、これとそっくりの「作品」を、僕は取材の過程で発見しました。独立独歩の華道家の作品で、残念ながら写真で見たにすぎないのですが、そのときのショックが『華の下にて』を書かせたと言っても過言ではないかもしれません。権威主義と独創性の対峙という本書のテーマや視点は、このときエネルギーをもらったといえます。

この本の題名にもなり、トビラにも掲げた西行の歌「ねがはくは　はなのしたにて　はるしなむ」の精神は、武士道と同じく、日本人の死生観や美意識であり、それはそのまま華道の極意にも通じるものでしょう。しかし、華道という、美を創造する求道の家に生きながら、俗世の垢に塗《まみ》れ、情念の海に溺れるのもまた、人間の性であり、悲しさであり、美しさでもあります。

『華の下にて』では、絢爛たる華道家元とその周辺の世界を舞台に、伝統と改革、老人と若者、男と女の相剋《そうこく》を描いてみたかった。いかに生きるべきか、いかに死すべきかという万古不易のテーマにも触れてみました。

じつは、この「自作解説」を書くために、久しぶりに『華の下にて』を繙《ひもと》いたのですが、ほとんど内容は忘れてしまっていました。誰がなぜ、どういう死に方をしたか——など、まったくといっていいほど記憶がありませんでした。だからまるで新刊本を手にしたような気分で、プロローグを読み始めたものです。そうしてたちまち、ストーリーに没入しました。

　僕が自分の作品を褒めるのは毎度のことですから、いまさら呆れる読者もいないと思いますが、この『華の下にて』の面白さは格別のものがあるのではないでしょうか。

　第一に、登場人物の造型がきわめてうまくいっています。どの一人を取っても感情移入したくなる連中です。浅見光彦は措《お》くとして、牧原良毅をはじめ、丹野家の人々——とくに真実子や奈緒は魅力的でした。初めから死んでいた高田哲郎の人となりもよく分かります。釣りをしながら犯人の接近を待つ平山刑事と浅見光彦の出会いもよかった。

　そうして、次々に展開する京都の風景も楽しい。ああ、あそこへも行った、あそこも見たっけ——と、取材のときの記憶が蘇りました。京都に住み、あるいは京都をよく知る人なら、すぐにそれと分かるモデルを描いている作家のいたずら心を笑うか、それとも腹を立てているかもしれません。

　もちろん、物語そのものの面白さはいうまでもありません。読み終えて、もういちどプロローグを読み返すと、そこにある伏線が、じつに深慮遠謀のもとに書かれているように思えるにちがいありません。ところが、執筆時には例によって、プロットらしきものは何もなかったのです。頭の中にはばくぜんと、この「出会い」がいつか必ず実を結ぶはずだ——という信念がありましたが、それがもののみごとに決まっています。

『華の下にて』は一九九五年に書かれた、僕の百冊目に当たる作品です。直前には『記憶の中の殺人』、直後には『蜃気楼』。そして『姫島殺人事件』を挟んで、やはり京都に取材した『崇徳伝説殺人事件』を書いています。京都は僕の好きな土地の一つですが、京都の面白さは、街中に横溢する権威主義的なものの面白さにあると思います。日本の権威主義的なものは、すべて京都から発しているといえそうです。

この作品の取材で京都を訪れたとき、ごく大衆的なイタリア料理店に入りました。下戸の僕は飲み物に「ジンジャエール」を注文したのですが、「アルコール以外は水になります」とつっけんどんに言われ、腹が立つのと同時に、なるほど、これが京都的なものだな——と感心したことを思い出します。相手の都合や好みや主義主張を斟酌するよりも、自尊心と自己主張の強い土地柄なのです。その剛直な純粋性が、京都千二百年の伝統をいまに伝えつづけている原動力なのかもしれません。

京都を支配しているのは宗教界ですが、茶道も華道も宗教——とくに仏教の世界から発生したものであることを思うと、やはりカリスマ性と閉鎖性の強い「タブー」の世界にちがいありません。それだけに、僕のような門外漢にとっては、興味津々たる対象でもありました。

前述したように、『華の下にて』は百冊目の作品ですが、百冊目だからといって、べつに意識したり力が入ったということはありませんでした。ただ、そのタイトルに惚れて、それにふさわしい、できることなら美しい作品にしようと思いました。その「野望」はほぼ達成されたと信じています。

内田康夫

一九九九年初夏

この作品は小社より一九九五年十二月単行本、一九九七年四月幻冬舎ノベルス、一九九九年八月幻冬舎文庫として刊行されたものです。

[新装版《しんそうばん》]華《はな》の下《した》にて

内田康夫《うちだやすお》

令和5年9月10日　初版発行

発行人――石原正康
編集人――高部真人
発行所――株式会社幻冬舎
〒151-0051東京都渋谷区千駄ヶ谷4-9-7
電話　03(5411)6222(営業)
　　　03(5411)6211(編集)
公式HP　https://www.gentosha.co.jp/
印刷・製本―中央精版印刷株式会社
装丁者――高橋雅之

幻冬舎文庫

ISBN978-4-344-43315-1　C0193　う-3-13

この本に関するご意見・ご感想は、下記アンケートフォームからお寄せください。
https://www.gentosha.co.jp/e/